韓国文学セレクション

さすらう地

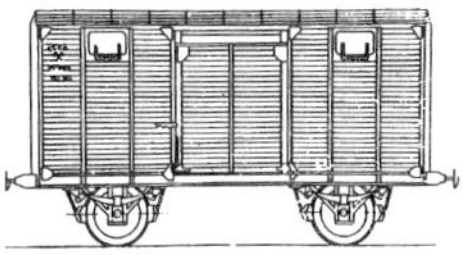

キム・スム

岡裕美 訳　姜信子 解説

新泉社

떠도는 땅

김숨

The Drifting Land

by Kim Soom

Originally published in Korea in 2020 by EunHaeng NaMu Publishing Co., Ltd., Seoul.

This Japanese edition is published by arrangement with Kim Soom
c/o HAN Agency Co., through Cuon Inc., Tokyo.

This book is published with the support of
The Literature Translation Institute of Korea (LTI Korea).

Jacket design by KITADA Yuichiro

目次

装幀　北田雄一郎

貨車に乗り合わせた人たちとその関係者

◆ファンじいさん
◆クムシル……お腹に赤ん坊のいる女性
◆ソドク……クムシルの姑
◆クンソク……クムシルの夫。間島《カンド》に行商中で不在
◆ターニャ……おくるみに赤ん坊を抱いた女性
◆ヨセフ……ターニャの夫。キリスト教徒の植字工
◆トゥルスク……両方の前歯を失った女性。夫と離別し、下宿屋を営む
◆アナトリー……トゥルスクの息子。気難し屋の青年
◆オスン……五十がらみの女性
◆ウジェ……オスンの夫。聴覚を失った歌い手
◆プンド……あばた顔の独り身の男
◆インソル……ハバロフスクから飛び乗った独り身の男
◆イルチョン……ファンじいさんの息子。パイプを口にくわえている
◆ペクスン……イルチョンの妻
◆アリーナ……十六歳になるイルチョンとペクスンの娘
◆ミーチカ……父親がロシア人の少年
◆アンナ……ミーチカの母親
◆オルガ……クムシルが煙草工場で働いていた時の同僚
◆メロール……オルガの息子

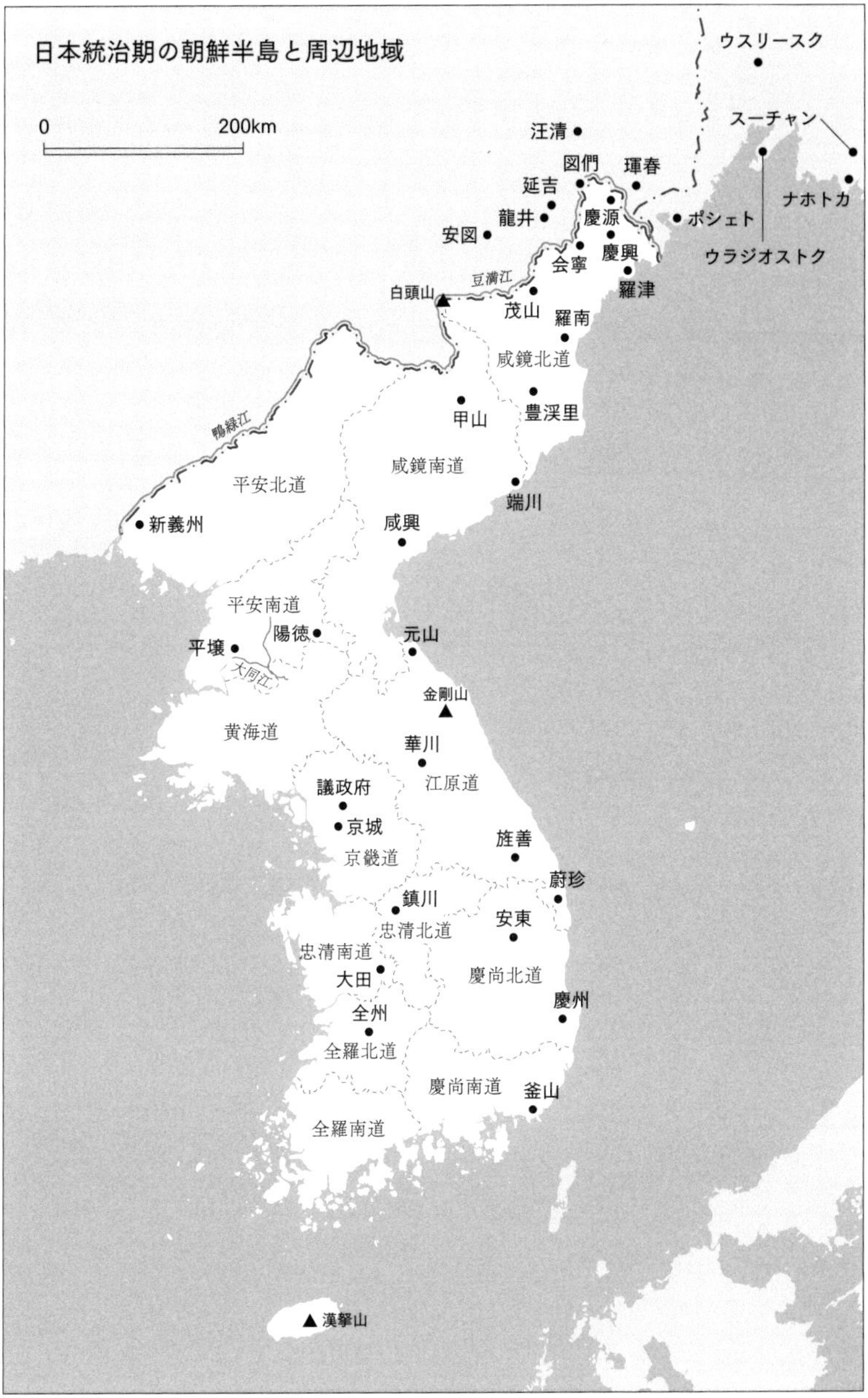

日本統治期の朝鮮半島と周辺地域
0
200km
ウスリースク
スーチャン
汪清
図們
琿春
ナホトカ
延吉
龍井
慶源
ポシェト
安図
慶興
ウラジオストク
会寧
豆満江
白頭山
羅津
茂山
羅南
咸鏡北道
甲山
豊渓里
鴨緑江
咸鏡南道
平安北道
端川
新義州
咸興
平安南道
陽徳
元山
平壌
大同江
金剛山
黄海道
華川
議政府
江原道
京城
旌善
京畿道
蔚珍
鎮川
安東
忠清北道
忠清南道
大田
慶尚北道
全州
慶州
全羅北道
慶尚南道
釜山
全羅南道
漢拏山

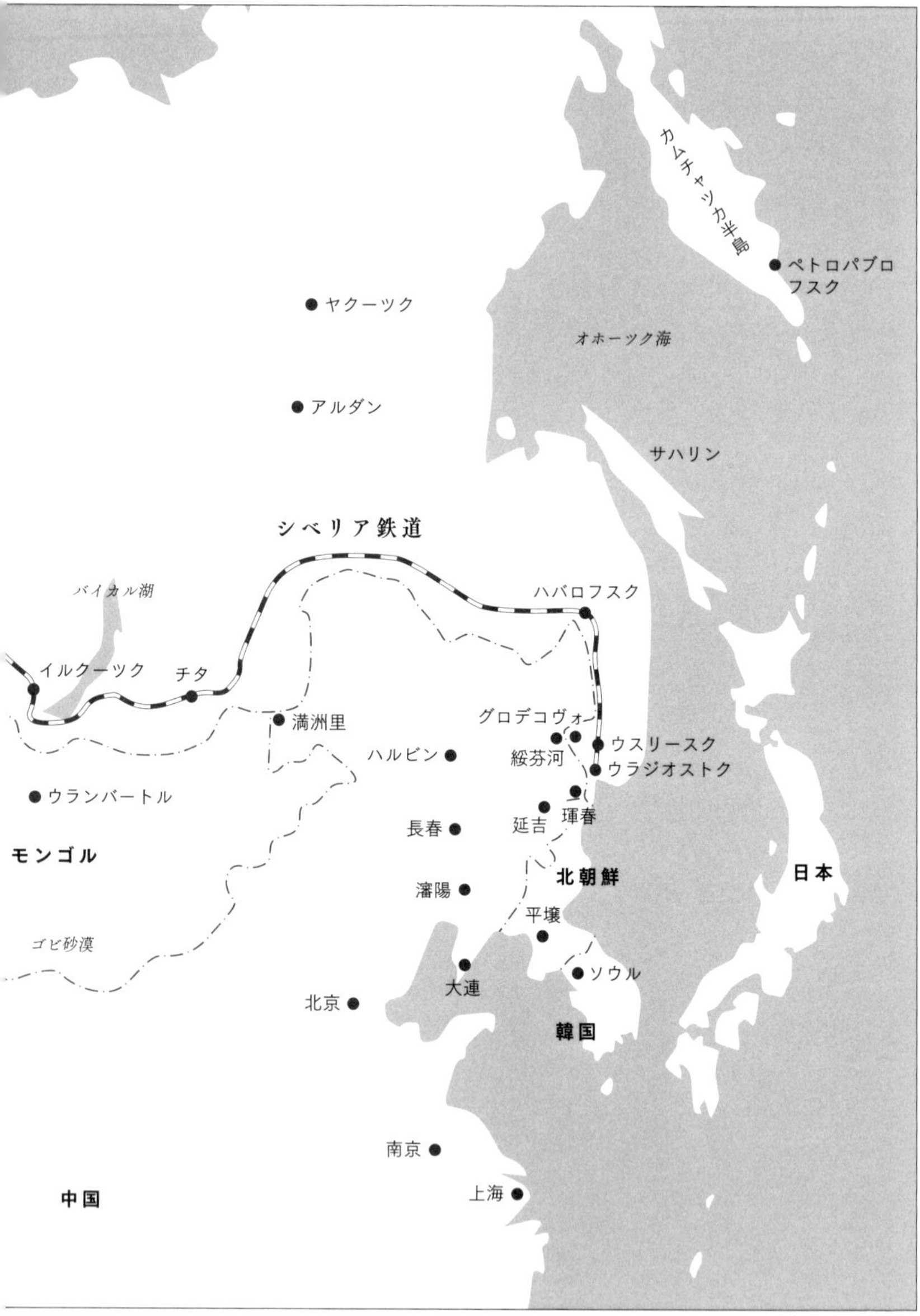

カムチャツカ半島
ペトロパブロフスク
ヤクーツク
オホーツク海
アルダン
サハリン
シベリア鉄道
バイカル湖
ハバロフスク
イルクーツク
チタ
満洲里
グロデコヴォ
ウスリースク
ハルビン
綏芬河
ウラジオストク
ウランバートル
琿春
延吉
長春
モンゴル
北朝鮮
日本
瀋陽
平壌
ゴビ砂漠
ソウル
大連
北京
韓国
南京
上海
中国

サンクト・ペテルブルク
モスクワ
ウラル山脈
ロシア
ウリヤノフスク
ヌルスルタン
セミパラチンスク
カスピ海
アラル海
カザフスタン
クズロルダ
バルハシ湖
アルマトイ
ウズベキスタン
タシケント
ウルムチ
トルクメニスタン
キルギス
タジキスタン
新疆ウイグル自治区
タクラマカン砂漠
アフガニスタン

凡例

一、巻末に解説註を置いた用語は本文の初出時に＊のルビを付し、短い補足註は本文中の〔〕内に記した。なお、歴史事項や地名、引用等に関し、韓国語原書に註が付されていた箇所もあるが、編訳註と区別せず、まとめて巻末に「註」として掲載した。

一、韓国では一般的に年齢を数え年で表記するが、本訳書での年齢表記は原書に従った。

一、聖書の引用は新共同訳を用いた。

第一部

1

私の子どもたちが食べものに困らず、一生お腹いっぱい食べて暮らせますように……。煙草《たばこ》の配給が六百箱もあったそうです……、寒い……、暖炉の火が消えました……、天寿を全《まっと》うし、子どもを七人も産んだベッドで亡くなったそうです……、灯油を節約して……、心の向かう場所に体も向かうようになっているんです……、あなた、ぜんまいを巻いてください……、マッチを何度も擦《す》る音、ブリキの器と鍋が空中でぶつかり合う音、蟹《かに》の甲羅のようなパンの皮をちぎって食べる音、のんきにいびきをかく音、弱々しいうめき声、板切れがきしむ音。

そして最後に、石炭の山のように暗い向こう側から、熱病にうかされたような少年の声が聞こえてくる。

「ママ、ぼくたち〝ろうのたみ〟になるの?」

列車の車内は四方に板切れが当てられている。上の方にある小窓は、釘《くぎ》を打ったトタン板でふさがれてしまっている。床には厩《うまや》のように干し草が敷かれている。人間ではなく、馬や山羊《やぎ》といった家畜を運ぶ貨車だ。人々は干し草の上にむしろやぼろぼろの布団を敷き、頭の横やお尻や足元に風呂敷包みを置き、狭い巣の中の鳥のようにうずくまっている。

「流浪の民だよ、流浪の民！」

二階から聞こえてくる声だ。車両の両側の壁に板切れを渡して棚のようにし、二階を作ってそこにも人々を乗せた。その上で誰かが少しでも体を動かすと、板は年老いて病気にかかった雄鶏《おんどり》のような音を立てる。

「ミーチカ、お願いだから小さな声で話して」

精いっぱい抑えた女の声は枯れ、がらがらとしゃがれている。

「ねえ、流浪の民になるの？」

「それ、どういうこと？」

「ぼくたちのこと、捨てに行くんだよね」

「誰がそんなことを！」

「アンドレイが言ってた」

「アンドレイ？」

「ぼくの友達。その子が言うには、ぼくたちを革命広場に集めて銃でパン、パンって撃ち殺そうとしたけど、弾がもったいないから捨てることにしたんだって」

「まあ！」

「アンドレイは列車に乗らなかったよ。あの子のママの瞳は、アオガエルみたいな緑色なんだ」

母親がロシア人の子どもたちは列車に乗せられることはなかった。だが、父親がロシア人の子どもたちは列車に乗せられた。

「ミーチカ、もうおしゃべりはやめて寝なさい」

「でも、さっき起きたばっかりだよ」

「明るくなるまでまだ時間があるから、もう少し寝ましょうね」

「流浪の民になっちゃうの、ねえ？」

「ミーチカ、おしゃべりなのは原っぱのスズメぐらいだって、何度言ったらわかるの？」

「それならぼく、スズメに生まれればよかったのに！」

「ミーチカ、ソビエトの模範人民になりたいなら、余計なことは言わないの」

「ねえ、だからママは『はい、いいえ』以外に何も言えないの？」

「ミーチカ！」

「おばさんが言ってたけど、ママは『はい』と『いいえ』以外の言葉を知らないって。小さい時にはおしゃべりだったのに、プロレタリアートと結婚してからは優しくてきれいだった声もしゃがれて不愛想になったってさ。おばさんはこう言ったんだ。ママは『はい』を二回、『いいえ』は四回言ったって」

「おまえの伯母さんは、本当に救いようのないおしゃべりなんだから。あまりに口が軽いものだから、お隣さんはうちにスプーンが何本あるかもみんな知ってるのよ」

「だからぼく、おばさんに言ったんだ。ママは他のこともしゃべれるよって」

「他のことって?」

「糸、針、卵五個、砂糖百グラム、せっけん一個、割れてない皿……、ぼく、ママが市電の窓ガラスにもたれてつぶやく声を聞いたよ」

「そうよ、糸と針はいつも足りないから。卵は使い切ったし、ひびの入ったスープ皿はいつ割れるかわからないからね……」

「糸、針、卵五個、砂糖百グラム、せっけん一個、割れてない皿、糸、針、卵五個……」少年の声はだんだん小さくなる。


「あの人もこの列車に乗っているのだろうか」。その時、マッチの炎が稲妻のように光り、闇の中を漠々たる心情で見つめていたクムシルは、ピェルヴァヤ・レーチカ駅*で見たロシア人女性を思い出す。その女性は、ひよこのように黄色い頭巾《ずきん》で頭を覆い、自分よりも小柄な朝鮮人男性の腕を力任せにつかんでいた。白髪頭の太った護衛隊員が近づくと、女性は口を大きく開けてロシア語で叫んだ。「私は夫についていくわ!」 複雑な表情で女性の顔を見つめていた護衛隊員は、お手上げだというように両手を挙げてみせた。「あんたが俺の娘でなくて幸いだよ」

糞尿のにおい、湿った干し草が腐るにおい、鼻をつく体臭、古い綿のにおい、汗と垢《あか》にまみれた服のにおい、ウォッカのにおい、煙草の葉が焦げるにおい、ニシンの塩漬けのにおいが混じり合い、空気中を漂う。

宙を舞っていた干し草のくずがクムシルの口の中に飛び込み、舌にへばりついた。彼女はそれを取り除こうとして舌を引っかいてしまう。爪が伸びていた上に、舌が乾いていたからだ。

鉄の車輪を力強く回転させながら走っていた列車が、神経まで腐った奥歯のようにぐらつく。じんじんと痺《しび》れる両腕を翼のように広げ、膨らんだお腹を抱いていたクムシルは、行き先もわからずにひた走る列車が最後に止まる土地で子どもを産むことになるだろうと直感した。彼女は漠然と、その土地は寒く、痩《や》せているだろうと思った。

底意地の悪い風が列車の屋根を掻《か》く。川の近くを通過しているからか、板の間から吹きつける風に、深く暗い川から漂うような水の生臭さが濃く感じられる。

「ああ、命あるうちに幸福を!」

「野原を歩いていると、石が空から落ちてきたんだ。それは死んだ鳥だった。だからこう言ったのさ。『鳥も死んだら地面が恋しいんだな!』」

「土地があるから、種を植えました」

「息子は四年前にはるか遠方のウラル鉱山に行き、二人の娘は嫁に行って、私たち二人だけです……、あなた、ぜんまいを巻いてください」

「ここはどこです?」

「走る列車の中ですよ」

「今どのあたりですか?」

「いくら遠くまで走ってもロシアのどこかでしょう。ロシアは広いですからね」

車輪のついた引き戸は木に引っかかって開けづらく、まるで後ずさりする山羊のようだ。揺れる床から立ちのぼる冷気は、干し草とむしろ、何枚も重ね着した服を順番に通り抜け、ぐらぐらする尻と弱った五臓六腑を突き刺す。悪寒《おかん》を感じて驚いた鶏のように震えていたクムシルは、肩にかけた毛織のショールを頭の上まで引き上げ、お腹にいる赤ん坊の心臓の鼓動に耳を傾けようと必死だ。心臓は早くから作られていた。鉄の車輪が線路をシャッシャッとこする音の中から、小さな太鼓がトントンと鳴る音が聞こえてくる。赤ん坊が彼女の体に宿ったのは、枝の主日《しゅじつ》〔キリスト教で復活祭直前の日曜日〕の頃だった。今は十月初旬だから、もう七か月に入った。水も飲めないほどひどかったつわりは嘘のようにおさまった。身ごもったのは初めてではないが、最初の赤ん坊のようなものだった。

一昨年の冬、アムール湾*が鏡のように凍りついた時にやってきた最初の赤ん坊は、二か月足らずで彼女の体からあっけなく去っていった。彼女は魚市場の帰りにハバロフスク通りの真ん中にしゃがみ込み、つぶれたトマトのような血のかたまりをぶちまけた。まるごと外れ落ちてしまいそうな下腹を押さえようと、彼女は持っていた竹の買い物かごを落とした。その中には毛蟹《けがに》が三杯と二百グラムほどのラードのかたまりが入っていた。遠くスハノヴァ通りの先にあるプーシキン劇場の尖塔《せんとう》から、鳩が花輪のように飛び立った。黒い綿入れのズボンを穿《は》いた中国人の男が、下肥《しもごえ》を載せたリヤカーを引きながらのろのろと交差点を渡った。新韓村《シンハンチョン》*のハバロフスク通りの端、交差点の一角には中国人の集落があった。彼らはブリキの肥樽《こえだる》を載せたリヤカーを引き、ウラジオストク一帯を回ってし尿を汲《く》んだ。紙巻煙草のにおいを強く漂わせながら通り過ぎたロシア人の若者たちが、彼女をからかった。「あの朝鮮女を見てみろよ。犬みたいに道端で小便してるぜ！」交差点にトラックが現れると、若者たちは手綱《たづな》を解かれた仔馬のように駆けていき、荷台に飛び乗った。トラックは煙を盛大に吐き出し、高麗《コリョ》師範大学*があるオケアンスキー通りに向かって走った。彼女は白い頭巾を外し、それでふくらはぎを伝って流れる血を拭《ぬぐ》った。半熟卵の白身のような空を恨めしげな目で見上げた後、左足を引きずりながらハバロフスク通りを歩いて上った。アムール湾が見下ろせる山の尾根にある新韓村をつむじのように横切るハバロフスク通りは、峠道だった。普段は足取り軽く上る坂道がつらく、彼女はスターリンクラブ*に着く前に力なく座り込んだ。

窓をふさいだトタン板の隙間から、結核患者の顔色のように青白い光が差し込む。板切れの間からも光が漏れる。白い息、干し草のくず、糸くず、灰が光の中を舞う。手足を中途半端に折り曲げて眠っていた人々が目を覚ます。ため息、空咳《からせき》、伸びをする音、磁器のおまるに小便をする音、おならの音……。

列車が汽笛を長く鳴らす。板切れをつないで作った扉が外れて飛びそうにがたつく。

「お父さんとお兄さんが駆け出し、松林ではオオカミが鳴きました……、私は松林の上に出た月を見ながら『蚤《のみ》の歌』*を歌いました。

〈むかし王様が蚤を飼っていた

　蚤　蚤

王子のようにかわいがる

蚤を　ハハハ　蚤を　ハハハハハ　蚤

仕立て屋を呼びつけ　こう言われた

余の蚤のためにコートを立派に作れ

蚤にコート　ハハハ　蚤に　ハハハハハ〉」

次第に明るくなる光に、人々の顔が失った輪郭を取り戻しながら浮かび上がる。麹《こうじ》のように黄色かったり、血の気がなくやつれて青白かったりする顔は、怒りと絶望、悲哀、不安といった感情に染まっている。三坪半ほどの車両の中には全部で二十七人が乗っているが、人々は見えない垣根を作ってその中に家族同士で固まっている。クムシルの家族は、姑《しゅうとめ》のソドクと彼女の二人きりだ。妊娠してお腹が大きい彼女は、高齢で体が不自由な姑の面倒を見るため、なんとか扉のそばに居場所を確保した。

「ソビエト護衛隊が、私たちをチタ*に連れていって銃殺するんですって」

「誰がそんなことを?」

「魚市場でニシンの塩漬けを売っていた女の人です」

「顎《あご》にえくぼができるユダヤ人の？」

「ええ、その人は色だけでどこで捕れたニシンか当てるそうですよ」

「彼女の旦那さんは労働収容所にいるようですね。モスクワでニシンの塩漬けを売っていたけれど、レーニンからスターリンに代わった後に政府が高額の税金を取り立てたらしいんです。税金が払えずに財産を没収され、住んでいたアパートからも追い出されて。自分が話したことは絶対に誰にも言うなって、口を酸っぱくして言うんですよ。『秘密よ、約束して、絶対に誰にも言わないで！』」

「おばさん、チタっておっしゃいました？　それはどこですか？」

「チタに住んでいた女性がこう言ってました。『チタに住んでいた時にはキャベツを作っていたのよ』って」

「キャベツを？　じゃ、人が住めるところなんですね」

「そうみたいですね」

ソビエト護衛隊が朝鮮人をチタに連れていき、ひとり残らず銃殺するという噂はクムシルも聞いていた。

「鶏！」

「鶏ですって？」

「家政婦をしていた家のご主人が内務人民委員部の職員と親しいと聞いて、調べてほしいとお願いしたんです」

「何をです？」

「ソビエト政府が私たち朝鮮人をどうするつもりかですよ。あくる日、その人が私をそっと書斎に呼んでこう言ったんです」

「何と？」

「ソビエト社会主義共和国連邦の人民であるおまえたち朝鮮人は、鶏一羽たりとも失うことはないだろう」

「そんな話を信じるんですか？」

「信じなかったら？」

「だから、そんな話を信じるんですか？」

灰色のおくるみに包まれた赤ん坊を両腕で抱いて眠っていたターニャが、驚いて目を覚ます。目鼻立ちがわからないほどむくんだ彼女の顔は、恐怖におののいている。黒く豊かな髪をくるくると結い上げ、緑の毛糸で編んだショールを肩に羽織っている。

「あなた……、ハバロフスクはまだかしら？」

「ターニャ、ハバロフスクはもう過ぎたよ」

ヨセフがなだめるように柔らかい声で言う。列車が出発する時には滑《なめ》らかだった彼の顎には、灰をまぶしたような髭《ひげ》が点々と生えている。彼は気を取り直そうと手のひらで顔をこすり、くせ毛を撫《な》でつける。

列車の出発前には、最終目的地はハバロフスクだと言う人がいた。列車はハバロフスク駅に到着したが、そこで三日間停車した後、再び走りだした。列車がその駅に止まっている間、ストーブにくべる薪《まき》を受け取り、ドラム缶の糞尿を捨てた。揚げ餃子をかごに入れて売り歩くロシア人の女たちから間食を買って食べ、駅で大きな釜に沸かしたお湯をもらって飲んだりもしたが、人々はほとんどの時間を列車の中で身じろぎもせず閉じこもって過ごした。列車はそれから野原で二回止まった。女たちはそのたび、扉が開くと同時に急いで列車から飛び降りた。卵を産む場所を探す雌鶏《めんどり》のように、黒い枕木の上や野原のあちこちに座った。お尻を出し、空を恨めしそうな目で見上げながら我慢していた小便をした。小便の水滴が跳ねたチマ〔韓服のスカート〕の裾《すそ》を払いながら列車へと走っていき、布団や衣服を持って出てくると、広大な野原に広げて蚤《のみ》や虱《しらみ》を払い落とした。男たちは、野原のあちこちに杭《くい》のように立って小便をした。護衛隊員らが脱走を防ぐために呼び子を吹き、悪態をつく殺伐とした雰囲気の中でも、人々は線路の周りで拾った木の枝を燃やして飯を炊き、ジャガイモやビーツを入れてスープを作った。列車が突然出発しそうになると、蒸らした飯や沸騰したスープの入った鍋を服の裾でくるみ、急いで列車に乗り込むこともあった。

「あなた、お水をくださいな」

ヨセフが立ち上がると、マントの形をした青いウールのコートの裾についた干し草のくずが大きく揺れる。彼はブリキの丸い鍋を持ち、ドラム缶に近づく。男性にしては小柄な方だが、肩幅が広くがっしりとして見える。

ヨセフはドラム缶にかぶせてある板切れをどけようとして、その横の真っ黒なストーブに目をやる。その中には薪が燃え尽きた灰ばかりがうず高く積もっていた。青いペンキで塗られたドラム缶は腐食し、ゆがんでいた。ハバロフスク駅で満杯にした水は減り、ひとすくい分ほどしか残っていなかった。

「ハバロフスク駅で、護衛隊員二人が朝鮮の男の人を列車から引きずり出すのを見たの。『俺はソビエトの人民だ！』と叫んでたわ」

「ぼくも見たよ。どこに連れていったんだろう？」

「ところであなた、何を探してるの？」

ヨセフはドラム缶の中の水に張った氷を鍋で叩き割る。列車にはドラム缶が二つあった。一つには飲み水が入っており、もう一つは肥桶《こえおけ》だ。氷にひびが入り、その間から水がぶくぶくと湧き出る。走る列車の中で唯一の飲み水にはほこりや髪の毛、干し草のくずが汚らしく浮かんでいる。

「私がそなたに見せる土地へ行け……」。鍋を傾け、その中に水が入るのを見ながらヨセフはつぶやく。それは長老派〔キリスト教プロテスタントの一派〕の信者である彼の父、ソ・ゲスクが生前、口癖《くちぐせ》のように言っていた言葉だ。彼は、自分も聖書の中のアブラハムのように神の声を聞き、ロシアの地に来たのだと言っていた。ロシアに教会を建てるのが念願だった彼は、アブラハムとは違って故郷を恋しがりながら肺病で亡くなった。彼がロシアの地で五十五歳になってもうけたヨセフはその時、七歳だった。

「人間たちの関係にひびが入る時、土地もひび割れる……」ふと浮かんだ言葉を低く声に出してつぶやいた後、ヨセフは水が入った鍋を持ってターニャのもとへ行く。

「ターニャ、水だよ」

ヨセフは鍋を彼女の口に近づけてやる。

「ああ、喉《のど》が焼けそうよ」

彼女は無邪気な声で甘えた後、腫れ上がった唇を動かして口の中に流れ込む水を飲む。

鯉《こい》のうろこのような氷のかけらが入った水を飲んで人心地がついたのか、ターニャが目を輝かせる。

「危うく列車の中で赤ん坊を産むところだったわ。そうしたら、私たちの赤ちゃんのへその緒は干し草の上で切られることになるわね」

興奮した彼女は、クムシルと目が合うと大声を上げた。

「ああ、うちの村でも戦争が起こったのかと思いましたよ！　川向こうの村で黒い煙が上がって悲鳴が聞こえたけれど、うちの村は絵の中の村みたいに静かだったんですから。濃い霧がかかった早朝に馬に乗ったパルチザンたちが村を襲っていったのに、家は一軒も燃えなかったんです。戦争じゃないと知って胸をなでおろしましたよ。戦争は罪のない女を寡婦にしますからね」

両方の前歯が抜けたトゥルスクが、空気が漏れる音をさせながらにっと笑う。

「女を寡婦にするのは、戦争だけじゃないよ」

食糧が入った麻袋の中を探っていたオスンが割り込む。

「コレラ、チフス、結核、飢饉……」

黄色い脚絆《きゃはん》を巻いた両足をむしろの上に置き、面食らった表情で座っていたプンドが、オスンの麻袋に視線をやりながら生唾を飲み込む。人相が悪く、小豆《あずき》が埋まったような彼のあばた顔は、脂ぎってつやつやしている。ぎらついた眼は、腹黒さを覗かせながらも純朴だ。

ニシンの塩漬けのかすかなにおいが強くなったところをみると、麻袋の中にニシンが入っているのに違いない。オスンが清潔そうな木綿《もめん》のハンカチを綿のチマの上に広げると、袋からソーセージ二本とパンふた切れを取り出し、その上に並べる。袋の入り口をひもで固く縛り、自分の尻の下に隠すように押し込むと、ハンカチの上のソーセージを一本取って夫のホ・ウジェに差し出す。黄緑色のマフラーをゆるく巻いたウジェは、優しく内気そうな顔立ちだ。ソーセージを受け取って口に運ぶ彼の顎には、小さなカササギの尾のような髭が生えている。夫が食べるのを見ていたオスンは、彼の首からマフラーを外し、もう一度しっかり巻きつけてやる。彼女は列車が出発してからずっと、かいがいしく夫の世話を焼いている。

「庭を出る時、夫は私に強く言い聞かせました。『ターニャ、絶対に振り返るな！　クロが悲しそうに吠えても振り向くんじゃないぞ！』」

「クロ？」

「仔犬の時から飼っていた黒い犬です。動物は連れていけないというから、家を出る前にワカメ汁とご飯を混ぜて飯椀《めしわん》に入れてやったんです。どれだけ食べっぷりがいいかって、自分が置いていかれるというのに夢中でお椀に顔を突っ込んでいるんですから。だから言ったんです、『やっぱり犬ね！』と。畑に近づくと、夫が私に言いました。『ターニャ、火を渡るつもりであの畑を越えるんだ！』」

ターニャは早口で声が高く、歌を歌っているようだ。

「夫が伸びたエゴマを指差して言いました。『ターニャ、あのエゴマを燃え盛る炎だと思え！』エゴマだけじゃなく、ニンジン、桔梗《ききょう》、南京豆、カボチャ、白菜、大根……。＊ロトの奥さんは振り返ったけれど、私はそうしなかったわ！」

自分でも誇らしいのか、ターニャの顔に自負心がにじむ。

「ロトってのは誰だい？」

仔牛のように大きな風呂敷包みに平べったい尻をくっつけて寝ていたトゥルスクが起き上がって座る。頬骨が出て意地悪そうな顔だが、くぼんだ目元に宿る光は暖かい。

「ロトはソドムの人ですよ」

「ソドム？　ロシアのどこだい？」

「ソドムは聖書に出てくる場所です。ロシアの地名じゃありませんわ。ええ、ロシアがいくら広いといったって、世界のすべての土地がロシアのものではありませんからね。ロトの妻は愚かにも振り返って塩柱《しおばしら》にされたけれど、私は振り返りませんでした」

ターニャが息を切らせながら話すのを黙って聞いていたクムシルは、心の中で反論する。新韓《シンハン》村《チョン》は罪悪に染まったソドムではない。私の父は、私の姉妹たちは、私の隣人たちは、ロシア人の恨みを買うほど吝嗇《りんしょく》な生き方をしなかった。

「あっ、お乳をあげなくちゃ……」

ターニャが相当な腕前で編みあげたショールをたくし上げ、その中の刺し子のチョゴリ〔韓服の上衣〕

のひもを手探りでほどく。赤ん坊の顔を乳房の方にぐっと引き寄せる。

ところかまわず発作的に泣き出し、眠っている人々を目覚めさせる赤ん坊は、くたびれたのか、時折むずかるだけだ。

「移住さえしなければ、暖かい部屋でおっぱいを飲んでいただろうに……」

「赤ちゃんに何の罪があるんでしょう？」

女たちのひと言ひと言に、ターニャはあらためて赤ん坊が気の毒になり、涙を浮かべる。手の甲で目頭《めがしら》を拭《ぬぐ》い、お乳を飲ませようと苦労する彼女を、オスンがうらやましそうな視線で見つめる。五十がらみの彼女は、狭い額にしわを寄せ、気難しそうな面構えだ。

「子どもを六人も産んだけれど、皆あんよもできないうちに逝ってしまって……、二人は生まれてすぐに死にました……、夫だって三人も見送ったんですから」

オスンは深いため息をつき、手にしたソーセージを口に入れてもぐもぐと嚙む。彼女は移住通知書を受け取る前に、移住させられることを知って食糧を準備した。ひと月ほど前、スターリンクラブの高麗《コリョ》図書館で働く弟が突然、彼女を訪ねてきた。彼は、もうすぐ強制移住があるからと、一か月分の非常食を準備するよう命じた。自分から聞いた話を他言してはならず、さもなくば自分と彼女は秘密裏に銃殺されるだろうと固く言い聞かせた。彼女は怪訝《けげん》に思いながらも、蚤《のみ》の市でミシンを売って作った金で豚肉とソーセージ、ニシンの塩漬け、パン、砂糖、魚の燻製を買った。豚肉は塩をまぶし、パンはひと口大に切って天日《てんぴ》干しにし、米は水を入れればすぐ炊けるように研《と》いで乾かした。

他の人たちも、袋や風呂敷包みに入った食糧を取り出して食べ始める。だいたいは固いソーセージや塩漬けにした苦木《にがき》*のような豚肉、ヌルンジ〔ご飯のお焦げを乾かして板状にしたもの〕、天日干しにして乾パンのようになったパンだ。

「こんなに長い間、列車に乗るとわかっていたら、塩漬けの大根でも持ってくればよかったわ」

クムシルも食糧の入った木綿袋の中を覗く。百グラムほどのソーセージ六本、黒パン八百グラム、紫色の芽が出てしわしわになったジャガイモ十個、砂糖二百グラム、塩百グラム、麦飯二升、うるち米一升、ヌルンジ二升分、小麦粉三百グラム。彼女は黒パン一つをソドクに渡し、自分はヌルンジを食べる。

人々が持ち込んだ食糧の袋の中にはジャガイモが数個ずつ入っているが、ストーブが消えており、温めて食べることができない。列車が出発し、ストーブで薪が勢いよく燃えていた時にはジャガイモを茹《ゆ》でて分け合う余裕があった。ストーブが消え、その上の鍋に入った水が冷めると、人々は自分の食糧がどれだけ残っているかを確認し始めた。

「温かい燕麦《えんばく》の粥《かゆ》が恋しいですよ。小さい時は燕麦なんてうんざりだったけど」

「私の母は燕麦ひと握りに草をひとかご入れてお粥を炊き、子どもたちに食べさせてくれました。イラクサ、アカザ、タンポポ、ヨモギ、名もない草……」

プンドがジャンパーの前身頃《まえみごろ》を広げ、その中に入れていた袋を取り出す。死んだウサギのように伸びきった袋から、親指ほどのソーセージを取り出す。奥歯が抜けているので、前歯でかじって食べる。

ぼりぼりとヌルンジをかじっていたクムシルの視線がインソルに向かう。彼は扉にもたれ、両足を胸に引き寄せて座り、宙を穴があきそうなほど睨《にら》んでいる。口髭《くちひげ》を生やし、牡牛《おうし》の目玉ほどもある金色のボタンがついたコートを羽織った姿が視線を惹く。茶色の革靴はかかとがすり減り、傷だらけだ。流れ者の肉体労働者のように荒々しく孤独な雰囲気に、鼻筋が通った顔は神経質でプライドが高そうに見える。ピェルヴァヤ・レーチカ駅を出発する時は、彼は列車に乗っていなかった。ハバロフスク駅を出る直前、急いで彼女が乗っている車両に飛び乗ったのだ。自分が車両を乗り間違えたことに気づくと、首を強く振った。両手で頭を抱え、嘆息《たんそく》するとプンドの隣に座った。彼の指に冷たく怪し気に光るのは、ダイヤモンドの指輪だ。クムシルの夫、クンソクもそれに似た指輪をはめていた。ウラル山で採掘されたダイヤモンドで作ったという指輪を、彼は六十ルーブルも出して買った。

生臭いお乳のにおいを嗅《か》いだファンじいさんが、喉を絞ってうめき声を上げながら目を覚ます。彼はつぎはぎだらけの布団を首まで引き上げ、横になってクルミのようにしわくちゃの顔だけをひょいと出したまま運ばれていく。

「わしがまだ生きているとは……」

五臓六腑が腐ったようなにおいが食道から上がってきて、彼のひん曲がった口から吐かれる。その枕元に座っているペクスンが、顔をゆがめて灰色の前掛けの裾で鼻を覆う。

「死ぬなら故郷の近くで死にたいと言っているのに、列車に乗せられるなんてな！」

クムシルは、新韓村のオケアンスキー通りにある日本総領事館の建物の近くでファンじいさんを見た。彼は根っこから切られた木のようにリヤカーに乗せられていた。新韓村に住んでいた朝鮮人たちは一斉に出てきて、押し合いへし合いしながらオケアンスキー通りを列をなして歩いた。彼女は風呂敷包み一つを頭にのせ、もう一つは手に持ち、リヤカーの後について歩いた。オケアンスキー通りとスヴェトランスカヤ通りが交わる革命広場に着くと、リヤカーは人波がつくり出す渦《うず》に飲み込まれ、くるくると回った。十月革命*の最盛期、赤い旗がはためいていた革命広場は、家から追い出された朝鮮人たちの喚声《かんせい》に沸いた。

赤ん坊とファンじいさん。クムシルはふと、その二人が〝同じ人間〟のような気がする。同じ人間の始まりと終わりが一緒に列車に乗せられているようだった。列車がついに最終目的地に到着する時、その人間の始まりは消え、終わりだけがぽつりと残っているような考えすら浮かぶ。

白髪を束ねた頭を突き出し、仏頂面で座っていたソドクの口がそっと開く。黄ばんだ歯の間から、米のとぎ汁のような白い息が立ちのぼる。

「家を残して出ようとしたら離れがたくて、一歩歩いては振り返り、また一歩歩いては振り返り……」

「私も、首の筋を違えそうなほど振り返りましたよ。情が湧いて、家ではなく年老いて目が見えなくなった両親を捨てて夜逃げするような気持ちでした」

痩せ衰えた首でうなずいていたペクスンが、泣き声でつぶやく。

「あの人たち、もう私の家を壊したんじゃないでしょうね?」

「壊されてなければ、ネズミにでもかじられてるんじゃないかしら」

「そんなこともあろうかと、猫を三匹、家に放してきたんです！」

「私は、最初から家を壊してきましたよ」

「桐だんす、螺鈿《らでん》の鏡台、ミシン、真鍮《しんちゅう》の箸と匙《さじ》十組、醤油の甕《かめ》、味噌の甕、コチュジャンの甕、塩の甕、石臼《いしうす》、大きな釜、真鍮の器……ほとんど使っていないのに……、たんすにいっぱい入った布団はどうしろというの！　突然、病気の犬みたいに追い出されるとはつゆ知らず、キムチを作るために白菜を六十株も漬けたんです……」

「ああ、山羊一頭！」

「一頭ですって？　私は山羊を三頭も捨ててきたんです。おばさんの方が私のやりきれなさよりはましでしょうね」

「ましですって？」

「おばさんは山羊を一頭しか捨てなかったのに、私は三頭も捨てたんですから」

「うちの山羊がどれほど丸々と太っていたと思ってるの」

「うちの山羊は火かき棒みたいに痩せていたとでも？」

「一頭捨てた人が、三頭捨てた人よりやりきれないなんてことがあります？」

「ちょっと、闇市場でもあるまいし、うるさくて寝られやしない！」

「寝るのは夜にしてくださいな」

「今は夜じゃなかったの？」

「太陽が出てるんですって！」

列車が横に傾き、車輪が線路を鋭く引っかく音が長く続く。棚にぶらぶらと吊り下げたブリキの器と鍋が互いにぶつかり合って騒々しい音を立てる。ファンじいさんの手が布団の外に飛び出す。骨と皮だけの指はごつごつと曲がっている。

「盲目のロシア人神父が教会から追い出されてこう言ったそうです。『おまえの知恵がおまえの愚かさだ！』」

「おまえの知恵がおまえの罠《わな》だ！」

プンドがジャンパーのポケットからクルミの飾りがついた煙草入れと木を雑に削って作ったパイプ、黄色い紙切れを取り出す。細かく刻んだ葉を紙切れに少しのせ、それをくるくると巻いて煙草を作ると、パイプに挿す。強く濃い煙草に酔い、朦朧《もうろう》とした目でインソルを見る。

「ひと口いかがです？」

眉間にしわを寄せ、考え事をしていたインソルが首を振る。

思いきって気前のよさを発揮したのに体よく断られたプンドは、口をぴくりと動かす。煙草をひと口吸うと、唾をつけた指で煙草の端をぐっとつまみ、火を消す。半分に減った煙草を取り出し、紙切れで包むとパイプと一緒にジャンパーのポケットに入れる。後からまた吸うためだ。ウラジオストクに流れ着き、力仕事を求めて港をさまよっていた時、煙草を買う金がなくて道端に転がるシケモクを拾って吸ったことを思えば、煙草ひと口も貴重だ。

顎髭《あごひげ》をぼうぼうと生やし、防寒帽をかぶった男が空のやかんを持ってはしごを下りてくる。ストーブを足で蹴り、不満に満ちた声でつぶやく。

「死んだかみさんの体みたいに冷めちまった！」

その言葉に苦笑いしたトゥルスクは、クムシルと目が合うとそっと尋ねる。

「山羊を一頭捨てた人より、三頭捨てた人の方がやりきれないかね？」

「え？」

「一頭捨てた人も、三頭捨てた人も、自分が飼っていた山羊を全部捨てたんだから、どっちがもっとやりきれないかを決めるなんて、滑稽《こっけい》でならないねえ……」

クムシルは、首を横に振るトゥルスクに見覚えがある。どこで会ったのか思い出そうと苦労していた彼女は、友人のオルガのことを思い出し、ようやく記憶を取り戻す。新韓村のアムール通りから小枝のように伸びる路地に住む女性だ。昨冬、クムシルはオルガの家から帰る途中、トゥルスクがロシア人の酔っぱらいをかちかちに凍った道端に投げ飛ばす光景を偶然目にした。体格の大きな年配の朝鮮人女性が必死に飛びかかると、ロシア人の酔っぱらいは悪態をつきながら急な坂道を転がるように駆け下りていった。

仕事を探してウラジオストクに流れ着いた労働者らを相手に下宿屋を営み、飯や酒を売るトゥルスクは、息子のチェ・アナトリーを連れている。彼は毛量《もうりょう》の多い黒い頭を下に向け、両腕を伸ばしたまま拳《こぶし》を握ったり広げたりする。

「アナトリー、わが息子よ……」

アナトリーが尖《とが》って角ばった顎を持ち上げ、荒い息を吐く。茶色い羊革のコートに太いズボン、つま先が膨らんだ山羊革の靴。ロシアの若者のように着飾って冷笑的な表情を浮かべているが、どこから見ても朝鮮の青年だ。血走った彼の眼がアリーナに向かう。面長《おもなが》で目鼻立ちが整ったアリーナの顔は、血の気がなく昼間の月のように白みがかっている。彼女は母親のペクスンの後ろに隠れるように密着して座っている。その隣のイルチョンは、遠くの山を眺めるように座ってパイプをいじっている。

息子の様子をうかがっていたトゥルスクが、木綿袋からパンを取り出して息子に差し出す。天日干しにした黒パンだ。生地をこねる時にイーストを入れて膨らませた黒パンは、三日も経つとカビが生えるため、乾燥させて非常食として持ち歩いた。

「食べなさい」

「食いたくない」

冷たく言い放つ彼の薄い唇がぶるぶると震える。

「どこか悪いんじゃないのかい？」

アナトリーは両膝《ひざ》の間に顔をうずめてしまう。板の間から差し込む光が、パンとそれを支えるように持っているトゥルスクの手を照らす。しわだらけの手が持つパンは、石ころのようだ。

「食べなくちゃ力が出ないだろう」

アナトリーは拳を握ったり開いたりする。

「大変そうね。放っておきましょう。お腹がすいてないみたい。お腹と背中がくっつくぐらいになれば、食べ残しのパンだって拾って食べるようになりますよ」

オスンの言葉に気を悪くしたトゥルスクの表情が固まる。

「まったく、近頃の若者は両親を敬《うやま》いもしないんですね」

ヒキガエルのような手で顔を掻いていたプンドもひと言挟む。

「それでも、朝鮮人の村で息子が父親の胸ぐらをつかんだという噂は聞いたことがありませんわ。製粉所の前でロシア人の若者が白髪の老人の胸ぐらをつかんで揺さぶっているのを見た時は驚きました。二人が親子だと聞いて、びっくりしましたよ」

ペクスンが青ざめた顔で頭《かぶり》を振る。

「胸ぐらをつかむぐらいなら、まだましですよ。息子が父親を殺すことだってあるんですから！」とプンドが言う。

「なんとまあ、世も末だというけれど、そんなことがあっていいんですか？」

ソドクが眉をひそめる。

「白軍*と赤軍が戦った時にはありとあらゆることがあったじゃないですか」

「そうじゃった……、同じ両親の下に生まれたきょうだい同士が敵味方に分かれて銃を構え、先祖代々暮らしてきた家を燃やし……」ファンじいさんの声は山羊の鳴き声のように震える。

「九つだったかのう？　ロシア人の男の子が、宝石のように輝く緑の瞳で自分の母親を見つめながら言うには、『ソーニャ同志、ぼくは白軍にいた父さんのことが恥ずかしいです。悪党で人民の敵であるあんな人間は、ぼくの父なんかじゃありません』」。腹を立てた母親は、男の子の頬をぴしゃりぴしゃりと二回叩いた。男の子はしょげるどころか、威勢よく顔を上げてこう言ったんじゃ。『父さんのことをかわいそうだと思う母さんも人民の敵です。ぼくは母さんを告発し、孤児院に入ります』。すると、母親は泣きながら言った。『おまえの父さんは、おまえがどれだけ悪い子かも知らずに手紙を書いたのよ……、俺たちの息子に一番暖かい服を着せてくれ。息子を正直で健康に育てることが、君が俺のためにできる最善の努力だ、って』」

男たちは、煙草入れの中の煙草の葉がどれほど残っているかを確かめたり、自分と妻子の運命が今後どうなるのか考えにとらわれたりする。女たちは荷ほどきをしてからもう一度荷造りをしたり、子どもの髪をかき分けて虱《しらみ》を取ったり、針仕事をしたりする。

「『人間は、まず人間にならなきゃいけない』。祖父が生前、口を酸っぱくして言っていた言葉です。『見かけは人間でも、みんな人間というわけではないぞ』と」

列車が激しく揺れる。

「祖父は、一度聞いた名前は絶対に忘れない並はずれた記憶力を持った人だったんです。孫たちを座らせて、『千字文《せんじもん》』*や『明心宝鑑《めいしんほうかん》』*を読んでくれました。五人きょうだいのうち三番目だったんですが、ある日、祖父の父が、つまり私からは曾祖父になる人ですね。とにかく祖父の父にあたる人が祖父をそっと呼ぶと、こう言ったそうです。『おまえは頭がいいから、朝鮮などという小さな国で暮らさず、大国のロシアに行きなさい』。その数日後、祖父は妻子を連れて家を出たそうです」

「その指はどうしたんですか?」

「赤ん坊の時に凍傷にかかったんです。末っ子の私が二歳になる前に父が亡くなったせいで、母は私をおんぶして行商に出ました。鼻水が流れる前に凍りつくような冬の寒い日に私をおぶって行商に出たらしく、その時に凍傷になった指七本が鉄のように固まってしまい、三本しか使えなくなったんです。小さすぎて私は覚えていないんですが」

「三本の指で器用に裁縫もできるのね」

「指が三本でも、人と同じように生きなきゃなりませんからね。他の人なら五時間でできる針仕事が、私は八、九時間かかります。それでも不平を言ったことなんてありません。三本もまともな指があるなんて、どれだけ幸いなことか」

「そんなに熱心に何を繕《つくろ》っているんです?」

「靴下に穴があいたんです」

「針が手に刺さってるみたいですけど?」

「手のひらが獣の革みたいに固くなって、ちょっと刺さったぐらいじゃ痛くもかゆくもないんですよ」

「あらあら、手の甲から血が出てますよ。列車が止まっている時に縫ったらどうです?」

「穴はその時に繕わないと大きくなるでしょう。取り返しがつかないほど大きくなったら、人生を飲み込んでしまうんです」

「それもそうですね」

「奥さんこそ、編み針を手に刺しながら何を編んでるんですか？」

「夫の靴下ですよ。両手を遊ばせておくわけにはいきませんから」

「冷たい水をひと口飲めたら悔いはないわ」

「水なら私の故郷、ジェピゴウ*の水は一番甘くておいしいですよ」

「ジェピゴウが故郷なんですか？」

「そこで生まれましたからね。絹糸で刺繍した十二幅の屏風を広げたような景色がとても美しいところです。春になれば、谷間にはそこらじゅうにツツジが咲くんですよ」

「私の父は亡くなる前、故郷の水を一杯飲みたいと言っていました。父はロシアに来て、マツバボタンの種をまいたんです。娘が花を見ながら育つようにって」

列車の中に広がっていた光がそっと姿を消し、歌声が車内に流れる。ホ・ウジェの口から流れ出す声だ。詩を吟《ぎん》じるような歌声は、車輪が回る音に油のように絡みつく。女性である自分よりも美しい声に、ソドクのしかめっ面が自然とゆるむ。

「歌を歌うお方なの？」

革の箱を間に置き、ウジェと並んで座っているソドクが、遠回しに尋ねる。

「聞こえないんです。片方の耳がつぶれて、もう片方はどこかに飛んでいってしまいました」

オスンがウジェの白い髪の毛をかき分け、フジツボのように醜くつぶれた耳をソドクにだけちらりと見せてやる。

「なんてこと、どうして耳が……」ソドクは言葉を失い、舌を鳴らす。

オスンが指でウジェの手のひらに文字のようなものを書く。うなずいていた彼が、はにかみながら慎ましやかな視線でソドクを見つめる。

「ロシアの内戦*が激しかった一九二二年二月十一日の夜でした。ハバロフスクのボロチャエフカで赤軍と白軍が一世一代の戦闘を繰り広げたんです……。ボロチャエフカのイユニコラン丘に白軍の駐屯地があったんですが、稜線に沿って鉄条網が六重にも張り巡らされ、それこそ難攻不落の高地でした。われわれ朝鮮人パルチザン部隊が最初に突撃したんです。パルチザンは銃剣と体で鉄条網を突破しました。頭で、顔で、腕で、手で、太ももで、足で鉄条網をかいくぐるパルチザンたちに向かって、白軍の装甲車があられを降らせるように機関銃を撃ちました。イユニコラン丘は砲弾の音に揺すぶられ、火薬の煙に覆われました。百人を超えるパルチザンが鉄条網にぶら下がり、肉がちぎれ、銃弾を受けて死んでいきました……。その時に鉄条網で片耳がちぎれてなくなり、残った耳はこんなふうになったんです……」

ウジェは止めた歌の続きを再び歌う。

「前世は鳥だったのか、ところかまわず歌を歌うんですよ。小さい頃に父が作男《さくおとこ》暮らしをしていた両班《ヤンバン》*の家で聞き覚えた歌だと言うんですが、頭で覚えたのか口で覚えたのか、文字も読めないのにあれだけ多くの歌を立て板に水で歌うのを見ると、不思議でならないんです」

列車の揺れと歌声に合わせてやるせなく揺れる顔に、それぞれ真っ暗な闇が貼りつく。

「パパ、家に明かりを点《つ》けなきゃね。そうすればお兄ちゃんが明かりを見て家に来るでしょう」

「あれはもう五年前のことだから、あいつも二十一になるんだなあ……」

「ついていこうとしたら、パパが半分残ったろうそくを指してこう言ったの。『あのろうそくが燃え尽きるまでに、あいつは戻ってくるさ』。でも、ろうそくが燃え尽きてもお兄ちゃんは戻ってこなかった。パパは新しいろうそくの芯に火を点けながら言ったわ。『俺たちは洞窟の中に住むコウモリじゃないんだぞ』」

「おまえの兄さんは戻ってこないさ。あいつは俺を憎んでいるからな」

「パパがお兄ちゃんを憎んでいるからよ」

「あいつはソビエト団員のふりをして崔《チェ》のじいさんを脅迫し、辱《はずかし》めたんだ」

「あのおじいさんが善良で貧しい農民を搾取する富農《クラーク》だからじゃないの」

「あのじいさんは、ロシアで俺たちに初めて慈悲を施してくれた恩人なんだよ」

「慈悲ですって？」

「大昔のこと、つまりおまえたちが生まれる前のことだ。あの時、俺はたった十一歳だった。国境を越えてロシアに到着するやいなや、おまえのじいさんはチフスにかかって錯乱状態になったのさ。子を宿して腹が膨らんだばあさんは、俺の手に空の袋を持たせて崔のじいさんの家に物乞いに行かせたんだ。ジャガイモひとざるにラード、マッチ、ろうそくを袋に入れてくれ、俺にこう言った。『明日、うちで牝牛《めうし》をさばくから、正午にもう一度来なさい』。俺は、精米所の煙突にかかっていた太陽が空の北側に昇るのを待って、彼の家に行った。彼は自分のかみさんに命じて、鍋一杯の牛の血を俺に持たせてくれた。おまえのばあさんと俺は、ジャガイモと牛の血を食べて無事に冬を越したんだ。麦の芽が出る頃、おまえのばあさんは双子を産んだ。まだ十二歳の俺に、あのじいさんは牛と山羊の面倒を見る働き口までくれたよ。じいさんが俺に言い聞かせたのはただ一つだった。自分の家畜を殴ってはいけないってな。俺が飢え死にしなかったのは、あの冬の夜にじいさんが施してくれた慈悲のおかげだった。でも、おまえの兄さんが悪友たちと徒党を組んで赤い旗を持ち、じいさんの家に押しかけて騒ぎを起こしたから……、恩をあだで返したようなもんだ」

「お兄ちゃんが言ってたわ、あいつは財産を手放そうとしないって。畑も、牛も、馬も、農機具も」

「カリーナ、自分が飼っている牛を手放すってのは簡単なことじゃないんだ」

「パパ、家に明かりを点けなきゃ」

「あいつは若い時分を異国で無駄に過ごして戻ってくるだろう……、回転木馬が五回ほど回って、失業者になったら……」

「もしかしたら今夜、お兄ちゃんが家に戻ってくるかもしれないじゃない。私たちが家から追い出されたと知ったら、お兄ちゃんはスターリン大元帥《だいげんすい》に手紙を書くはずよ。私がどれほど質素で勤勉か、スターリン大元帥が知ったら私たちを家に帰してくれるわよ」

「移住通知書を持ってきた警察に話をしたんだ。『長男がコムソモール*〔共産主義青年同盟〕です』とな。だけど、あいつらははなも引っかけなかったよ」

「パパ、家に明かりを点けなくちゃ」

「そうしたくても、うちにはろうそくが残っていないんだ」

ヨセフが組んだ腕をほどき、碁盤《ごばん》ほどもある羊革のかばんからマッチ箱と灯油ランプを取り出す。

灯油ランプの芯から火花が散る。火花はカボチャ粥の色をした丸い火になって、人々の顔に貼りついた闇を払う。

「カリーナ、誰かがうちに明かりを点けたぞ！」

列車が速度を落とす。一日中畑を耕して疲れた牛の歩みのようにのろのろと走り、再び速度を上げる。

「時がくれば」

「時がくれば、ツバメたちも恋をしますから」

「それはいつです？」

「それがわかっていたら、この列車に乗っていると思いますか？」

「列車が出発してから九日が過ぎました」

「十日じゃありませんか?」

「時計の針が十八回まわりました」

「それなら、そろそろ到着する頃でしょうね」


ターニャは手を伸ばして灯油ランプの下の方をつかむと、火が描く黄色い円の中に自分と赤ん坊が飲み込まれるまで引き寄せる。巨大化した彼女の影が貨車の壁に映る。光を受けて血色よく見える彼女の顔は、いつしか胸に抱いた赤ん坊の方に向かって傾く。

「あなた、赤ちゃんの皮膚ってどうしてこんなに薄いんでしょうね? トンボの羽ぐらい薄くて、血が流れるのが見えるわ。でも、あなた……、血がナスみたいな色よ」

「ターニャ、血がそんな色のはずがないだろう」

「だけど、紫がかっていて……、この小さな顔の中に、目鼻口が全部あるのが不思議ね。それに眉毛も生えていて、両横には耳もついているんだから。今は眉毛が真昼の月みたいに薄いけれど、大きくなったら毛の量も増えて濃くなるはずよ」

ターニャは小指で赤ちゃんの眉を撫でる。

「あなた、ぷっくりしたこの唇を見て。瞳はあなたに似て薄茶色ね。髪の毛もあなたみたいに黒くて縮れてる……、私、あなたに息子を産んであげたかったの。あなたにそっくりの息子を。怖かったわ、あなたに似ていない子どもが生まれるんじゃないかって。生まれるまで顔を見ることはできないから。でも、父親のあなたにしか似るはずがないのよね。話したかしら？　最初につわりがあった日に、白人の赤ちゃんを産む悪夢を見たって。私、あまりに恐ろしくて、歯でへその緒を嚙み切って赤ちゃんをあのかばんの中に隠したの。泣き声が聞こえてきて、あのかばんを、ああ……あのかばんを……」

ターニャはヨセフが少し前に灯油ランプを取り出したかばんを凝視しながら、肩を震わせる。乾いた首を激しく振ったかと思うと、おくるみの中から赤ん坊の手を出して何度も口づけをする。乾いていた彼女の唇が唾で潤う。

「爪がコガネムシの羽みたいだわ」

赤ん坊の指を一本一本確かめていた彼女が、興奮した声で言う。

「あなた、赤ちゃんの指が少し大きくなったみたい」

赤ん坊の手に繰り返し口づけていたターニャの表情が沈む。赤ん坊が生まれてすぐに家から追い出され、列車に乗せられたからか、彼女は赤ん坊の誕生を喜んでばかりもいられない。

「あなた、地面の上で育ったものは全部燃やしたと言っていたでしょう？　硫黄《いおう》をまいて火をつけたって」

考え事をしていたヨセフの視線がターニャに向かう。

「それならミミズも？」

「ターニャ……」

「蜂も？　蜂に何の罪があるっていうの？」

ヨセフが真剣な表情でじっと見つめると、ターニャは仏頂面で口をつぐむ。赤ん坊の頬を撫でていた手を止め、不服そうな視線を突拍子もなくクムシルに投げる。二人は揺れながら互いを黙って見つめる。ずっと黙っていたクムシルの口が、控えめに開く。

「地面が燃えていました……」

「何ですって？」

ターニャが聞き返すが、また閉じたクムシルの口はもう開かない。彼女が国境を越えてロシアで初めて見たものは、かまどに投げ込まれたジャガイモのように燃える地面だった。

「ソビエトの警察が移住通知書を持って家々を回るという噂が流れたんです。私は彼らを待っていました。山裾《やますそ》の急斜面にあるうちの庭に入ってこようとする彼らに、私は静かにするよう目配せをして、山桜の木へ静かに歩いていきました。紅葉した山桜の枝に、スズメが二十羽は止まっていました。私は木を揺らしてスズメたちを追い払いました。『意地が悪いな、何もしていないスズメをなぜ追い払うんだ？』非難する警察に私は言いました。『それなら、あなたたちは何もしていない私たちをどうして追い出すんですか？』」

「移住通知書を受け取る数日前、母が夢に出てきて、どうにも落ち着きませんでした。母が泣いていたんです。父が早くに亡くなり、母は食べていくために魚の干物《ひもの》を竹かごに入れ、頭にのせて売り歩きました。末っ子の私もよく連れて歩いたんです。私が足が痛いと駄々をこねると、道端にかごを置いて休憩しました。ある時、魚のにおいを嗅いで集まってくる蝿《はえ》を追い払いながら休んでいると、通りがかりのおじさんが後ろ手を組んで立ち止まり、尋ねてきました。『おばさん、こんな昼間からどうして泣いてるんです?』『ちょっとおじさん、私がいつ泣いたっていうんですか?』 母が腹を立てると、そのおじさんは気まずそうに行ってしまいました。自分がずっと泣いていることに、母だけが気づかなかったんです」

「『私は本当に子宝に恵まれたわ。食べものには恵まれなかったけれど』。母はそれが口癖でした。子どもを十四人も産んだんです」

「私の母もそうでした。人が住むところはどこも同じです。大きな山があるか、小さな山があるか、小川が流れているか、川が流れているかの違いぐらいしかありませんよ」

「私の母は、飛んでいく鳥さえ見れば手を振りながら言いました。『鳥よ、あまり遠くへ飛んでいかないで』」

「川の水よ、あまり遠くへ流れていかないで」

「私たち、あまりにも遠くへ来ました」

「あなた、歌を歌ってください」
こっくりこっくりしていたホ・ウジェが再び歌い始める。
〈空と大地が冬の寒さに凍《い》てつき、息が詰まります。
白い雪が一面を覆っています。
人はもちろんのこと、
鳥が飛んでいく姿も見えません。*〉
鳥の姿も消えたシベリアの空の下、五十両を超える貨車が走る線路は果てしなく続く。

2

ソビエトの警察が新韓村《シンハンチョン》にやってきたのは十日前、突風が吹いた日のことだった。波打ったトタンや板切れを屋根にした家々の上に、綿《わた》のかたまりのような雲が速く流れた。太陽が雲の間から覗くたび、銀色の日差しが屋根に薄布《うすぬの》のように降り注いだ。彼らは七百戸を超える家々を回り、ぴったり三日後に一週間分の食糧と最低限の衣服だけを持って革命広場に集まるよう命じた。彼らはメリコフ通りにあるクムシルの家にも訪れた。彼女は庭を走り回る鶏を小屋に入れ、彼らを出迎えた。

長い亜麻色《あまいろ》のもみあげがある警官が彼女に言った。

「おまえたちは出ていかねばならない。朝鮮人に移住命令が下された」

彼女が黙っていると、前歯に大きな隙間があいた警官は癇癪《かんしゃく》を起こした。

「まったく、ものわかりが悪いな。ソビエト連邦人民委員会議で、おまえらを移住させろという命令書が出されたんだ」

わざわざ小屋に入れた鶏たちがすっかり出てきて庭を走り回った。オレンジの鶏がピンク色の脚を軽やかに踏み出し、彼女の前を通り過ぎた。一番年上の雄鶏《おんどり》が、まだ卵を産めない幼い雌鶏《めんどり》の尻を追いかけ回した。豚の鳴き声、犬の吠える声、薪を割る音が通りから聞こえてきた。向かいの家の女性が垣根に干した白い布団を取り入れながら、好奇心に満ちた目で彼女の家の庭を眺めた。上手《かみて》の家の鶏舎では、数日前に孵《かえ》ったひよこがピヨピヨと鳴いた。路地のどこかの家から小豆粥《あずきがゆ》を炊くにおいが漂ってきた。

「家はどうするんです？」

「何だと？」

もみあげの警官が怒鳴る。

「家ですよ」

「家と家畜は置いていけ」

「でも、主人が商いに出ています」

「それがどうした？」

すきっ歯の警官が彼女をせき立てた。

「主人が戻らないと行けません」

「おまえの旦那はいつ戻るんだ？」

もみあげの警官が彼女にたたみかける。日にちを数えていた彼女は、自信なさげな声でつぶやいた。

「どれだけ早くても十日後に……」

もみあげの警官が彼女の顔を飲み込むかのように口を開けた。

「まさか、ロシア語もまともに聞き取れないんじゃないだろうな？」

警官は黒いブーツを履いた足を振り上げ、鶏を追い払った。

「おまえらは三日後、何があろうと出発しなければならない」

警官の開いた前歯の間から唾が飛び散った。

「では、主人は？」

彼女はもみあげの警官の青灰色《あおはいいろ》の目を見据えた。

「おまえの旦那は後から行くだろう」

「私たちがどこへ行くか、どうしてわかるんです？」

「それは俺たちが知らせてやるさ」

彼らが去った後になって、彼女は自分にすらどこへ行くのか教えてもらえなかったことに気づいた。

ドアが細く開くと、ソドクが顔を出した。細めた目で庭を見ると、こう訊《き》いた。

「誰か来たの？」

「ソビエトの警察です」

雄鶏が首を伸ばすと急にバタバタと飛び上がり、後を追う雌鶏の背中の上に降りた。驚いた雌鶏は、クエッと叫んで十歩ほど早足で走った。雄鶏はもがく雌鶏の羽の間に脚を差し込んだ。

「移住通知書を渡していきました。私たち、三日後に出発しなければならないんですって」

「出発だって？」

「人民委員会議が、私たち朝鮮人を移住させる命令を下したそうです」

「私は行けそうにないよ。こんな年寄り、道中で病気になって死ぬのが関の山だろう。おまえの義父《とう》さんの祭祀《チェサ》だってあるし」


クムシルの夫のクンソクは、二週間前に行商に出た。間島《カンド》＊一帯を回って織物、水牛の革、ろうそく、銀のナイフなどを売った。イギリスで作られ、ウラジオストク港を通じて輸入される高級品で、間島に定住する日本人の間で人気があるとされた。最もよく売れるのはイギリス製の織物で、丈夫な上に色や模様もさまざまだった。クンソクは行商に出ると、二十日ほど各地を回って帰ってきた。今回出かける時、彼はかなりの重さがある水牛の革と銀のナイフを何袋も持っていった。柄のついた銀のナイフは人差し指ほどの大きさで、刃の面に王冠と前足を持ち上げて咆哮《ほうこう》するライオンが刻まれていた。アムール湾の向こうの間島は遠くはないとはいえ、中国の地だった。国境を行き来するため、彼女はクンソクが荷物を持って行商に出ると戻るまで気が気でなかった。三か月ほど前に中国と日本の間で戦争が起こった時も〔一九三七年七月に日中戦争勃発〕、彼は商売に出て家を空けていた。

クンソクはロシアで生まれ育った。ロシア語の方が朝鮮語より流暢《りゅうちょう》だったが、姿かたちはどこから見ても朝鮮人だった。ロシアの領土である沿海州と中国の領土である間島〔一九三二年以降は日本の傀儡国家である満州国の支配下〕を行き来する自分にどんなことが起こるか、彼自身も予測できなかった。国境を越えて彼が到着した地、その地で虐殺や戦争が起こったり、恐ろしい伝染病が発生したりする可能性もあった。仕事から戻って二週間も経たずに再び荷造りをする彼に、彼女は言った。

「この頃、夢見が悪くて」

「戻ったら、欲しがっていたミシンを買ってやるよ」

彼は彼女を後ろから抱きしめ、首と肩に印鑑を押すように口づけた。

「赤ん坊が生まれたら、全部その子のものになるだろうな」

「全部？」

「おまえの全部だよ」

彼女は、夫がまだ生まれてもいない赤ん坊に嫉妬しているのだと思った。

ソビエトの警官が来た翌日、クムシルはソウル通りに住んでいる父方のいとこの家に行ってきた。日当たりのよい傾斜地にあるその家の庭からは、ピェルヴァヤ・レーチカ駅とアムール湾が見下ろせた。

彼女が到着すると、いとこの妻は黒い木綿布を頭に巻いてアムール湾を茫然と見下ろしていた。青い海水をたたえたアムール湾は三百メートルの崖の下にあったが、まぶしいほど明るく鮮明で、手を伸ばせば届きそうなほど近くに感じられた。

「あれはもう二十六年も前になるわ。開拓里《ケチョクリ》*から追い出されてここに来たら、土も何もない痩せた岩山じゃないの。岩が屏風のようににょきにょきとそびえ立ち、足元には石が転がり……。岩を避けて整地して、平たい石を探して暖房《オンドル》を作り、土を練って壁を塗った。オンドルの石を並べたのが昨日のようなのに、他のところへ行くなんて……。この冬はアムール湾が凍るのも見られないわね」

アムール湾は十月中旬から凍り始め、真冬になると氷の厚さが五尺*〔約一・五メートル〕にもなった。人々は氷の上を歩き、北間島《プッカンド》*の琿春《フンチュン》や延吉《ヨンギル》などを行き来した。

ざるに干して乾かしていたわかめを片付けながら、いとこの妻はため息をついて言った。

「開拓里に住んでいた頃は、わかめを毎日干して食べていたわ。洗わなくてもいいほどきれいなわかめだった」

開拓里はアムール湾の南側、丘の麓《ふもと》の低地帯にあった。彼女は開拓里に住んだことはなかったが、姑からその頃の話をよく聞いていたので、写真を見るようにその場所が頭に浮かんだ。ウラジオストクに軍港が造られる時、多くの朝鮮人が仕事を求めて流入し、そこに家を建てて暮らしたことで村ができたそうだ。道に排泄物が散らばり、悪臭がしてロシア人たちから獣の巣と呼ばれていたという。コレラの根絶を理由に一部の朝鮮人を船に乗せて元山《ウォンサン》に送り返したこともあるツァーリ政府*は、一九一一年に開拓里の朝鮮人をアムール湾西側の尾根に移住させた。朝鮮人たちが丸太と土、板切れで建てた家を壊し、ロシア騎兵部隊の幕舎《ばくしゃ》と訓練施設を建てた。

「飼っている豚はどうすればよいか聞いたら、鼻が拳ほどもある警官が置いていけって言うじゃないの」

いとこの妻は、庭で豚を三頭も屠《ほふ》った。

「私が豚を置いては行けないと言ったら、そこに行けば置いてきたのと同じ数の豚をくれるからって」

「そこってどこですか？」

「そこがどこかはわからないけど、そこの豚がうちの豚に敵《かな》うと思う？」

その日、クムシルは近所の女性たちが向かいの家の庭に集まってひそひそと話すのを聞いた。灰色の豚と白い鶏、タールのかたまりのように黒い犬が庭で遊んでいた。割りかけの薪に斧《おの》が刺さっていた。

「国境で今にも戦争が起こりそうなんですって。日本の関東軍とソビエト軍がラズドリナヤ川*を挟んで毎日のように銃を撃ち合っているみたい」

朝鮮は依然として日本の植民地であり、中国と日本は戦争中だった。

「スターリンが、なぜ朝鮮人を遠くに追い払おうと焦《あせ》っているかわかる？」

「どうして？」

「肌が黄色くて目が細いからよ」

「そんなことに今頃気づいたんですか？」

「そうじゃなくて、日本のスパイをする朝鮮人のせいよ」

「朝鮮人が日本のスパイを？」

「見た目が日本人に似ていて日本語ができるから、そう疑ってるんでしょう」

「豊作だと喜んでいたのに、まさか収穫もしないで出発しろと言うんじゃないでしょうね?」

「三日後に荷物を持って革命広場に集まれって言われたじゃない」

「知らない土地に行くならいっそ故郷に戻ると言ったら、それは許されないって」

「故郷?　私の故郷はここ、沿海州よ」

「忠清北道《チュンチョンプクト》の鎮川《ジンチョン》が故郷じゃなかった?」

「二歳の時に母の背中におぶわれて来たのよ。ウスリースク*のプチローフカ*で十七歳まで暮らして、クロウノフカ*に住む男の人に嫁いだの。あれは七月だったから、一番暑い時ね。実家で婚礼を挙げてクロウノフカの嫁ぎ先に行ったら、家の前には金塊のようなひまわりが見渡す限り咲いてたわ。どれだけ肥沃な土地かって、ジャガイモをひとかご植えれば十かごが採れるほどだった。川には魚がいっぱいいて、まめに働けば三食お腹いっぱい食べられたんだから。クロウノフカで三人、開拓里で一人、新韓村で一人、子どもを五人産んだ。リュドミーラ、アンナ、イサアク、アンドレイ、セルビア。子どもたちにロシアの名前をつけたわ」

「女にとっては、子どもを産んで育てた場所が故郷なのよ」

「それじゃ、クロウノフカが婚家ってこと?」

「本家がまだそこにあるから」

「私の義理のきょうだいがクロウノフカに住んでるわ」

「煙草工場の班長のセルゲイが、私たちがいなくなったら残ったものは全部自分たちのものになるって言いふらしてるんですって?」

煙草工場で煙草を巻く仕事をしている女性が、顔が真っ赤になるほど興奮して言った。クムシルも、クンソクと結婚する前まで煙草工場に勤めていた。紺色の頭巾《ずきん》を巻き、一日に煙草を五千本も巻いた。セルゲイは五十を超えたロシア人の男で、出身地はレニングラードだった。ロシア人だったが、煙草工場で働く彼も朝鮮人と同じように生まれ育った故郷を離れ、沿海州に流れ着いた移住民だった。工場の女性たちの間では、彼が酒さえ飲めば妻を台所の柱に縛りつけて革のベルトで叩くという噂が広まった。

「私たちが出ていったら、全部ロシア人のものになるの?」

沿海州はソビエトの領土だったが、ロシア人よりも流れ着いた朝鮮人の方が多く住んでいた。沿海州はロシア人にとって、東の果ての人里離れた土地だった。だが、ソビエト政府が成立してからは、沿海州に移住するロシア人の数は急速に増えた。

「私は全部持っていくわ。スプーン一本だって置いていくもんか」

「一人あたり三十キロを超えてはいけないって聞かなかった?」

出発する前の日、クムシルは足をずるずると引きずりながらハバロフスク通りを下る向かいの家の女性に会った。彼女は白いチョゴリの上に黒い毛織のショールを羽織り、結《ゆ》った頭を白い頭巾が半分ほど覆っていた。すぐにでもみぞれが降りそうな、じめじめと肌寒い天気だったが、その女性の額と鼻の頭には粟粒《あわつぶ》ほどの汗が浮かんでいた。

「どちらへ？」

「父の墓に……、ウォッカ一杯を供《そな》えてお参りしようと思って。お祈りできる相手なんて死んだ父だけよ」

「何をお祈りするんですか？」

「私たちがどこへ行っても飢え死にしないようにしてください、離れ離れにならないようにしてください。それから……」

「それから？」

「住んでいた場所に戻れるようにしてくださいって」

女性はあちこちを繕ったチョゴリの袖《そで》で鼻をかんだ。

「父の故郷は咸鏡北道吉州郡《ハムギョンプクトキルジュ》の豊渓里《プンゲリ》……、死ぬ時になれば這ってでも故郷に帰って、家の裏山で死ぬというのが口癖だったけど、脱穀をする庭で息を引き取ったの。お参りに行くついでに、墓の周りの土もひと握り持ってこなくちゃ」

「土はどうして？」

「持っていこうと思って。死んだ父の肉と骨が混ざった土だから」

クムシルは、先祖の遺骨を持ち出そうと夜中にひそかに墓をあばく人がいるという噂を聞いた。共同墓地にある母の墓にお参りに行った時、穴だけが残っている墓を見たこともあった。

下手《しもて》の家の女性は、飼っている山羊にビーツをお腹いっぱい食べさせた。彼女の夫は数年前、魚を捕りに海に行ったきり帰らなかった。

「立派な山羊ですね」

「私が愛情をもって育てたのよ」

「おばさんは愛情深い人ですものね」

「私は鶏も、豚も愛情をもって育てて、時がくれば捕まえて食べるの」

「ええ、時がくれば！」

「この山羊の母親も大切に育てて食べたわ。母親もどれだけべっぴんさんだったか」

「そう、とてもべっぴんさんでした」

「神様はどうして獣にも目玉を与えたんだろう。目玉がなければもっと食べやすいのに」

「そうですね」

「山羊が、今夜自分が食べられることを知らないのが幸いよ」

「山羊をさばくんですか？」

「動物は列車にのせられないからしかたないわ。胃の中に収めてでも連れていかなくちゃ」

その隣の家の、移住通知を受ける数日前まで消防官だった男は、裏庭を掘って真鍮の食器や陶磁器、族譜《ぞくふ》〔一族の系譜を記した家系譜〕などを埋めた。

路地で一番日当たりのよい家の庭では、坊主頭の少年が包丁を持って雄鶏を追い回していた。すばしこく獰猛《どうもう》な雄鶏を相手に少年がきりきり舞いすると、その光景を黙って見ていた老婆が内股で少年に近づいた。包丁を取り上げると、あっという間に雄鶏の首をはねた。

製粉所の前では、背中を鎌のように丸めた朝鮮人の男たちが焚き火にあたりながら声を上げた。

「家を壊そうぜ！」

「ロシア人が来ても住めないようにな」

「家畜を殺してしまえ！」

「ロシア人が連れていけないようにしよう」

「稲は鳥がついばめるように放っておこう！」

「どうせ収穫できないもんな」

薪《たきぎ》が燃え、飛んだ灰が男たちの頭と顔に落ちた。

革命広場では、元パルチザンの男がソビエトの警官たちに向かって朝鮮語で叫んだ。

「追い出されるぐらいなら、銃殺刑にされた方がましだ！」


いとこの妻が豚をさばいた日、クムシルは鍋を持って血をもらいに行った。

いとこの妻は台所の扉の裏に立ち、息子たちに言い聞かせた。

「おとなしい豚さんたちを乱暴に扱っちゃだめ！」

向かいの家の庭では、豚と白い鶏が一日にして消えてしまった。唯一残された黒犬は、わけがわからないというように戸惑った表情で周囲をきょろきょろし、何もない空中に向かってワンワンと吠えた。

新韓村が移住についてのよからぬ噂で持ちきりになり、反発が激しくなると、ソビエトの宣伝隊がオウムのように叫びながら歩き回った。

「おまえたちは、ここより住みやすいところに行くのだ」

「それはどこ？」

「そこでは肺病もすぐに治すことができる」

「それで、そこはどこ？」

「そこにはおまえたちが住む家もある」

「だから、そこはどこだ？」

「そこには家畜も、農地も、農機具も準備してある」

「だから、そこはどこなんだ！」

宣伝隊は最後までそこがどこなのか言わなかった。宣伝隊は、移住は永久的なものではなく、時がくれば再び沿海州に戻れると触れ回った。

「また戻れるんですって」

彼女の言葉に、ソドクは静かに首を振った。

「故郷を離れる時、おまえの義父《とう》さんが私に固く約束したことを思い出すわ」

「どんな約束だったんですか？」

「また故郷に帰ってくると言ったのよ。歳月は虚《むな》しく流れて、故郷を離れたのが春だったか、秋だったかも思い出せない。洗濯しに行った川辺の斜面に、紫色の花が咲いていたことだけおぼろげに覚えてるわ」

夫が戻るまでは絶対にここを離れないと誓いながらも、クムシルは出発する準備をした。列車の中で、そして到着してから必要になりそうなものと貴重品を風呂敷に包んだ。布団、ろうそく、着替えの上着と下着数着、マッチ、針、糸、ナイフ、はさみ、鍋、器、鍮器《ユギ》と箸三膳、そして結婚写真と結納品の銀のカラクチ〔二つセットになった指輪〕、漢字で書かれたクンソクの四柱単子《サジュダンジャ》〔縁談成立時に新郎の生年月日と生まれた時間を書いて、新婦の家に送る書簡〕、義父の実家の住所とクンソクをはじめとする息子たちの漢字の名前と生年月日、生まれた時間が書かれた紙、クンソクの写真と彼が大切にしているもの――クンソクの長兄がエゾマツを削って作った鳥、金馬車の形の小さなオルゴール、銀メッキのハーモニカ。

消費協同組合のパンの配給を受け取りに行った彼女に、パン職人のアレクサンドラが尋ねた。

「行っちゃうんだって？　あんたたちはいつまでもあたしたちときょうだいみたいに暮らすと思ってたのに。どこに行くのかもわからないんでしょ？」

黄色い瞳が印象的なアレクサンドラは、二人の子を持つ未亡人だった。彼女の両親も土地を求めてさまよい、沿海州に流れ着いた移住民だった。彼女の夫は、ロシアがドイツと戦争をした時に戦死した。彼女は騎馬兵だった夫が前線から送ってきた写真を、いくつもの消印が乱雑に押された封筒と一緒に常に身に着けていた。

「話したっけ？」

「何を？」

「夫のニコライが前線で戦死する数日前の夜、私が見た夢のこと」

「いいえ」

「夢で白樺《しらかば》の森の中をさまよってたら、火あぶりにされたような小屋が現れてね。扉が開いてたから中に入ると、軍服を着た男が両腕を垂らしてペチカ〔ロシアの暖炉〕の前に座ってた。眠ってるようだったから、起こそうと近づいたら死んでるのよ。姑が言うには、誰かが死ぬ予知夢だって。その瞬間、直感したんだ、夫か義兄のどちらかが戦死したってことを。姑は窓辺に歩いていくと、十字を切って祈ったの。『神の御子《みこ》よ、私のかわいそうな息子たちに恵みをお与えください』。イエス様へのお祈りが終わるやいなや、あたしも心の中で祈ったわ。『神の御子よ、ニコライのきょうだいのうち一人を連れていくつもりなら、弟ではなく兄を連れていってください』。二週間後、夫の戦死を知らせる軍事郵便が届いたの。姑はあたしにこう言った。『かわいそうに、おまえが夫を連れていってくれと祈っていたら、義理堅い神様はおまえの夫ではなく兄さんを連れていっただろうに』」

アレクサンドラは首を振って、別の女性に訊いた。

「あんたたちはどうして故郷に帰らないの？　あたしなら故郷に帰るわ」

「故郷？　私の故郷はここよ。私もあなたみたいにここで生まれてここで育ったんだから」

「そう言われればそうね」

アレクサンドラがクムシルに黒パンを渡しながら尋ねた。

「あんた、もしかしたらあたしのこと嫌いなの？」

「どうして？」クムシルが問う。

「ロシア人だから」

「あなたは私が朝鮮人だから嫌い？」

「あたしはそんなことで誰かを嫌ったりしない。世界には取るに足らない理由で誰かを嫌う人間もいるけど、あたしは違う。あたしが嫌いな人間は、この世の中に一人だけよ」

「誰なの？」

「アンナ、あたしの姑。長男が生きて戻ってくると、あたしが育てた牝牛《めうし》を連れて長男の家に行ってしまった……、次はあたしたちの番だろうね」

「あなたたちの番？」

「いつかロシア人もここから追い出されるはずだよ。スターリンはロシア人にも容赦しないから。じつは、母方の祖父はベラルーシ人なの。私の髪が一万本あるとしたら、百本はベラルーシ人の髪の毛だってこと。ロシア人のうち、髪の毛全部がロシア人の髪だって人がどれだけいると思う？　あんたたち朝鮮人には朝鮮人の血だけが流れているかもしれないけど、ロシア人にはいろんな民族の血が流れてるのよ。ウクライナ人、ベラルーシ人、ウズベク人、カザフ人……」

「あなたたちまで追い出されたら、ここには誰が残るの？」

「家畜と軍人だけが残るだろうね」

「農作業は誰が？」

「軍人たちが勝手にやるんじゃないの？」

「出発する前に売りたいものがあれば言って。ミシンがあるならあたしに売らない？　ミシンを持っていくのは難しいけど、お金は風呂敷の中に入れていけるでしょ」

黒パンを抱いて家に帰る途中、クムシルは考えた。自分に髪の毛が一万本あれば、すべて朝鮮人の髪の毛だと。両親は子どもたちに、朝鮮人は朝鮮人同士で結婚するべきだと言っていた。だが、クンソクのいとこの一人はロシア人女性と結婚した。ウラル地方の伐木場《ばつぼく》で通訳の仕事をしていた彼は、母が早くから許嫁《いいなずけ》と決めていた朝鮮人女性を拒んでロシア人の女性と恋愛結婚し、ロシアの聖堂で式を挙げた。その女性は彼が働いていた伐木場の近くの村の出身で、彼女のいとこも朝鮮の男性と結婚して暮らしているという。ロシア国籍まで取得したが、自分が一家の長孫だということを忘れていないクンソクの伯父は、ロシア人の女性が長男の嫁として家に入ることを認めなかった。朝鮮では賤民でも両班《ヤンバン》でもなかった彼の身分に対する執着は病的なほどで、彼はロシアで生まれた二人の息子を使って身分の向上を企んだ。行商から始めて高利貸しで金を稼いだ彼は、年子《としご》で生まれた二人の息子をロシアの子どもたちが通う学校に入れた。父から受け継いだ朝鮮の姓と、ロシア風の名をかけ合わせた名前を持つ二人の息子は、父の望みどおりに朝鮮人がうらやむ仕事に就き、そこらのロシア人よりも安定した暮らしを手に入れた。彼は、朝鮮の独立ははるか先のことになると考えた。故郷に戻って日本人の犬として暮らすより、慣れないロシアの地に根を下ろして生きる方がましだと確信しながらも、先祖の祭祀《チェサ》を執り行い、徹底的に朝鮮人として生きた。彼のロシア人に対する態度は矛盾していて、大国で生まれたロシア人をうらやみながらも、怠惰で礼節を知らないと蔑《さげす》んだ。彼はロシア人の嫁を認めないだけでなく、長男に彼女と離婚するようそそのかした。嫁が娘でなく息子を産んだという知らせを聞くと、二日間食事を絶った。ギムナージヤ*の物理教師で沿海州の共産党員だった下の息子は、母が望んだ朝鮮人女性と結婚したが、昨秋に思想の疑わしい人民の敵として告発され、流刑になった。そして、その間に長男夫婦にはさらに息子と娘が生まれた。自分を家族として受け入れてくれないことに恨みを抱き、舅《しゅうと》の葬式にも出なかったロシア人の嫁は、ある日突然、子どもたちを連れて嫁ぎ先の家族の前に現れた。その日はちょうど伯父の最初の祭祀の日だった。長男は、父が亡くなると子どもたちに自身の姓である全州李氏《チョンジュイ》*を継がせて戸籍に載せた。そうして死んだ伯父が望んだかどうかにかかわらず、彼の家系にはロシア人の血が混じった。

移住通知書に書かれている日付になると、ソビエトの軍人たちが新韓村にやってきた。家々を回り、まるで小屋の外に家畜を追いやるように人々を家の外へと追い出した。

「夫が戻ってきたら一緒に行きます」

「いつ戻る?」

「今夜には……」

彼女はロシア語で哀願したが、彼らは聞く耳を持たなかった。

彼女は布団の包みを頭にのせ、食糧と貴重品の入った包みを手に持った。庭を出る彼女を、ソドクがしくしくと泣きながら追いかけた。

しきりに後ろを振り返る姑に、彼女は言った。

「お義母《かあ》さん、私たちまた戻ってきますよ」

ハバロフスク通りを歩いていた彼女は、斧で家を壊す男を見た。男は自分が振るう斧の刃が扉に食い込むたび、短い悲鳴を上げた。男の妻は、庭のからっぽの鶏小屋の前で年齢の近い子ども三人を抱きしめ、ぶるぶる震えながらすすり泣いた。

男は松田関《ソルバッグァン》*パルチザン部隊出身で、パルチザン時代にウスリースクで白軍と戦闘を交わした際に負った傷のせいで片方の足をひどくひきずっていた。

急ぐ歩みをしばし止め、その光景を見守っていた人々が口々に言った。

「自分で建てた家を自分の手で壊すなんて！」

「自分の家を壊すのは人間だけだよ」

「壊すのは自分の家だけ？　人の家も壊すでしょう」

男は部屋の中に駆け込み、箱を持って出てきた。庭にそれを放り投げると、すぐさま走り寄って斧を振るった。

子どもたちは母親のチマの裾をつかんで歩いた。母の片手は頭の包みを支え、もう片手は包みを持っているので、つなぐ手がないからだった。三、四歳の子どもたちは、父親が背中に背負《しょ》った布団の包みや背負《しょ》い子《こ》の上に座って運ばれた。

右往左往する人々に押されながらハバロフスク通りを下っていたクムシルは、二階建ての家の窓の下で粉々になっている花瓶と鏡を見た。

彼女は家や家具を壊したり、高価な家財道具を土に埋めて隠したりもしなかった。出発する日の朝、彼女は大切な客人を迎える準備でもするように家の隅々を掃き清めた。

家を出る前、彼女は釜でジャガイモ十個を茹で、井戸水を甕《かめ》いっぱいに汲んだ。クンソクが家に戻った時に着替えられるよう、清潔な下着を衣類だんすの上に置き、クンソクに手紙を書いた。

〈待てなくてごめんなさい。先に行って待っています。〉

どこに行くのかわからないので、彼女はそれだけ書いた。

ソウル通り、アムール通り、ハバロフスク通り、ニコルスク通りから一度にあふれ出た人々は、列を作って革命広場に向かって歩いた。

彼女は人々に押しつぶされないよう、牛車の後ろにぴたりとついて歩いた。オケアンスキー通りの日本総領事館の前で出会った隣家の女性が彼女に慌てて尋ねた。

「旦那さんは？」

「後から追いかけてきます」

「後から？　いつ？」

「明日にでも！」

梅雨時の川の流れのようにふくれあがった列は、オケアンスキー通りとスヴェトランスカヤ通りの交差点にある革命広場に着くと、渦を巻くように中へ中へと引き込まれた。

人々がもつれ合い、足が足を踏み、風呂敷包みが風呂敷包みを押しのけた。母親とはぐれた子どもたちが泣き叫び、驚いた家畜が走り回った。

革命広場に集まる人々を、護衛隊員たちが灰色の壁のように取り囲んだ。

天気は寒く、晴れていた。金角湾*に停泊した漁船に止まっていたカモメが、力強く翼を持ち上げて海へと飛び立った。

人々は戸惑った、または悔しそうな、多少おびえたような表情で互いに尋ねた。

「どこに行くんでしょうか?」

牛が引く車が人々と混じり合い、銅像を囲んでぐるぐると回った。長いコートをはためかせ、片手に旗を持って威風堂々と立つ男の姿をかたどった銅像は、赤軍の勝利を記念するために建立されたものだった。

牛、山羊、犬、鶏が鳴いた。置いてくるよう命令されても、人々は飼っていた家畜を革命広場まで連れてきた。

人々は護衛隊に囲まれ、ピェルヴァヤ・レーチカ駅に向かって動きだした。

貨物輸送用と家畜運搬用の貨車を混ぜ、先頭も最後尾も見えないほど長く連結された列車が人々を待っていた。

垢染《あかじ》みてすり切れたコートを着た護衛隊員らの顔には、いらだちと冷笑がにじんでいた。年配に見える護衛隊員らは、強制的な賦役《ぶえき》に苦しめられたかのように、一様に疲れて不満げな表情だった。護衛隊員らは示し合わせたかのように、列車がいつ出発するか、目的地はどこなのかについて口を開かなかった。目の前で繰り広げられている出来事が川向こうの風景であるかのように無情な視線で見ていた護衛隊員も、朝鮮人たちに向かって下品な悪態をついていた護衛隊員も、ヒステリックに呼び子を吹いていた護衛隊員も。

石炭を満載したリヤカーが、人々をかき分けて通り過ぎた。

飼っていた家畜との別れがつらい人々は、鬱憤を吐き出してはすすり泣いた。白い山羊が、子どもたちを遠くに送り出す年老いた女性のように鳴いた。人々を列車に乗せる前に、護衛隊員らは人民証を取り上げた。人民証を奪われなかった人もいたが、彼らは最初から人民証を持っていなかった。家畜は列車に一匹ものせられず、駅に捨てられた。解体され、塩漬けにされた家畜だけが列車にのる特権を得た。

白い綿入れのチョゴリを二枚も重ね着した女性が、木綿の風呂敷で包んだ鶏を抱いて叫んだ。

「鶏ぐらいは持っていかせて！」

まげを結った老人が、牛のしっぽをつかんで子どものようにわんわんと泣いた。

3

「私の母は、なんでも誰かに分け与える人でした。いろんなものを持っていたから、分けるものもたくさんあったんです。母は餓死しました」

窓をふさいだトタン板の間から、薄いオレンジ色の光が差し込んでくる。破片のように落ちる光のかけらが列車の天井に張りつき、罠にかかった鳥のように震えている。ホ・ウジェは手を挙げて光にかざすと、手の甲と手のひらをためつすがめつ眺め、指を曲げては伸ばす。柱時計がボーンと鳴る。七回鳴ってようやく静かになる。

「ママ、誕生日でもないのにリンゴとハチミツがいっぱい入ったお菓子を食べるのは恥ずかしいことなの?」

「ミーチカ、誰にそんなことを言われたの?」

「マリアンナ先生」

「マリアンナ？　あの人が本当にそんなことを？」

「じゃあ魚のスープを食べるのは？」

「先生がそんなことも恥ずかしいことだって言ってた？」

「先生は家でジャガイモのスープとパンだけを食べるんだって。夜にはオムレツしか食べないんだよ。魚は食べられるけど、食べないんだって」

「先生は魚が嫌いなのね？」

「そうじゃないんだ。勉強ができない貧乏なプロレタリアートよりも偉くないから、魚を食べないんだって。偉大でもないのに、いいものを食べるのは恥ずかしいことだから」

「わかったから、もう静かにしなさい」

「それでね、オムレツを作るには卵を割らなきゃいけないってスターリン大元帥が言ったんだって」


「もしもし、すみません！」

「お呼びですか？」

そう尋ねるクムシルに、ターニャが出し抜けに言った。

「また赤ん坊を産んだら、私は殺すつもりです」

「え？」

「また赤ん坊を産んだら殺すって言ったんです」

「……？」

「この前歯を見てください」

ターニャがパンくずのついた唇を開き、自分の前歯を見せる。

「出来のいいトウモロコシのように前歯が揃っていて、姉たちは私の歯をうらやましがりました。『ターニャ、おまえは本当にいい歯を持ったね』と。でも、子どもを産んだら見苦しいすきっ歯になってしまって……、出産の時は死ぬかと思いましたよ」

「うちの母親はあたしを産んで亡くなったんだよ……」

トゥルスクは嘆息《たんそく》すると、髪をかき分ける。関節が目立つ太い指を広げ、からまった髪をくしけずり始める。

クムシルのお腹を見ていたオスンが言う。

「よりによって、列車の中で子どもを産むことになりそうね」

「はい？」

「お腹を見たら、今にも生まれそうだから」

「こんなところで、どうやって子どもを産むんですか……」

「これだけ走り続けてるんだ、列車で産むしかないだろう？」トゥルスクが言う。

「私はかまどの下で生まれたんです。大豆かすのお粥を炊いていると陣痛がきたので、燃料に積んでおいた豆がらを台所の床に敷いてその上で私を産んだって、母が話してくれました」

プンドがおどけて笑う。彼の頭はまばらな髪とふけ、藁《わら》くずが絡まり合い、作りかけのツバメの巣のようだ。

「まだ七か月なんです」

「月足らずで生まれることもあるからね。お腹の形を見るに男の子ではなさそうだけど。そういえばあんた、旦那さんは？」

「後から追いかけてきます」

「どこに行くか知ってるの？」

「あの人たちが教えてくれるって言ってました」

「あの人たち？」トゥルスクが聞き返す。

「ソビエトの警察です」

「ソビエトの警察は私たちがどこに行くのか知ってるんですか？」

二階からおまるの中の小便を捨てに下りてきて、はしごの下に陣取って座った女性が尋ねる。

「それは当然でしょう？」プンドが言う。

「でも、どうしてあたしたちには教えてくれないんだろうね？」

トゥルスクが髪の毛を梳《と》いていた指を伸ばし、アナトリーを見つめる。彼は、三角座りをした膝の間に頭を入れていた。その姿は、まるで母鳥が飛んでいった絶壁の下を見下ろす小鳥のようだ。

はしごの下の女性は、何度もため息をつくと言う。

「夫は、私が三人目を妊娠してつわりが始まるとすぐ、チフスにかかって亡くなりました。開拓《ケチヨク》里《リ》に住んでいる時でした。ひと晩中、お腹が焼けるようだと部屋の中をごろごろ転げ回ってわめき、走りだすと凍りついた地面に顔を打ちつけて死んだんです。……二十年以上も前のことなのに、冷たい水をくれと哀願する夫の姿が今も目に焼きついています」

「チフスは恐ろしいですね。開拓里ではチフスのせいで両親を失い、孤児になった子どもたちが物乞いをして回るのをよく見ましたよ」ソドクが言う。

「開拓里でチフスにかかって死んだ人は、一人や二人じゃありませんよ」

イルチョンがパイプをいじりながら、かすれた声でつぶやく。白いソムチョゴリ〔綿入れの冬用チョゴリ〕の上に群青色《ぐんじょういろ》のヌビチョッキ〔刺し子を施した綿入れの防寒着〕を重ね着し、あぐらをかいて座った姿は気難しく、薄情そうに見える。

二階から下りてきてドラム缶の方に歩いていく男が、悲痛な声で言う。「僕は十歳の時に母親と姉を一度に亡くしたんです……、真夜中に二人をかます〔わらむしろの袋〕で巻いて、雪の中で葬式をあげました」

まげが解け、髪が男の顔にかかっている。

「チフスで死んだら、かますで巻いて白い雪に埋めるか、石山を掘ってその中に隠すんですよ。誰かの家で人が死んだという噂が広まると、衛生部から人がすぐにやってきて、罰金を取られてね」

「朝鮮人だからって病院に入院もさせてくれないのに、金は取られるんだから！」

「三人目を産んで三七日《さんしちにち》〔出産後二十一日目の祝い〕にもならないのに、子どもたちを食べさせるために石炭工場で石炭を運んだんです。乳飲み子《ちのご》はやっと七歳になったばかりの作男《さくおとこ》に任せ、少しお金ができると食堂と飲み屋を一緒にやりました。魚市場で毛蟹を買って味噌をといたお湯で茹で、つまみとして出しました。酒を売るとロシアの酔っぱらいが蠅《はえ》の群れのように湧いて、ほとほと困りましたよ……」

女性はおまるを持って立ち上がる。はしごをじっと見上げ、足を掛ける。

トゥルスクが木綿の布切れをきつく巻きつけて結んだ頭に、黒い頭巾《ずきん》を巻こうとして手を止め、つぶやく。「どうしてあたしたちを遠くに追い払うんだろう？」

「結局は私たちの土地を奪おうって魂胆じゃないかしら？」

「土地を？　私たちに土地があったんですか？」

「石ころだらけの畑を、ジャガイモが採れ、白菜が育つ土地に開墾したんだから、私たちの土地でしょう」

「土地に名札でも立ててきたんですか？」

「私は名札よりもすごいものを埋めたんです」

「何ですか？」

「父親ですよ！」

「移住通知を受けてから、父の墓参りに行きました。墓の前に這いつくばって、しおれたノアザミを抜きながら父のことを呪いました。死のうが何があろうが故郷の地で暮らすべきなのに、よその土地で子どもが家から追い出される侮辱を受けさせるなんて。涙と鼻水を流していると、頭を結ったおばさんが近寄ってきてこう言うんです。『どうして人の旦那のお墓を拳で殴るんですか?』」

「僕の父の墓はラズドリノエ駅*のそばに、母の墓は中国の琿春《フンチュン》に、祖母の墓は咸鏡北道羅津《ハムギョンブクトラジン》*の故郷の地に、祖父の墓はポシェト*に、妻の墓はウラジオストクの共同墓地にあるんです」

「京畿道《キョンギド》の議政府《ウィジョンブ》が故郷だった最初の妻の墓は、ジェピゴウにあります。議政府で別れた人が死んでジェピゴウに埋められるなんて、誰が想像できますか」

「ああ、僕の墓はどこになるんだろう!」

「出発する前の日に母の墓参りに行ったら、レンギョウが咲いていました」

「レンギョウは春に咲く花ですよね」

「そうなんです。だから私はこう思いました。レンギョウが狂い咲きしたって」

「レンギョウは狂っても美しいけれど、人は狂うと発情した犬になりますよ」

「私、泣きたくなってきました」

「どうぞ、お泣きなさい」

「私が泣いたら、父に顔を拳で殴られるでしょう。父は二十年前に亡くなりました」

「私は看護師です。退勤しようとしたら、師長が私を呼びました。『ナターリア、明日から出てこなくてもいいよ』。私は『イワン、どういうことですか?』と尋ねました。『ナターリア、君はクビだ』。その数日後に移住通知書を受け取りました。通知書を手にしてようやく、私をこの列車に乗せるために解雇したことを知ったんです」

ソビエト政府は、新韓村《シンハンチョン》に朝鮮人を一人たりとも残さないとでもいうように、病院に入院中の朝鮮人も無理やり退院させて列車に乗せた。軍人として服務中の朝鮮人男性を除隊させ、政府機関に勤務している朝鮮人を解雇した。

元気のなかったホ・ウジェが、オスンの耳元で何かをささやく。

「お姉さんが泣いてるって？　何番目のお姉さん？　二番目？」オスンが聞き返す。

ウジェはうなずいて長いため息をつくと、肩を落とす。

オスンが人々を見つめて言った。

「故郷の二番目の姉が泣いているんですって」

「お国はどちらです？」ソドクが尋ねる。

「江原道《カンウォンド》の華川郡《ファチョングン》史内面《サネミョン》明月里《ミョンウォルリ》です。不思議なものですね。耳元でささやく声は聞こえないのに、千里先*、一万里先の声は聞こえるんですから」

「おばさんときたら、人間が千里先の声を聞き分けるですって？」プンドが鼻を鳴らす。

「うちの夫がそう言ったらそうなんです。私は、この人が嘘をつくのを一度だって見たことがありません。純粋で優しくて、あることないこと言いふらすような人じゃないんです。最初の夫は、息をするように嘘をつきました。故郷に妻子がいるくせに、独身だと偽って私と再婚すると一年もしないうちに肺を病み、ロバの鳴き声のようにヒューヒューと咳《せき》をして亡くなりました。祭祀《チェサ》をするために本妻に電報を打ちたくても、故郷の住所がわからないことには送れないでしょう。故郷も毎回変わりましたからね。黄海道《ファンヘド》訛《なま》りなのに、故郷は釜山《プサン》だなんて誰が信じますか？

本妻は夫がロシアで客死したことも知らず、帰るのを首を長くして待っているんじゃないかしら?」

トンネルに入ったのか、列車の中を漂う光が一瞬にして消え、車輪の回転音が重く響く。

「あなた、足がつったわ」

ターニャがチマの裾をまくり上げ、足を前に伸ばす。布団包みを小脇に挟み、岩のように動かず座っているトゥルスクのせいで思いどおりに足を伸ばせず、中途半端に半分ほど伸ばす。ヨセフは正座すると、両手でターニャの足を揉み始める。

「優しい旦那を持って幸せだね」

トゥルスクの言葉に、ターニャがにっこりと笑う。

「ええ、実家の母は嫁に行った娘たちが集まるとよく言っていました。三人の娘のうち一人が幸福をひとりじめしたと。二番目の姉はそのたびに言いました。『お母さん、優しい夫は妻に悪い癖をつけるだけよ』。姉は、私が結婚してから甘やかされていると言うんです。彼女にとっては質素で厳格なボリシェビキが、一番望ましくて理想的な夫だそうです」

「この世の中に優しい男なんてめったにいないわ」

「優しい夫はもっといませんよ」

「私は自分の娘がどんな男のところに嫁ぐか、今から心配なんです。酔いどれのロシア男だけは勘弁してほしいわ」

ペクスンの後ろに隠れるように座り、櫛《くし》で髪を梳《と》かしていたアリーナは、自分の話が出るや、すました表情を浮かべる。ひまわりをかたどった丸い手鏡が彼女の足元に置かれている。その姿を遠くから見ていたソドクが、ペクスンに訊く。

「娘さんはおいくつ？」

「十六歳です」

「飾らなくても、顔が桃のように白くてきれいな年頃ね」

「うちの娘はそんなことも知らず、自分の見た目が気に入らないんです。私からしたら白玉のようにきれいな肌なのに、自分の目には浅黒く見えるみたいで」

嘆くペクスンを、アリーナが恨めしそうな視線で睨む。

「ろうそくみたいに真っ白になりたいのね」オスンが言う。

アナトリーがアリーナをちらりと見ながら、鋭く息を吐く。コートのポケットから黒いベレー帽を取り出し、深くかぶる。

「おばさんの故郷はどちらです？」

ソドクがペクスンに尋ねる。

「平安南道《ピョンアンナム》陽徳郡《ドヤンドク》……呉江土城《オガントソン》*の下です」

「遠くから来たのね……」

「この列車に乗っている人たちはみんな遠くから来たんですよ。おばあさんのお国はどちらですか？」

「私の故郷は咸興《ハムン》の新浦《シンポ》郡……、港から三十里離れたところが私の故郷よ」

ソドクは見知らぬ朝鮮人に会うと、最初に故郷はどこかと尋ねた。それはクムシルの母親も同じだった。彼女の両親の故郷は咸鏡北道茂山《ムサン》郡スクセだった。

クムシルは、五歳になる年の一九一〇年の初春、父の背中におぶわれてロシアに来た。彼女はこれまで、自分が生まれたスクセを故郷だと考えてきた。あまりに幼い時に離れたので、思い出や記憶に残っている風景の一つもないくせに、そこが身にしみて懐かしくもあった。ところが、自分を乗せた列車がピェルヴァヤ・レーチカ駅を出発する瞬間、自分の故郷は沿海州だということに気づいた。彼女の記憶の中の、喜怒哀楽がこもったすべての場面は沿海州にあった。最も悲しい場面も、最も幸せな場面も。そして、彼女はすべてを新韓村のメリコフ通りにある家に置いてきた。彼女は、もし自分が今死ぬとしたら、魂が列車の走る方向をメリコフ通りの家に変えるような気がした。

「お父さんの祭祀《チェサ》はどうする？」

「命日は陰暦の十月十二日でしょう？」

「そうじゃなくて」

移住の通知を受け取ってから、ソドクは死んだ夫の祭祀の心配をした。彼女は、吉凶禍福《かふく》は先祖からもたらされるため、子孫が幸福になるためには心を込めた祭祀が執り行わなければならないと信じていた。故郷で祭床〔祭祀の際に供え物を並べる膳〕を準備した時と同じように、リンゴなどの赤い果物を東側に、梨などの白い果物は西側に、魚の頭《かしら》は東向きに置いた。一生を飢えから逃れられなかった人間が、死後に子孫に福をもたらす全能の存在になると考えると、クムシルはどことなく滑稽に感じる。

「そういえば、おまえの友達、煙草工場に勤めている時に知り合ったっていう……」

「オルガですか？」

「そう、オルガという名前だったね。あの子はどうなったんだい？」

「列車に乗っているはずです」

革命広場でも、駅でも、オルガに会うことはできなかったが、クムシルは彼女が息子のメロールと一緒にどこかの車両に乗っているだろうと思った。

オルガは、ウラジオストクから南西に遠く離れた地新墟《チシンホ》*で生まれ育った。彼女の父方の曾祖父は朝鮮で高宗《コジョン》*が王になった年〔一八六三年〕、故郷の村の人々とともに豆満江《トゥマンガン》*を渡った。洪水と早霜《はやじも》でひと握りの稲も収穫できず、骸骨《がいこつ》のように痩せ細った彼らの中には、生後百日にも満たない赤ん坊もいた。むしろの切れ端をかぶって北へ、北へと魂が抜けたように歩いていた彼らは、丘の上にたどり着いた。その下に鬱蒼《うっそう》と茂る森の間へと蛇行しながら流れる金色の川と、その横に果てしなく広がる平野を見た。住んでいるのはロシアの軍人だけで、一帯は荒れ地のまま打ち捨てられていた。彼らは川辺の木を伐り、地面を平らにならした。春になるのを待って土地をきれいに耕し、持ってきた種をまいた。コーリャン、トウモロコシ、キュウリ、カボチャ、大根、サンチュ、唐辛子……、年を重ねるごとに田畑を広げ、作物の種類を増やしていった。イネ、ジャガイモ、小豆、大豆、ゴボウ、ニンジン、落花生……、オルガの曾祖父がロシアの地に初めて種をまいてから四十年の月日が流れ、オルガが生まれた時には朝鮮は日本の植民地〔保護国〕になり、大韓帝国に名称が変わっていた。陰暦八月十五日に生まれた彼女に、彼女の父は朝鮮名ではなくロシアの名前をつけた。

オルガも夫と一緒に出発できなかった。彼女の夫カン・チスは、一年前にソビエト内務人民委員部から来た人々に連行された。彼らは朝、鶏が鳴く前にオルガの家の窓を叩いた。夫は眼鏡と財布だけを持って家を出る前、オルガに言った。「俺は無罪だ。陰謀に巻き込まれただけなんだ。誤解が解けたら家に帰してくれるさ」

チスは在野の政治学講師で、熱心なボリシェビキ党員だった。ロシア革命が起こるとレニングラードまで行ってボリシェビキになり、戻ると沿海州一帯を回ってボリシェビキ思想を伝えた。レニングラードから遠く離れた沿海州でソビエト政権が樹立されたのは一九一八年で、内戦とともに政権の喪失と回復を繰り返した。一九二二年十月に日本軍が撤退*し、内戦が終了した後も名目上は極東共和国*という独立国として存在したが、一九二二年十二月になってようやくソビエト政権が完全に沿海州を掌握した。彼は沿海州一帯の僻地の朝鮮人村を回って巡回学校を組織し、熱心な共産主義者たちの思想教育を行わせた。彼が朝鮮人の若者たちを集めて演説する姿をクムシルも目にした。十六歳の誕生日を目前にしたクムシルは、ロシア人の少女のように長い髪の毛を垂らし、上から頭巾をかぶっていた。

「われわれ朝鮮人は、抑圧されたプロレタリアと弱小民族の解放のために闘わなければなりません。彼らの解放は朝鮮民族の解放をもたらしてくれるでしょう」

オルガと恋に落ちた時、チスは四十を過ぎており、彼女の母と同年代だった。オルガの両親や兄たちは、彼女がチスと会うことに大反対した。

「家柄も財産もなく、口だけ達者な老いぼれに大事なうちの娘が奪われてなるものか！」

彼女の母親は、娘をロシアの白人に嫁がせなかったことを後悔した。チスが現れる前、オルガに惚《ほ》れた青年が彼女の父親のもとを訪れた。父親は、娘には許嫁《いいなずけ》がいると嘘をついて断念させた。

「オルガ、共産党の眼鏡男はおまえの人生を台無しにするぞ！」　兄たちは、自分があれほどかわいがった妹を呪った。沿海州に住む朝鮮人の多くが、ソビエト政権を歓迎し支持する雰囲気にのまれて自分たちに与えられる土地や家畜をコルホーズ*に差し出したが、彼らは共産主義者に不満と恨みを抱いていた。両親と兄が慌てて自分を隣の男に嫁入りさせようとすると、オルガは夜逃げ同然で家を出て、あてもなく新韓村にやってきた。チスと婚姻届を出し、半地下の部屋を借りて新婚生活を始めた。定職のない夫と食べていくために煙草工場に就職し、金を稼いだ。彼女が息子を産むと、チスはメロール（Melor）という奇妙な名前――マルクス、エンゲルス、レーニン、十月革命の頭文字を組み合わせた――をつけた。

チスが連行されてから二週間ほど経つ頃、オルガはクムシルを訪ねた。

「うちの夫が日本のスパイだっていうのよ……、ボリシェビキ革命と朝鮮の独立のために青春を捧げた夫が！」

彼女はすすり泣き、ショールの中に隠し持ったブリキの箱を取り出してクムシルに差し出した。

「あの人は全部燃やせって言ったけど、どうしてもできなかった。あの人の写真を燃やすのは体を燃やすのと同じだから。彼の日記を燃やすのは過去を燃やすのと同じだから……」

彼女は箱のふたを開け、その中に入っているカン・チスの写真と日記帳、彼が知人から受け取った手紙の束を見せた。

「あの人が日記に書いてたわ。『オルガが俺のところに来てくれた。果てしない宇宙で、俺はもはやひとりではない』って。あなたが持っていてほしいの。難しければ燃やしてもいいわ」

ブリキの箱が遺品のようで重荷に感じられたが、彼女は拒むことができずに受け取った。

その頃、新韓村にはオルガの夫以外にも内務人民委員部に連行されていった朝鮮人がいた。メリコフ通りの一軒目の家、元警察官の男もそのうちの一人だった。彼らはたいがい、パルチザン出身や共産党員、教師などの学のある人々だった。連行された後、銃殺刑にされたと噂された彼らの中には、クンソクの友達もいた。彼の母親はソドクのもとを訪れ、魂の抜けた顔で嘆いた。

「白の時代には息子を赤だと監獄に閉じ込めて、赤の時代が来たら白だとまた監獄に入れるなんて！」

探し回った末、夫がハバロフスクにいることを突き止めたオルガは、彼に会うためにそこに行くと言い張った。それが夫に会える最後の機会になるかもしれないとわかっていたが、クムシルは彼女を止めた。

「オルガ、列車がどれだけ危険かあなたも知ってるでしょう」

彼女は駅や列車の中で窃盗や殺人、強姦が頻繁に起こるという噂を何度も聞いた。異民族の女性が一人で列車に乗って見知らぬ都市に行くことは、布団をかぶって火の中に飛び込むほど危険なことだった。

「列車の切符を買うのも大変だと聞いたわ。旅券や出張証明書のようなものがなければ列車に乗れないそうだけど……」

「闇市場で買えるはずよ」

「オルガ……」

「パン、偽の履歴書、煙草、特別身分証、砂糖、金……お金さえあれば、闇市場で何でも手に入るわ」

みぞれがじとじとと降った明け方、オルガはメロールをおくるみで包んでおんぶし、クムシルの家を訪ねた。

「二週間だけメロールのお母さんになってちょうだい。新月が満月になって、また新月になる頃に迎えに来るから」

彼女は、メロールをクムシルの胸に抱かせると出ていった。

ハバロフスクを出発して二十日も過ぎてから、オルガはひどい風邪をひいて戻ってきた。彼女は咳をしながら、チスがハバロフスク市内から歩いて半日かかる刑務所に収監されていると言った。

「息子や夫の面会に来た女《ひと》たちが、小包ほどの大きさの風呂敷包みを持って刑務所の前に列を作っていたわ」

オルガは彼女たちから、その中で行われているすさまじい拷問について聞いたと話した。三時間以上並んでようやく会ったチスは、わずか四か月の間に髪の毛が白くなり、奥歯は全部抜けて両頬が釘《くぎ》でえぐったようにこけていたという。

「実家の父よりも老け込んだ顔を見ながら私が泣いてばかりいると、彼が言ったの。『泣くんじゃない、俺は生きてるぞ』」

オルガはクムシルの胸で何も知らずに眠っているメロールを受け取り、夫が彼女に言った言葉を暗記するように繰り返した。

「オルガ、メロールに父親が必要なら、新しい父親を見つけてやってくれ。それでもメロールが俺の息子だということは変わらないさ。カン・メロールという名前は、本人以外は誰も変えられない。俺が君と三年間暮らしたのは、三百年暮らしたのと同じことだ。俺と別れて家に戻ったら、すぐにメロールを連れて実家に行くんだ」

オルガはむずかるメロールをクムシルに渡して咳き込んだ。クムシルはメロールの背中をさすりながら、彼女に訊いた。

「実家には行ったの？」

オルガは頭《かぶり》を振った。

「あの人は、女で二十四も年下の私を大切な客をもてなすように扱ってくれたわ。私が台所で料理をすると、あの人は箒《ほうき》で部屋を掃いてくれた。私に暴言を吐いたり、殴ったりもしなかった。私は、男たちが自分の妻子を殴るのを見ながら育ったの。うちの父親も腹を立てれば母を殴ったわ。あの人は、男が女子どもを殴るのは卑劣で恥ずかしい行いだって言ってた。犬だってむやみに殴っちゃいけないって。彼は、女の人もプロレタリアと同じで、無念にも不当に抑圧されて生きていると言ったわ。『オルガ、女性も解放されて男と平等に生きる世界にならなきゃいけないんだ』」

メロールの顔を撫でていたオルガは、ハバロフスクの刑務所の近くで会った朝鮮人のおばあさんの話を聞かせてやった。

「上品な顔立ちのおばあさんが、臼《うす》を背中のこぶのように背負って刑務所の周りを徘徊していたわ。鍋と器、お玉、まな板、包丁を両肩と腕にぶら下げて。近寄って話を聞くと、こう言うの。『一人息子があの鉄条網の向こうにいるのよ』。モスクワ国立大学で哲学を学んだ秀才の息子が政治犯として追われ、秘密警察に逮捕されて片目が失明するほどの拷問を受けたんだって。モスクワの刑務所にいた息子が他の刑務所に移送される時に、臼を背負って息子を追いかけたそうよ。それから、息子が別の刑務所に移されるたびに追いかけているうち、ハバロフスクの刑務所まで来ることになったと……、刑務所の近くの村で寝床と食べものを恵んでもらって暮らしてるんだって。畑で拾った麦や燕麦《えんばく》の粒を臼で搗《つ》いて粉にして、野原で摘んだ草をそれに混ぜてこね、餅《もち》やパンを作っては刑務所にいる息子に差し入れたそうよ。刑務所で薄いキャベツのスープや燕麦粥ばかり出されて、息子がお腹をすかせて病気にでもなるんじゃないかってね。彼女は空を見上げながらこう言ったわ。『息子がついにシベリア労働収容所に送られるらしいよ』。ハバロフスク駅で、あの人に渡そうと買った饅頭《マンドゥ》をおばあさんに分けてあげたわ。十個のうち三つをおばあさんに渡しながら言ったの。『饅頭は息子さんにあげないで、おばあさんが召し上がってくださいね』。彼女はうなずくと、饅頭をきれいな木綿のハンカチに包んで胸元に入れ、こう言ったわ。『饅頭を三つもくれるなんて、十個全部くれるのと同じよ』」

「オルガ、私もそう思うわ」

「あの人もシベリア収容所に送られるのかな?」

オルガは実家に帰らなかった。クムシルの風呂敷包みの中には、オルガから預かったブリキの箱も入っていた。彼女は列車が最終目的地に到着し、オルガに会ったらそれを渡すつもりで風呂敷の中に入れておいた。

4

鍋の底を指で引っかく音、鼻をかむ音、ぼやき声、拳で列車の壁を叩く音……、窓をふさぐトタン板が光に包まれ、子持ちのフナのように膨らんで見える。列車の床が、ジグザグを描きながら上下に揺れる。プンドがくちゃくちゃと音を立てながらソーセージを嚙む。ソーセージを持つ手は、洗えないせいで牛糞の肥料をこねたかのように汚れ、不快なにおいがする。

干し草が腐って出る饐《す》えたにおいに吐き気を催し、クムシルは嘔吐《えず》く。板切れの間に吹き込む風から馬糞のにおいがする。ドラム缶の中で糞尿がひどい悪臭を放ちながら波打つ。

車輪が線路を切り裂くように引っかく音に、眠っていたインソルが目を覚ます。彼は数秒間宙を睨み、寝言を言うように口を動かす。落ちくぼんだ眼窩《がんか》の奥の瞳は血走っている。「流れ者の労働者かしら。頭と腋《わき》の下に虱《しらみ》がうじゃうじゃいそうだわ。のこぎりの目みたいに伸びた爪には垢《あか》が溜まってるし……」。インソルの顔を覗いたクムシルは、ふと彼のコートについているボタンの数を数え始める。

クンソクが帰ってくれば、彼女は彼のコートを自分の膝の上に広げてボタンの数を数えた。夜になり、彼が眠ると取れた位置に新しいボタンをつけてやった。針と糸でしっかりと縫いつけても、ボタンは必ずひとつふたつ取れていた。

綿入れの布団を巻きつけ、蚕《かいこ》のように横になっていたオスンがいきなり起き上がる。

「私たち、どこに連れていかれるんだろう？」

「カザフスタン……」インソルの黄色い額がぴくりと痙攣《けいれん》する。

「おい、今なんて言った？」

プンドが二重《ふたえ》まぶたをゆっくりと瞬《まただ》かせる。ヨセフの視線が静かにインソルに向かう。

「カザフスタン……、われわれが行くところですよ」

「カザフスタンですって？　それはロシアのどこにあるんです？」オスンがインソルに向かって目をまん丸に見開く。

「ロシアの西側……、子どもたちは住めないところです……」インソルのこめかみがぴくっとする。

「子どもたちが住めないというのは？」トゥルスクが尋ねる。

「風塵《ふうじん》のせいで、木も育たないところだからですよ」

人々はざわつき始める。

「この列車、カザフスタンに行くそうです！」

「子どもたちが住めないところだそうです！」

「あなた、子どもたちが住めない場所なんですって」ターニャの頬が今にも泣き出しそうに震える。

列車にはたくさんの子どもたちが乗せられていた。そして、その子どもたちの中にはロシア人の血が流れている子もいる。ピェルヴァヤ・レーチカ駅で、クムシルは自分のようにお腹の大きい女性を何人も見た。「このお腹を見てください、列車に乗ったらすぐに赤ちゃんが出てきてしまいます」。はちきれそうなお腹の女性が、泣きながら護衛隊員に訴えた。

「カザフスタンと言いましたか？　そこに行ったことはあるんですか？」ヨセフが訊く。

インソルは首を横に振る。

イルチョンが眼鏡越しにインソルをじっと注視する。右のレンズに、蜘蛛《くも》の巣のようなひびが入っている。

「私の兄は二年前、〝刑法五十八条　反革命罪〟で逮捕されました」

「お兄さんは反動分子だったんですねえ！」イルチョンがパイプを口にくわえたまま、当てこするように言う。

「十一年前に兄の家に行ったら、彼の親しい友人が反逆罪で逮捕され、銃殺刑に処されたという話を聞きました。兄は、顔色を変えて私にささやきました。『今夜、あいつらが俺を逮捕しに来るだろうな』。兄は熱心な共産主義者なんです」

「結局、お兄さんの言葉どおりになったんですね」プンドが言う。

「兄はハバロフスク二十一号刑務所に収監されていましたが、カザフスタンに流刑になりました。そこから送ってきた手紙に書かれていたんです……『俺はカザフスタンのクズロルダに来ている。砂漠の近くで一年中砂まじりの風が吹き、小さい子はとても住めない場所だ。木も育たず、井戸を掘れば塩水が出て野菜を育てることもできない。家を建てる木がなく、ここの人たちはモグラのように穴を掘ってその中に入って暮らすんだ』。カザフスタンが子どもたちも住めるところなら、私の兄が嘘をついているんでしょう」

「それで、お兄さんは？」プンドが問う。

インソルが首を横に振る。

「じゃあ、亡くなったのか？」

「カザフ人の老人から赤い鶏一羽をもらったという知らせを最後に、兄からは手紙が来なくなりました」

インソルの兄イ・ゴオクは、ハバロフスク聖母被昇天大聖堂の前で逮捕された。その時、彼は四十一歳だった。共産党の労働組合で法律業務を担当していた彼は、仕事を終えて家に向かっていた。事務所があったマルクス通りから家まで七キロメートルほどの距離を、彼は毎日歩いて通勤した。いつものように事務所を出てアムール川沿いに歩いていた彼は、聖堂にさしかかると胸を押さえ、腰を折って肺をまるごと吐き出すような激しい咳をした。咳がようやくおさまり、ハンカチで口を拭《ぬぐ》う彼の横に、黒い車が音もなく近づいた。革のコートを羽織った男たちが一糸乱れぬ靴音を響かせながら降りてくると、彼を無理やり車に乗せた。

そして四か月後、ゴオクの家に判決文が書かれた紙が届いた。

〈逮捕されたイ・ゴオクに〇〇〇〇州内務人民委員部の決定により一九三五年十一月〇〇日流刑を宣告し、この宣告は十二月〇〇日に執行される。〉


ゴオクの妻クォン・オクヒは、夫が生きて戻れないだろうと判断した。その頃、彼は喀血《かっけつ》するほど重い結核を患っていた。

両班《ヤンバン》である安東《アンドン》権《クォン》氏の家柄である上、ギムナージヤを出てプライドが高く傲慢だったオクヒは、夫よりも息子たちのことが先だった。正直で忠実な共産党員だか何だか知らないが、ゴオクは彼女にとっては無能で利己的な家長だった。

「革命は成功したかもしれないけれど、あなたの人生は失敗したわ」

労働組合の仕事を優先する夫に対する恨みが極限に達したオクヒは、息子たちが見ているのも忘れて鋭い呪詛《じゅそ》の言葉を浴びせた。そのたびにゴオクは、元戸《ウォンホ》*の娘に生まれロシア貴族のように育ったせいで、ブルジョア的で俗物的な悪習に染まっていると彼女を非難した。

夫に従って共産党員になったものの、オクヒは家庭と子どものことを重視した。成長期の息子たちに肉と魚を食べさせ、暖かい服を着せたがった。

反ソビエト活動の容疑で逮捕され、一夜にして粛清の対象になった夫の経歴が息子たちの人生を破滅させるのではないかと懸念したオクヒは、隣人らが寝静まった夜中に人知れず荷造りをした。息子たちに荷物を一つずつ背負わせ、金と金目の物を包んだ風呂敷を自分の腰に巻いた。彼女はインソルにはもちろんのこと、実家の家族にも自分たちが出ていくことを知らせなかった。

5

舌がざらざらになるほど乾いても、クムシルは水を飲まない。彼女は丸一日以上排尿できていない。それでなくとも膨らんだお腹で膀胱が押され、常に尿意を感じる。五臓六腑が尿で満たされてちゃぷちゃぷと鳴る。列車が揺れるたび、彼女は下着にちょろちょろと小便を漏らす。

トゥルスクがよいしょと声を出して立ち上がると、黒い綿のチマをのろのろとたくし上げる。チマの中に着たパジ〔チマの下ばき〕を下ろし、磁器のおまるの上に尻をのせて座る。小便がおまるの底に勢いよく落ちる音が気恥ずかしく、イルチョンはパイプをいじりながら咳払いをする。プンドはあらぬ方を見ながら目をぱちぱちさせる。トゥルスクを盗み見していたアリーナが、頭を下げて脇腹を押さえる。

ピェルヴァヤ・レーチカ駅を出発した列車が一日中休むことなく走り続けると、女性たちは風呂に入れないことよりも用便の方が切実な問題だということに気づいた。家畜運搬用の車両に便所が備わっているはずがなかった。人々は窮余の策でおまるに、それも準備できなかった人は鍋や器に大小便を溜め、ドラム缶に捨てた。

「お義母《かあ》さん……」

ソドクが眠そうな顔でクムシルを見る。

「おしっこがしたいです……」

「ああ、どうしよう……」

ソドクはクムシルよりも困惑しながら、縮めていた体を起こす。

「私が隠してあげるから、そこでしなさい」

クムシルはソドクの後ろに隠れるようにして座る。ひだを寄せた茶色のチマを持ち上げ、両足の間に大きな鍋を差し入れる。チマの中に手を入れ、下着を尻の下まで引き下げる。チマに顔をうずめて排尿する。

「終わった？」

「まだです……」

小便は終わりそうで終わらず、だらだらと続く。

クムシルが下着を引き上げてふと顔を上げると、インソルと目が合ってしまう。気まずい彼女は下唇を噛む。鍋を持ってドラム缶の方へ歩いていく。かぶせてある板切れを持ち上げ、鍋を傾ける。

「足が不自由なのかい？　引きずっているのを見ると……」

「小さい時に小児麻痺にかかって、左足が悪いんです」

ソドクが耳打ちするようにトゥルスクに言う。

「ああ、道理で……」

「黙っていれば、あの子の体が不自由だなんて誰も気づきません」

「動きもしゃんとしているし、敏捷《びんしょう》だから目ざといあたしも気づかなかったよ」

トゥルスクが感心した目でクムシルを見つめる。

「うちの嫁がどれほど几帳面で性根《しょうね》が優しいか、五体満足の嫁を持ったご近所さんから逆にうらやましがられるんです。不具者の嫁をもらったと裏で悪口を言っていたくせに」

ソドクの顔に誇らしげな微笑が広がる。

「正直なところ、私も最初は不満でした。体が丈夫でも生きていくのが大変な世の中で、まともでない子を妻にするなんて、息子が恨めしくて。ひとり残った息子が三十になっても結婚しないもんだから、やきもきしていたんですよ。何度お見合いをしても嫌がっていたのに、あの子とお見合いして家に帰ってくると、結婚したいって言うんです」

「息子さんは運命の相手を見つけたんですね」ペクスンが言う。

ソドクはうなずく。

「嫁に来た最初の年の春、家の裏の畑を耕すのを見て安心しました。私はあの子が嫁に来る前に煙草工場で働いていたと聞いて、白菜と大根の種を区別できるだろうかと心配でね。ところが、畑を碁盤の目のように分けると種を種類別にまいたんです。トマト、キュウリ、ジャガイモ、ナス、落花生、白菜、ビーツ、大根……、どの村でも畑を合わせて集団農場を作ると騒いでいた時期でした。牛や馬のような家畜も誰彼かまわずひとところに集めて育てるんだと、工場みたいに大きな畜舎を建てて。下界は沸き立つ釜のように騒がしくて落ち着かないのに、あの子のおかげでわが家の畑にはカボチャやナスの花が咲き、トマトとキュウリが色とりどりに実ったんですよ」
「最近の若い女の人たちは、農業を軽く見ているんですよ」ペクスンが言う。

「技術者がよい待遇を受ける世の中になって、農村の若者たちは技術を学ぶために都会に集まりますからね」プンドが答える。

「うちの畑の白菜と、市場で買った白菜が同じはずがないでしょう？　見た目は悪くたって、うちの畑で採れた白菜の方が甘くておいしいんです……、ナスもキュウリも、育てるのは骨が折れるけれど楽しいんです。花も見て、その花に飛んでくる蝶も見て……」

ソドクの言葉に、ペクスンの憂いをたたえた顔が明るくなる。

「母はトウモロコシにも話しかけていました。『まあきれいだこと、おまえはもう少し大きくならなくちゃ、おまえは残しておいて種にしないとね』」

「トウモロコシの茎がどんどん伸びるのを見ていると、子どもが育つのを見るように感心するし、満足なんですよ」しわが寄ったソドクの口もとに微笑が浮かぶ。

白い磁器のおまるを持って二階から下りてきた女性が、ストーブの前にぺたりと座って愚痴をこぼす。

「コルホーズに変わってから農業が楽しくなくなったんです。誰が手を抜いているか、誰が一番耕作が下手かと他人の仕事ぶりをうかがうようになって……」女性は首に巻いた木綿のハンカチで鼻をかむ。

不満げな声が混じり合いながら漂う。

「家畜を飼う楽しみもなくなりました。共同畜舎に牛が二十頭いれば、自分が育てていた牛ばかり目に入ってくるんです。うちの牝牛《めうし》が他の牛たちより痩せていたら、どうにも気になってしまって。だから、夜中に内緒で牝牛を家に連れてきてお粥を食べさせましたよ」

「私はコルホーズに反対でした」はしごに片足をかけた男が、鬱憤を吐き出す。角材を大雑把に切り、いいかげんに作ったはしごがたつく。「ヤン・ニコライがやってきて、村の会議があるから三時までに学校に集まれと言うんです。ヤン・ニコライというのは、うちの村の一番怠け者で貧しい農民です。彼は、春になると幼い子どもたちを連れて米やジャガイモ、灯油をもらいにあちこちの家を回りました。豚の群れを追っていて少し遅れていくと、村人たちはもう学校の教室に集まっていました。見知らぬ若者が前に歩み出ると、ひとしきり演説を打ちました。『コルホーズに反対する農民は、誰であろうとプロレタリアを搾取する富農《クラーク》だ』と言うんです。演説が終わると、軍服を着て銃を持った若者たちがわらわらと入ってきて私たちを取り囲みました。待っていたニコライは、投票を始めると言いました。家族農場を廃止して土地、家畜、農機具を放棄する決議案に賛成する者は手を挙げろと言うんです。私は手を挙げませんでした。十人のうち八人は手を挙げましたよ。ニコライが教室の黒板に反対する人の名前を書いたんです。その日の夜、彼が若者二人とうちにやってきて言いました。『コルホーズに反対するのは、ソビエト政権に反対する反逆行為だ！』」

「私はコルホーズに手放しで賛成しました。共産党がすることだからです。〝共産党が作ろうとする世界は平等な世界だ。共産党は正しい〟、そう固く信じていたんです」

「私も一も二もなく賛成しましたよ。でも、朝鮮人たちに与えられたのは種の一粒もまけないような痩せた土地でした」

ペクスンが突然顔色を変えると、風呂敷包みを解く。服の中から取り出した藁《わら》半紙の包みを急いで広げる。

「小豆かい？」

小豆を見るトゥルスクの顔が明るくなる。

「置いてきたと思ったのに」

「私の祖母が晩年に耄碌《もうろく》して、亡くなる日まで小豆の入った巾着袋《きんちゃくぶくろ》を探し回っていたんです。どこに置いたのか思い出せないと言いながら、巾着を探すんだと家じゅうをひっくり返して。一度、母が訊いたんです。『お母さん、小豆を見つけたらどうするの？』『植えないと』『どこに？』『地面に植えるんだよ、空にでも植えるのかい？』」

「嫁に来て二十日も過ぎたかしら、まだ顔も見慣れないし、恐ろしいだけだった夫が、ロシアに住むことにしたから荷物をまとめろって言うんです。小さい袋をいくつも作って、種を種類ごとに分けて入れました。稲、燕麦《えんばく》、麦、粟《あわ》、コーリャン、カボチャ、大根、サンチュ、間引き大根、キュウリ、ナス、白菜……、本家の家族と小舟に乗って海を渡ったら、重すぎたのか船が徐々に沈みだして、しかたなしに持ってきた家財道具を一つずつ海に投げ込んだんです。韓薬房《ハニャクバン》〔韓国伝統医学に基づく薬である韓薬を処方する薬局〕をしていた父が嫁入り道具であつらえてくれたたんすを最初に捨てて、重いものから順に一つずつ海に投げ込んだら、最後に残ったのは種と食糧だけでねえ。ロシアに来て、故郷から持ってきた種をところかまわずまきましたよ。持ち主のいない土地と見れば石ころだらけの畑でもがむしゃらに耕して、間引き大根の種をまいて食べたんです。絶壁のように険しい土地にはカボチャの種をまき、カボチャを採って食べました」

「私の父は、釜と種籾《たねもみ》の袋を背負《しょ》い子《こ》で背負ってロシアに来ました。日が暮れて野原で焚き火をして寝なければならない時には、父は誰かが盗んでいくんじゃないかと種籾の袋を頭の下に敷いて寝ました。ロシアに来て十五デシャチーナ*〔十六ヘクタール強〕の土地を分配されたけれど、砂利の多い土地で稲作なんてとてもじゃないけどできません。それで、しかたなく種籾を燕麦の種と交換したんです」

ペクスンがうなずいていたソドクに言う。

「〈農夫餓死　枕厥種子〉ということわざのように、農民は飢え死にしても種は絶対に食べないというじゃありませんか」

「ロシア人はどうして稲作ができないんでしょうね？」プンドが首を傾げる。

「稲作をやったことがなければ……、レーニンが地主の土地を没収して貧しい農民に公平に分け与えることにしたという噂を聞いてあきれたね……、ああ、レーニンは土地を知らないんだなあと……、土地を公平に分けるのは不可能だよ……」

「餅を分けるように、ひと切れずつ分ければいいじゃありませんか？」プンドが言う。

「同じ十五デシャチーナの土地でも、ある土地は一ルーブルの価値しかなく、ある土地は百ルーブルの価値があるのに……」

「おっしゃるとおりです。同じ種も、ある土地にまけば十倍になり、またある土地にまけば百倍になるんですから」

「お尻に鋲《びょう》が刺さるんだよ」トゥルスクが尻をもぞもぞさせる。

「内臓がひっくり返って、腸が胃にぐるぐる巻きついているみたいです」オスンの顔は紫がかっている。

ペクスンが、水でふやかしたパンの切れ端をファンじいさんの口に入れてやる。ファンじいさんは陰鬱な声を出しながら口をもぐもぐさせる。列車が揺れると、粥のようになったパンを全部吐き出す。

インソルが体を起こすと、扉に近づく。息を大きく吐いてから扉を開ける。ガタガタと揺れる扉を片方の肩で押さえ、吹き込む風をまともに受けて立っている彼のコートの裾がはためく。

頬を打つ冷たい風に、プンドは気を取り直して目を見開く。アナトリーが顔を上げて口を大きく開ける。

「空に浮かんでいるのは月ですか、太陽ですか？」

「昼の月ですよ」

「元気のない顔ですね」

風が吹き込み、列車の中に溜まった悪臭を和《やわ》らげる。

「あれもロシアの土地でしょうね？」

「家が一軒も見えませんね」

「人も見えません」

「動物一匹いませんよ」

「鳥もいません」

「それなのに、土地には終わりがありませんね」

6

「お義母《かあ》さん、あの人は家に戻ったでしょうか？　私たちがどこへ行くのか、彼らが知らせてくれてますよね？」

突然感情が高ぶり、すすり泣くクムシルを、インソルがじっと見つめる。

クムシルは、クンソクがまだ家に戻っていないような気がする。ウラジオストクの朝鮮人がひとり残らず列車に乗せられたとも知らず、日本人のふりをしながら間島《カンド》の地をさまよっているような気がする。混ざり合って押し寄せる不安と悔しさに肩を震わせていた彼女は、夫婦である自分たちが一本の糸ですらつながっていないことをあらためて痛感する。

結婚式を挙げてから一年ほど経った頃だった。行商に出たクンソクが二か月近くも帰ってこなかったことがあった。彼は行商に出れば、たいてい二十日前後で戻ってきた。そのため、彼が行商に出て二十日目になる日から、彼女はご飯を炊くたびに器によそってアレンモク〔オンドルの焚口に近い温かい床〕

の布団の下に入れておいた。日が沈むと釜で湯を沸かし、きれいに洗って乾かした下着をウィンモク〔アレンモクの反対側〕に置いた。彼が時々趣味で吹いていたハーモニカをピカピカに磨き、座卓の上に置いておいた。風で枝が揺れる音にも、路地の入り口にある長老派の伝道師の家が飼っている犬が吠えただけでもクンソクかと外を見た。彼女は、彼が国境を越えて間島に行ったことしか知らなかった。待つこと以外、彼女にできることは何もなかった。彼は二か月と二週間後に帰ってきた。朝に炊き、布団の下に入れておいたご飯は乾いていた。顔の肉が落ち、髪がぼうぼうに伸びていたせいもあったが、彼女の目には彼は見違えるほど変わっていた。その日の夜、彼は彼女の首元に顔をうずめ、煙草のにおいが染みついた指で彼女の胸を撫でながらロシア語でつぶやいた。

「俺たちに子どもができたら、その子は骨の髄までロシア人でなきゃならないんだ」

　クンソクは指を広げ、彼女の乳房を破裂しそうなほど握りしめた。

「俺たちの子どもが大きくなって作った子どもは、魂までロシア人でなきゃならない」

　クムシルは、自分が子どもを産み、その子どもがまた子どもを作る日がくるだろうかと思った。そんな日がくるためには、とても長い時間が流れることになるはずだった。

「私たちは朝鮮人でしょう？　それなら私たちの子どもだって……」

「朝鮮？　朝鮮なんぞどこにある？」

「朝鮮が独立すれば……」

「独立なんてできるわけないさ！」

「誕生日のお祝いの時に伯父さんもおっしゃってたじゃない。私はあなたが伯父さんのお誕生日までには帰ってくると思ってたのよ。伯父さんはあなたに会いたがっていたわ。伯父さんは、伯母さんの作った人参酒を飲んで『虚事歌*』を歌ったの。『世の中は万事虚しいものだ』で始まる歌を」

伯父はゆらりゆらりと舞いながら歌を歌い、「あの静かな江山《カンサン》の共同墓地で君を待つ」というところでは涙を見せた。

「朝鮮が日本に併合されてから二十年以上が経った。ロシアとの戦争にも勝った日本だ。ロシアが勝っていればロシアが朝鮮を支配しただろう。間島のあちこちに、蟻《あり》が巣を作るように日本軍の部隊が入ってきているんだ」

「共産党に入党した人たちは異口同音に、朝鮮人たちもソビエト人民になるべきだと言うそうね」

「その前にロシア人にならないとな」

「今日、一日中列に並んで受け取ったのはパンひとかたまりよ。配給票を持ったロシア人と朝鮮人の女性たちが、消費協同組合の建物をぐるりと取り囲むほど長い列を作っていたわ」

「おまえに新しいウールのコートを買ってやりたかったんだが、洋服屋が閉まっていてね」

「食堂や商店は閉まってるわ。向かいの家のおばさんは靴屋に長靴を買いに行って、足に合う長靴が品切れだからとそのまま帰ってきたそうよ」

クンソクは鉄の灰皿を自分の枕元に近寄せた。片手で頬杖をつき、煙草をくわえた。

「正直なところ、俺は自分が何人なのかわからない。朝鮮人、ロシア人、ソビエト人民……」

「その三つ全部じゃないかしら？　あなたは朝鮮人だけどロシア生まれでしょう。ロシアはソビエトになったし」

「三つ全部にはなれないさ」

彼はマッチを擦って煙草に火をつけた。天井を見つめて寝そべり、空中に向かって長く煙を吐いた。

「国境を行き来するのもうんざりだ。日本人のふりをする自分にも腹が立つ……、日本のスパイだと誤解されそうで怖くもあるし……」クンソクは煙草を灰皿に押しつけて消し、再びクムシルの胸に顔をうずめた。「毎晩、おまえの胸が恋しくて、おかしくなりそうだった……」

「……私はあなたが私のことを恋しがっているなんて知らなかったわ」

クンソクはふっと笑って彼女の髪に手を伸ばした。長く垂らした髪を梳《と》かし、自分の指を隠すように差し入れた。

「髪の量が増えたみたいだ」

クンソクはしがみつくように彼女の髪をつかんだ。

「あなたが仕事に出てから、髪を切ってないの。あなたによくないことが起こりそうで」

クムシルはクンソクが仕事に出ると、彼が帰るまで爪も切らず、眉毛も整えなかった。

「しばらくおまえのそばにいないとな。間島は一触即発だよ。数えてみたら、結婚してからおまえと一緒に寝た日よりも離れて眠った日の方が多かった……」

「あなた、結婚して四日で行商に出たじゃない」

「そうだったな、おまえは俺を引き留めなかった」

「私が引き留めたら行かなかった？」

「ああ、行かなかっただろうな」クンソクはしかし、自分が今言った言葉を否定するように首を振る。

しばらく彼女のそばにいると言った彼は、帰ってから二週間も経たずにまた荷造りをした。彼女は初めて彼を引き留めた。

「どこかに定着して、農作業をしながら家畜を飼って暮らすのはどう？」

「俺は土地に縛られたくないんだ。土地は人間を奴隷にする。世界はどれほど広いことか、行けども行けども土地があり、行く先々で人々が家を建て、地面を耕して暮らしている。農民にとっては、自分が種をまく土地が世界のすべてでさ。しかも、ロシアではもう個人が土地を所有することは不可能になったんだ。それに、俺は自分が所有するわけでもない土地に縛られて暮らしたくない。それが可能だとしても、朝鮮人の俺がロシアでどれだけの土地を持てると思う？　沿海州に朝鮮人が増えると、ツァーリ政府は朝鮮人に与える土地の割当量を減らしたんだ。代わりに沿海州に移住してくるロシア人が気に入った土地を選び、農作業をして暮らせるよう特典を与えた。百デシャチーナにもなる土地をだよ。朝鮮人たちが百ルーブルを出して一デシャチーナ買える土地を、ロシア人には三ルーブルで買えるようにしてやったのさ。それだけじゃない、ロシア人たちには人頭税《じんとうぜい》*を永遠に免除してやったんだ。軍役は十年、土地税は二十年も。たとえ俺が百万デシャチーナの土地を持てるとしても、一生土地に従属して暮らし、死んでいくんだと考えると寒気がするよ。一日中畑に出ては罪人のように腰を曲げ、鍬《くわ》を使いながら老いさらばえたくはないね。気まぐれな天気のせいで今年の農作業が台無しになったらどうしようと、戦々恐々としながら暮らしたくないんだ。農民の姿ってのはどこに行っても同じさ。ロシアも中国も朝鮮も……、世間ずれしていないように見えても、その中にはふてぶてしい奴がいるのさ。隣人と兄弟姉妹のように過ごしたって、自分の畑のカボチャが隣人より小さけりゃ嫉妬の炎を燃やすのが農民根性なのさ」

「種をまくために地面に向かって腰を曲げる農民は、私には罪人に見えないわ」

「ああ、そうかい！」クンソクは苦虫を噛みつぶしたような顔をした。

「何かおかしなことを言った？」

「土地！　土地のせいなんだ！　間島の奥地で、鼻が地面につくほど腰が曲がった朝鮮人の老人を見たよ。まげを結ってチョゴリを着ているから朝鮮人だってわかったんだ。チョゴリは破れてぼろぼろで、皮膚病にかかった鶏を肩にぶら下げているみたいだった。農作業をする土地を探し求めてそこに流れ着いたんだろう。俺が故郷はどこかと尋ねると、しばらく考えて首を振るんだ。朝鮮語を忘れてしまったのかもしれないな。農機具もないのか手で畝《うね》を掘る老人を見ていると、人間は土地のために存在するんだという考えが浮かんだよ。人間は生きている間は土地のしもべとして生き、死んだら腐って土地の肥やしになるんだから」

「土地から得るものだってあるでしょう。土地で採れるものを食べ、土地に家畜を放し、土地に家を建て……」

「おまえみたいな女は農民の嫁になればよかったんだ！」

「あなたが荷物を持って家を出るたびに、戻ってこないんじゃないかと怖くなるのよ」

「もう少し金が貯まったら、モスクワに行くよ」

「モスクワ？」

「ああ」

「でも、住所をむやみに移すことはできなくなったと聞いたわ。他の都市で暮らすには、そこの居住権が必要だって」

「金さえあれば、偽の居住権を買えるさ。今、ロシアは赤軍と白軍に分かれて戦っていた頃よりも混乱してるんだ。蜜蜂《みつばち》の巣箱みたいに無秩序で穴だらけさ。疑念、告発、監視、背信、隠蔽、逮捕……、多くのロシア人が家族と一緒に故郷を離れてる。闇市場で偽造された履歴書を入手し、出身と階級を変える。昨日まで洗礼を授《さず》けていた神父が建築家を騙《かた》り、貴族出身の青年がプロレタリアートのふりをしてる。モスクワみたいな大都市では、田舎から上京した少女が眠る場所を求めて顔も見たことがない男と入籍するらしい」

「モスクワに行って何をするの？」

「商売をするさ。俺は行商人だからな。今回の仕事から戻ったら、冬の間はずっとおまえのそばにいるよ。凍りついたアムール湾が完全にとけるまで、おまえから離れないと約束する」

クンソクが仕事に出るたびに、ソドクもクムシルと同じように気を揉んだ。クンソクは彼女にとってたったひとりの生き残った子どもだった。彼女はクンソクの上に息子を二人産んだが、次男は幼い時に脳膜炎にかかって亡くなり、韓人社会党*の党員だった長男は四月惨変*の時に日本の軍人に銃殺された。クンソクは長兄に会ったことがないが、クムシルは彼が死んだ日をはっきりと覚えている。一九二〇年四月のある日だった。一番鶏が鳴いてすぐ、朝の空気を切り裂いて銃声が響いた。世界が深海に沈んだような静寂が数秒間流れ、悲鳴とともに銃声が散発的に聞こえてきた。父はがばりと起き上がると、壊れそうな勢いで扉を開けて庭の暗紫色《あんししょく》の闇の中へ駆け出した。彼女は真っ赤な火の手が上がり、黒い煙がもうもうと立ちこめるのを見た。銃声は明るくなる頃にようやく収まった。朝食も食べずに新韓村《シンハンチョン》を回って戻ってきた父が、母に言った。「夜中に日本の軍人らが韓民学校に朝鮮人を閉じ込めて火を放ったらしい。帰りがけに寄ってみたが、建物がすっかり崩れて煙突四本だけが残っていたよ」。その日の昼、彼女は母親と井戸に水を汲みに行く途中で、空き地に薪の山のように積み上げられている死体を見た。髪を結い、子どもをおぶった女性が死体の中に茫然自失の体《てい》で立っていた。帰り道には、日本の軍人に連れていかれる朝鮮の男たちを見た。彼らはロシア赤軍の格好をしていた。

7

「あなた、ぜんまいを巻いてください……。夫と私はアルダン金鉱*で出会いました。十二歳の時に金鉱で働く義父についていったんです。冬には軒先に山羊の脚ほどもあるつららができる場所です。そこで長かった髪を切りました。皇帝がまだ生きている頃でした。母が錆《さ》びた鋳鉄《ちゅうてつ》のはさみで私の髪を切り、気性の荒い雌鶏のように叫びました。『なんてこった、旦那が二人になった！』義父は優しくて恥ずかしがり屋でしたが、お酒をたくさん飲みました。お酒のせいでしょうか、義父は寝ている間に心臓麻痺で亡くなり、母が食堂を営んで生計を立てました。母が饅《マン》頭《ドゥ》を作りながら、寝言を言うようにつぶやいた姿が浮かびます。『最初の旦那は私をスヴェトリー金鉱*に連れてきて死に、二番目の旦那はアルダン金鉱に連れてきて死んだわ！』二十歳になった年、金鉱に出稼ぎに来た夫に出会ったんです。私たちはお互いにひと目ぼれして付き合い始めました。どれだけ痩せた土地でも、春になれば花が咲き、鳥たちが飛んでくるものです。つららがとけ、真っ白だった森が黄緑色を帯び始めた頃、私たちは丸太小屋を手に入れて一緒に住み始めました。丸太小屋の横に三本の柏の木があって、鳥の鳴き声が朝晩途切れませんでした。食べるものが黒パンと塩水だけしかなくても幸せだった時代です。夫は貯めたお金で、ロシアの臣民証を発給してもらいました。それがあれば、鉱山の日当を二倍もらえたからです……、私の臣民証は後でお金が貯まったら手に入れることにしました。生まれてこのかた、私はビザも国籍もないまま生きてきたんです。母が出生届を出せなかったので、朝鮮国籍だったことも日本国籍だったことも、ロシア臣民だったこともありません。ソビエト人民証もないので、厳密にいえばソビエト人民でもありません。私がどこで、何年何月何日に生まれたかは、亡くなった母の頭の中にだけあります。母は亡くなるその日まで、ロシアの文字を読み書きすることもできませんでした。知っている朝鮮の文字は〝ㄱ・ㄴ・ㄷ・ㄹ・ㅁ〟だけでした。書類上では私は世界のどこにもいないけれど、私はここにいます。ここに、この列車の中に……、あなた、何を探してるの？あれ、どこまで話したかしら……、金鉱の仕事が休みの日に、私たちはソーセージやパンを風呂敷に包んで白樺の森にピクニックに出かけました。蜂、蝶、お墓、ヤマイチゴ、キノコ、紫色の花、太陽の光……、そんな日がいつまでも続くと思っていました。こういうことを青天の霹靂《へきれき》と言うんでしょうか。ある日青年たちが現れて、臣民証もビザもない朝鮮人を選び、無理やりトラックに乗せたんです。川で水浴びをして戻る途中、私も突然担ぎ上げられてトラックに乗せられました。トラックはどれほど走ったかもわからないほど長い時間走ると、野原に朝鮮人たちを放り出して行ってしまいました……、甘い新婚生活を楽しむ間もなく、夫とそうして生き別れになったんです。金鉱の中の家に帰るまで三年かかりました。こういうことを飼い犬に手を嚙まれたと言うんでしょうか、夫はその間にロシア人の未亡人と関係を持ち、新しい人生を送っていました」

「俺は、おまえを首を長くして待ってたんだ」

「そう、たった三年間？　わかってるわ……、穴があいた服を繕い、頭の虱《しらみ》を取ってくれる女性が必要だったのよね」

「もう過ぎたことじゃないか」

「過ぎたことと？　胸に残っているなら過ぎたことじゃないわ」

「私は歩いたりトラックに乗せてもらったりして、まず金鉱に戻りました。飢え死にしないために、物乞いをして食いつないだこともありました。丸太小屋はどこにも行かず、三本の柏の木の横にありました。庭の臼には水がいっぱい溜まっていました。ひどく震える手で丸太小屋の扉を開けると、未亡人が食卓に座ってジャガイモをむいていました。ネズミが彼女の足元を走っていくのが目に飛び込んできました。彼女は私のことを知っていました。私も彼女を知っていました。つまり、私たちは前から顔見知りだったんです。私は、彼女の陶磁器のように滑らかで白いふくらはぎを見ながら言いました。『三人で一緒に暮らすことはできないわ』。彼女は訛《なま》りのあるロシア語で何かをつぶやくと、荷物をまとめました。下着二枚、櫛《くし》、木綿のブラウス一着と緑色のチマ、赤いスカーフ、針とかせ糸……、キツツキが柏の木をつつく音が聞こえてきました。日が暮れて、夫が帰ってきました。私を見ても驚きませんでした。帰り道に、隣家の女性から私が戻ってきたと聞いたそうです。二か月後、私たちは金鉱を離れてウラジオストクに来ました……、あなた、何を探しているの？　どこまで話したかしら……、とにかく、私はロシアの警察にトラックに乗せられて、ロシアの国境の外に放り出される悪夢をよく見るんです。道を歩いていても、警察を見ると蝶番《ちょうつがい》が取れたドアのように心臓がばくばくするんです。列車が止まると冷や汗が出ます。ソビエトの人民証がない朝鮮人をより分けて他の列車に乗せるんじゃないかと……、ところであなた、さっきから何をそんなに探しているの？」

「ママ、ぼくはどこから来たの？」


「未亡人が荷物をまとめながら言いました。『砂糖三百グラムは私が持っていくわ。あなたは旦那を手に入れて、私は砂糖三百グラムを手に入れて。両方を手に入れるのは欲張りよ』」

「損をしたわね。私なら砂糖三百グラムを取るのに」

「砂糖三百グラムはすぐになくなるけど、旦那はなかなかなくならないわ」

「私は、夫がこの地上から消えればそれ以上願うことはないわ」

「あなた、いったい何を探しているの？」

「かばんの中に入れたんだが……」

「何をです？」

「確かに入れたんだよ」

「優しくてかわいそうな人でした。ロシア人の女性のことです」

「それでも砂糖三百グラムは持っていったのね」

「あなた、何を探しているの？」

8

〈南風が吹けば、ツバメたちが愛し合うために飛んできます。

相手が見つからないツバメは、木の葉と愛し合います。

季節が移り、ツバメが去ると木の葉も木を捨てて去ります。〉

ホ・ウジェの歌声がやみ、誰かが声を殺して泣く声が響く。

「あの人は鳥ね……、間違えて人間の世界に飛んできた鳥……、歌い方を知らない人間のために歌う鳥……、あの鳥は、歌うことを知らない人間たちと暮らしてどれほど苦労していることか……、鳥の顔も老いるのね……、老いても美しい……、だから悲しいんだ……、だからあの鳥が歌う歌も悲しいのかしら……？」

クムシルは心の中でつぶやきながら、ウジェのまぶたがやるせなく閉じるのを切ない気持ちで見つめる。

「鳥が眠りにつこうとしている……、鳥よ、眠らないで……、歌い続けて……、列車が止まるまで歌って……」

だが、ウジェの口には白い相思花《サンサファ》〔夏水仙の花〕だけが咲いては枯れる。

クムシルは鳥から視線を外し、人々の顔を確かめる。悲しみが薄れた人々の顔に絶望、憤怒、怨恨《えんこん》といった悪意と破壊的な感情が混じり合って生まれる表情がにじむ。鳥は目覚めて再び歌い出すのだと、そうすれば人々の表情に雪片《せっぺん》のように澄んだ冷たい悲しみが宿り、荒れた心が純化されるのだと、クムシルは自らを慰める。

私たちはほんとうに一所懸命生きていました……、そう、沿海州にソビエト政府が成立し、平和と平等な世界がもたらされたのだから幸せに暮らそう、兄弟姉妹に会うとそう誓いました……、私たちは沿海州に教育大学も設立し、朝鮮劇場も建てました。楽しく暮らそうと……、それなのに、囚人のように列車に乗せられています……、あなた、ぜんまいを巻いてください。


ヨセフがターニャのそばに座る。

「赤ん坊を抱いていてやろうか?」

「いや!」

「そんなこと言わずに、こっちにおくれ」

ターニャは赤ん坊をぎゅっとかき抱いて首を頑強《がんきょう》に振る。

「私たちの赤ちゃんが盗まれた！」

「ターニャ、走る列車の中で赤ん坊が盗まれるはずがないだろう？」

「あの女が……」

「ターニャ……」

「あの女よ……、あの女は白人の赤ちゃんを産んだわ……、あの女はカエルの丘の向こうに住んでいる……、梅雨が終わると、村の西側の丘はカエルだらけになるの。白い水が溜まった井戸がその向こうにあって、女たちは膨らんだお腹を突き出して鳴くカエルを踏みつけながら丘を越え、また戻ってきた。井戸水がいっぱいに入った水甕《みずがめ》を頭にのせて庭に入る女たちが履いている藁《わら》やゴムや木の履物に、お腹が破裂して死んだカエルが貼りついていたわ……」

興奮を抑えられずにまくしたてるターニャをなだめようと、ヨセフは彼女の頬を撫でさする。

「ああ、あなたの手はいつも温かいわ」

ターニャが夫の手のひらに頬をすり寄せながら口づける。少し前までむずかっていた赤ん坊は、眠りについたのか静かだ。

「ママ、雲が見たい」

「ママ、空が見たいよう」

「ママ、リューバは夜中にママが戸棚の向こうでお祈りする声を聞いたんだって」

「その子のお母さんはなんてお祈りしたの？」

「『神様、バター一キロとニシン二キロだけでもください。余裕があればキャビア五百グラムもお願いします』。ところが朝起きたら、テーブルには茹でたジャガイモと塩しかなかったんだって。だからリューバは言ったんだ、『ママ、お祈りするならスターリン同志にしなきゃ』」


「家を出たばかりなのに、製粉所の粉砕機が回る音が懐かしいです」

「やっと二週間経ちましたね」

「列車はこれまでに五回止まりました」

「二回は他の列車とすれ違うためでしたよ」

「駅で止まったのは一回だけでした」

「外にみぞれが降っています」

「どうしてわかるんですか？」

「においです。雪でも雨でもないにおいがするじゃないですか。故郷を出た日、みぞれが降ったんです。だから、みぞれのにおいを嗅ぐと胸に穴があいたような気分になります」

「前世で罪でも犯したのかね？」トゥルスクが口をつんと尖《とが》らせる。

赤ん坊を見つめながら悲しみに沈んでいたターニャが、顔を上げると目を輝かせる。

「前世ですって？」

「どう考えても、前世で罪でも犯さない限り、家を追い出されるような辱《はずかし》めを受けるはずがないって気がしてさ」トゥルスクは言い終えてふっと笑う。

ソーセージを咀嚼《そしゃく》していたプンドが、トゥルスクとターニャを交互に見ながら言う。

「祖先が犯した罪が大きいから、人生がこんなにつらいんですね」

「祖先がどんな罪を犯したんですか？」オスンが訊く。

「私の出身はそれほど賤《いや》しいわけではなく、曾祖父は吏房《イバン》〔李氏朝鮮時代の地方公務員〕か何かの官職に就いていたそうです。ところが、その時に曾祖父が村人たちにひどいことをしたようなんです。小さい頃、村で一番の年長者が私の父に話しているのを聞きました。『おまえのじいさんが犯した罪を、おまえの子どもたちが償うことになるだろう』」

「私の夫が言うには、神様の思し召《おぼめ》しだそうです」ターニャはささやくような声で早口に言い、ヨセフの顔色をうかがう。彼はその間、両手で顔を覆って風呂敷包みにもたれて眠りこけ、軽くいびきまでかいている。

「思し召しですか？」プンドが尋ねる。

「ええ、すべて思し召しによって受難を経験するのだと聞きました」

「どんな思し召しだろうね？」

「それは神様だけがご存じなんですって」

ターニャは素早くつぶやき、ヨセフをちらりと見る。

「その神様はスターリンなんでしょうね！」プンドが鼻で笑う。

「私も神様を信じていませんでした。私は、自分を作ってくれた父のことを信じていたんです。父が私を永遠に愛し、守ってくれるって。私が生まれた時、父はもう五十五歳でしたが、私は父が世界で一番力持ちだと思っていました。体格のよいロシア人の男とけんかするのを臼の後ろに隠れて見た後になって、父がじつは小柄で怖がりな年寄りだということに気づきました。父は亡くなり、夫に出会いました。彼は、私が経理として働いている印刷所の植字工でした。休み時間に印刷所の庭でひとり日なたぼっこをしている彼を見て、ひと目ぼれしたんです。恥ずかしかったけど、そっとそばに近寄って座りました。休憩時間が終わるまで、私たちはそうして黙って座っていました。彼が行ってしまうと、ひとり残されてふくれっ面の私の目に花が飛び込んできました。ひび割れたセメントの地面の隙間に花が咲いていたんです。私は、花の前に両足を揃えて座りました。小指の爪ほどの小さな花でした。私は花びらを数え始めました。一枚、二枚、三枚、四枚、五枚。私は真っ白な花蕊《かずい》〔雄しべと雌しべ〕の数も数えました。一本、二本、三本、四本、五本。花が咲いているのが不思議でした。私は顔を上げて空を見上げました。太陽が黄色く燃えていました。その日から、私は毎晩祈りました。『神様、くせ毛の植字工がターニャを好きになるようにしてください』。祈り始めて百日目になった日、神様はついに私の祈りを聞いてくださいました。彼が私に視線を向け始めたのです。神様は、きれいなブローチを欲しがる私の祈りも聞いてくれました。馬糞を避けようと足を踏み出すと、光るものが目に入りました。なんてこと、ブローチだったんです！　誰かがそっと置いていったかのように、琥珀色《こはくいろ》のブローチが私の足元に置かれていました。私はすぐにブローチを拾い上げ、ポケットに入れました。その日の夜、家に帰った彼にブローチを見せて自慢しました。『あなた、神様が私の祈りを聞いてくださったの』。あの人は喜ぶと思ったのに、黙って私を見つめるとこう言うんです。『ターニャ、神様にそんなことをお祈りしない方がいいよ』。私はこう言いました。『あなたが言ったんじゃない、欲しいものがあれば神様にお願いしろって』。『おまえの祈りに耳を傾けたことで、飢えた人々の祈りが叶えられなかったらどうするんだ』。だから私は訊きました。『あなた、神様も耳が二つしかないの?』」

話し終えて、ターニャはおかしくてしかたがないというように声を上げて笑う。

「神様に、この列車を止めてくださいと祈ってみたらどうです」プンドが言う。

「私の夫が、そんなふうに祈ってはいけないって言ってました」

「じゃあ、どう祈ればいいんですか?」

「神様、真昼の露《つゆ》のようにはかない存在の私の思いなど気にせず、神様の思し召しどおりにしてください」

その時、掛け時計がボーンと鳴った。ターニャは驚いた表情を作ると、急いで口をつぐむ。

「土が灰色だったよ」

「あなた、土が灰色だなんてことがあるの?」

「灰色の土が果てしなく続いていたんだ」

「土は鉄の粉じゃないわ」

「ツバメたちは暖かい南に飛んでいったでしょうね」

「春がくればまた飛んできますよ」

「ええ、愛し合うために」

「私たちがいなくなったことも知らずに」


顔をしかめていたソドクが、クムシルに呼びかける。

「もし私が列車の中で死んでも、チョゴリとチマは必ず持っていきなさいよ」

「お義母《かあ》さん、どういうことですか？」

「私が死んだら野原に捨ててもいいけれど、私が着ているチョゴリとチマは脱がせて必ず持っていくんだよ」

ソビエトの警官が家に来た翌日、ソドクは古い木綿のチマを床に広げ、手のひら大に切った。木綿の布切れを一枚一枚縫い合わせ、フナの浮袋ほどの大きさの巾着袋を作った。雄鶏が一番鶏を響かせる頃、四十二枚の巾着が出来上がった。彼女はそれらを綿入れのチョゴリとチマの中にポケットのように取りつけ、種を入れた。種がこぼれないよう、袋の口を堅く縫いつけた。小豆のような大きな種はいくつかの袋に分けて入れ、サンチュのような小さな種は一つの袋にだけ入れた。

出発する日の朝、ソドクは種を入れた巾着袋が鈴なりになったチョゴリとチマを着て、その上に綿入れのトゥルマギを羽織った。

「紅紫色《こうししょく》のが桔梗《ききょう》の種。桔梗の種まきは、水はけがよくなるように畝を広く掘らないといけないよ。赤ん坊の頭を洗うようにそっと畝を作って……、桔梗の種は土と混ぜてまくんだ。まいた後は稲藁で覆って光をさえぎってね」

「桔梗の種は一年しか寝かせられないでしょう?」ソドクの言葉を注意深く聞いていたペクスンが尋ねる。

ソドクはうなずいてみせてから言う。「緑豆の種は、何年も寝かせてからまいても大丈夫だよ」

「桔梗の種どころか、サンチュの種でもまいて食べられる土地があればいいけど」

「麦、小豆、粟《あわ》、カボチャ、キュウリ、緑豆、ナス、サンチュ、白菜、トウモロコシ、落花生、ソバ、桔梗、大根、スイカ……」ソドクは嫁に種を一つずつ説明しようとしたが、数が多すぎて種の名前だけをつぶやく。

「まったく最近の若い女は、種が貴重なことも知らないから困ったもんだよ。路地の突き当たりにある家の長男の嫁は、大根と白菜の種の区別もつかないそうじゃないか」

「彼女は看護師じゃないですか」

「看護師は飯も食べず、キムチも食べないのかい?」

「私のひいじいさんは、大麦の種を手に入れるために山の向こうにある親戚の家に行こうとして、虎に食べられたんだよ」

「私たちが子どもの頃は、種は本当に貴重でした」ペクスンが言う。

「種はいまも貴重ですよ」

「おじさん、さっきから何をそんなに熱心に考え事をしてるんですか？」オスンがプンドに尋ねる。

「クルミの森が目に浮かんでね」

「クルミの森？」

「スーチャン*〔現パルチザンスク〕に、クルミの木がたくさん生えている森があるんですよ。森にあるのはクルミの木だけかって？　杏《あんず》の木、クヌギの木、あちこちにキノコ、イノシシ、ノロジカ、シカ、ムササビ、ウサギ、キジ、ハト、キツツキ、極彩色に着飾ったかわいらしい鳥たち……、寒くてじめじめしているけど、天国のような場所なんです」

　プンドはクルミの森をありありと思い浮かべ、遠くを見る目になる。

「あられのように落ちてくるクルミを浴びながら森に入ると、顔に銃弾を浴びて死んでいる朝鮮人の男がいたんです。顔の半分が飛び散ってなくなっていたけれど、首にブリキの笛がぶらさがっているのを見て、チャン・ドゥセだとわかりました。キジ狩りをする彼の首にはいつも笛がかけられていたからです。親指ほどの筒の中に小豆粒ほどの木の切れ端を入れて作った笛を吹き、野生のキジの鳴き声を見事にまねるんです。村へと走っていき、チャン・ドゥセの家を訪ねました。奥さんは兎《と》唇《しん》でしたが、どれほどたくましいかって、山羊も一人で捕まえられるほどです。彼女は夫が死んだとも知らず、暖炉の前に座ってシナノキの皮でわらじを編んでいました。数日後、チャン・ドゥセが墓守《はかもり》の銃に撃たれて亡くなったという噂が広まったんです。墓守は海軍将校出身のロシア人で、海軍の制服を着て灰色のシマウマを乗り回し、朝鮮人をずいぶん虐《いじ》めました。三日月の夜のことです。チャン・ドゥセの妻が斧《おの》を手に、真っ青な月光を浴びながら墓守の家にずんずんと歩いていったんです……」

プンドはそう言い終える前にしゃっくりをする。唾をごくりと音を立てて飲み込むと、口をつぐんでしまう。

「それで？　墓守の首でもはねたんですか？」しびれを切らせたオスンが質問する。

9

「よその畑からジャガイモを盗んだんです」

「あなた、その話はやめてぜんまいを巻いてください」

「夜中に母が私を揺り起こしました。袋を頭にかぶり、母と一緒にロシア人の地主のジャガイモ畑に行きました。松の枝の間に半月が浮かんでいました。月が雲の中に隠れるまで待ってから、ジャガイモ畑に入りました。きょうだいが飢え死にしかけていたんです。月の下で盗んだジャガイモが、きょうだいの命を救いました」

「最初のデートで、夫は私にその話を聞かせてくれました。それも森の中でです」

「『あなたがたの地の実のりを刈り入れるときは、畑のすみずみまで刈りつくしてはならない』*。年老いて杖をついたロシア人の農民が、収獲が終わった畑を眺めながらそうつぶやく声を聞きました。長く伸ばした髭《ひげ》に霜《しも》がつき、まるでヒトツバタゴの花が咲いたようでした」

「あなた、さっきから何を探しているの？」


「最初のデートで、夫は私に甘いケーキを買ってくれました。それから、私を森に連れていったんです。森では鈍色《にびいろ》の山鳩が鳴きました。それから、名前のわからない鳥も鳴いていました」

「名前のわからない鳥？」

「名前がわからないから、名前のわからない鳥です」

「名前がわからない鳥は森のどこにでもいるものね」

「誰かのお墓の横でケーキを食べました。甘い蜜のにおいを嗅いで飛んでくる虫と蚊《か》を追い払おうと、手をせわしく振り回しながら。片方の手にケーキを持ち、もう片方の手で虫を追い払っていると、突然鳥たちが鳴きやんで風がやみました。手招きしていた木の葉が動きを止めました。森の中はとてもじめじめしていて、腋《わき》の下いっぱいに汗が溜まりました。私は、チマの裾で夫の顔に浮かんだ汗を拭《ぬぐ》ってやりました。そのせいで、私の太ももがお日様にさらされることになったけれど。そうやって恋が始まったんです」


「『どこに行けばいいんだ』。曾祖父が亡くなる数日前、脱穀をする庭でつぶやいていた姿を思い出します。その時、曾祖父は九十二歳でした。曾祖父は赤子の足のように萎えて小さくなった足をドンドンと鳴らすように踏みしめ、エゴマを干しているむしろの前を行ったり来たりしました。私は、曾祖父が耄碌《もうろく》してそんなことを言ったのだと思っていました。でも、五十を過ぎてわかったんです。曾祖父は自分がどこに行けばいいのか、本当にわからなかったのだと」

「私の祖父は孫たちに南へ、南へ行けと言いました」

「なぜ？」

「南は暖かいからです」

「ツバメたちはどうして南に定着せず、遠く北のロシアまで飛んできて卵を産むんでしょう？」

「北の空が見たいんでしょうね」

「北の空に見るものなんて何があるのかしら」

「北の空は、一日中見上げていても飽きませんよ。雲が散らばり、また集まる様子は壮観です。雲が押し寄せる時は、まるでお腹いっぱい草を食《は》んだ羊の群れが戻ってくるかのようです。それで雷でも鳴れば、ひざまずいて空を見上げながら哀願するようになります。『どうか私にお憐《あわ》れみを！』」


「ママ、ぼくはどこから来たの？」

「私たちは百ルーブルも払ってこの時計を買ったんです。あなた、ぜんまいを巻いてください」

「それで、墓守の首をはねたんですか、はねなかったんですか?」

「山羊二頭、リヤカー、臼、リンゴの木三株、鶏二十羽、農機具……、全部持っていかれた。一九三一年三月のことだったよ。息子たちと夕飯を食べていたんだ。軍服を着て、赤い旗を掲げた青年たちが家に押し入ってきた。その中には下の息子の友達もいたよ。政府に五百ルーブルにもなる税金を納めた。税金を払う金を工面しようと、牝牛《めうし》二頭とリヤカーを売ったんだ。妻は銀の指輪とミシンを売り、息子たちはウラジオストクに出稼ぎに行った。四か月ほど過ぎて、妻と私も家と畑を奪われ、ウラジオストクに行ったんだ。息子たちは一日中、日光がまったく入らない地下の部屋で暮らしていた。ベッドもなく、セメントの床にマットレスを敷いて寝て、パン二百グラムで一日を過ごしたよ。長男は船着き場で荷物を運び、次男は家を建てる工事現場でれんがを運んだ。妻は市場でジャガイモを買ってきた。ジャガイモを買って食べるなんて!　キャベツを買って食べるなんて!　よその牝牛から搾った牛乳を飲むなんて!　他人の鶏が産んだ卵を食べるなんて!　妻と私は、ずっと自分たちの手で育てたものを食べてきたんだ。妻は、製粉所の塀の横にある二坪ほどの土地を耕して畑にした。家を出て二年が過ぎてようやく、妻が育てた白菜でキムチを漬けて食べた……、塩漬けのキムチを……」

「私はこれが初めてじゃありません。十年前にも列車に無理やり乗せられたんです。みんなは土地、土地と言うが、私は漁民です。海に網を投げて魚を捕る人間です。十年前、列車に乗せられるまでは農業なんてやったこともありませんでした」

「朝鮮人だって、全員農業をしているわけじゃありませんからね」

「海が恋しいです。どうせなら海がある場所に連れていってくれれば、それ以上望むことはありませんよ」

「海も近くにあればいいですね、でも、まずは土地ですよ」

「海は、種まきをしなくたって魚が捕れますよ」

「でも、海を裸足で歩くことはできないでしょう」

「おじさん、その時も列車に長い間乗ったんですか？」

「六日ほど乗りましたよ。列車から降りるとトラックに乗り換えて。トラックから降りると、谷間の奥地でした。空、山……それがすべてでした。列車に乗せられる前まで住んでいた世界は、空と海しかなかったのに。その時、妻は妊娠してお腹が大きくなっていました。私たちが住む家は松林にありました。丸太で作ったバラックが二十棟ずらりと並んでいたんです。特別定着村という名前でした。家ではなく、納屋ですよ。到着した時には牛、山羊、豚、犬、鶏、子どもたちがもつれ合って地面を転がっていました。私たちをそこに連れてきた警察が、鍬《くわ》などとは無縁に生きてきたわれわれに言いました。『さあ、これからは土地を耕して暮らせ』。冬がおそろしく長く、寒さで八尺にもなる霜柱が立つ土地をですよ。『私は漁民ですよ。農業なんてやったこともないんです』。そう抗議する私に、大げさなことを言わずに土地を開拓して暮らす方法でも考えろと言い放ちました。私たちより一、二年早くそこに定着して暮らしている人に習いながらキノコを採り、市場で売りました。魚ばかり捕まえていた人間ですから、毒キノコの区別がつかずに苦労しましたよ。米粉のように白い霧がかかった松林の中に入ってキノコを採っていると、男たちがいました。労働収容所の樵《きこり》だと教えてくれました。半日ほど歩いたところに労働収容所があるそうです。男たちの中には、十四、五歳にしか見えないような少年もいました。昼には松林から木を伐る音が聞こえ、夜にはオオカミの鳴き声が聞こえてきました。ある日、キノコを売りに市場へ行く途中で、雌の仔牛を連れた白人の男を見ました。男が私に言うには、『妻の金歯を売って買った仔牛なんです』。翌年の春、またその男を見かけました。ノアザミの花の群生に顔をうずめ、両腕を広げた姿勢で死んでいました。人々は男が死んでいた場所から十歩も離れていない場所に穴を掘り、その男を埋めました」

「私は、死んだ場所にそのまま埋められた人も見ました」

「寒くなってきましたね」

「列車が北に走っているみたいです」

靴下を重ね履きしたり、服を重ね着したり、冷たい顔を布で覆ったり、干しておいた布団と毛布を広げてかぶったり、人々はせわしく動き回る。

列車が出発してから体を洗えないせいで互いの体臭が吐き気を催すほど厭《いと》わしく、場所を少しでも確保しようと互いに押し合いへし合いしながら顔を赤くして怒っていた人々が寛容になる。

「ちょっと、鼻が私のおでこに当たってます」

「おばさんの足は私のお尻に当たってますよ」

「おばさんと私は何か因縁があるのかしら？　何もかも見せ合って同じ列車に乗っているんですから。父は、袖振り合うも多生《たしょう》の縁と言うけれど、それだって前世で五百劫の縁がなきゃならないんだと言ってました」

「私たち、前世で姉妹だったのかしら？」

「夫婦だったかもしれませんね」

プンドは尻の後ろに大事に置いておいた長靴を履く。長靴の爪先には、栗の実ほどの穴があいている。フェルト素材の表面が火で溶けてできた穴だ。彼は列車に乗せられる前まで、石炭工場で石炭を運ぶ仕事をしていた。薪《たきぎ》の前で、給食に出された粥に入った魚の尾の骨にくっついた米粒を舐めるのに忙しく、長靴に火がついたことに気づかなかったのだ。

綿の布団をかぶり、ぴたりとくっついて座っているオスンとホ・ウジェは、洞窟の中にいる老いたオオカミのつがいのようだった。プンドは、耳が聞こえないホ・ウジェがうらやましくてならない。

ペクスンとアリーナも、一枚の毛布を頭の上までかぶって首を互い違いに揺らしながら寝ている。

人々が仲たがいしながらも密着して座っているにもかかわらず、列車の中はひどく窮屈だった。何枚も重ね着した服の上に布団や毛布をかぶり、かさが増したからだ。

「国境を越えてロシアにやってきた年の冬、雪の中で凍死した人を見ました」

「私は、雪原《せつげん》で凍死した人が野良犬たちに食い荒らされているのを見たんです」

「ロシアは、吹雪もすさまじいですよ」

「オーロラは壮観でしたね。夜空に緑の炎が広がるのを我を忘れて見ていたら、足が凍傷になるところでした」

ぼろぼろの毛布を体に巻いたプンドが不平をこぼす。「嫁でもいればと思う日があるけど、今日がちょうどそんな日ですよ」

「男は都合のいい時だけ嫁を求めるんだから」トゥルスクが小言を言う。

インソルが立ち上がると、腕を振りながら狭い場所を時計の振り子のように行き来する。着古してくたびれ、のこぎりの刃のようにギザギザになったコートの袖から出ている指は、凍って紫色を帯びている。彼には毛布も、毛糸の手袋も、重ね着できる服もない。

「氷点下三十度ぐらいにはなるんじゃないですか」

人々の口から吐き出される息はそのまま空中で凍りつき、霜になりそうだ。

ヨセフが少し前までもたれていた風呂敷包みをほどくと、布団を取り出してインソルに差し出す。

「これを使ってください。ちょうど余分の布団がありました」

綿入れの布団ではないものの、中綿《なかわた》に偏りがほとんどない上にかなり清潔だ。

インソルは目礼をして布団を受け取り、肩に巻く。彼らを見守っていたプンドが言う。

「情があふれる光景ですね！」

「われわれ朝鮮人には、情というものがありますからね」

おまるを空にして、ストーブの前にぼんやりと座っていた女性が口を開く。「『人というものは情がなくちゃいけないよ』。九十六歳で亡くなった祖母は、孫たちによく言っていました」

「長生きなさったんですね」ペクスンが言う。

「聡明な人でした。亡くなる数日前から白いこしあんをまぶした餅を食べたいと言うから、母が米を搗《つ》いて餅を作ってあげたんです。餅を三つ水あめにつけて食べると、こう言ったそうです。『ほっぺたが落ちるほどおいしかった！』　祖母はその日の夜、眠っている間に亡くなりました」

「大往生ですね」

「人は情がなきゃいけないと耳にたこができるほど聞かされたので、こう訊いてみたんです。『おばあちゃん、情ってなに？』と。祖母は言いました。『一粒の豆も分け合って食べるのが情だよ』」

汽車がポーッと汽笛を鳴らす。

「わしは列車の中で死ぬんじゃ……」

粘り気のある痰《たん》をからませながらファンじいさんの口から出た声は、車輪が線路を切り裂く音にかき消される。

10

インソルが衝動的に貨車の扉を開け放ったのは、車内に染みついたひどい悪臭とうめき声に窒息しそうだからだった。激しく震える扉を肩で押さえて立ち、コートの裾を執拗に引っ張る風に抗《あらが》って耐えている間ずっと、彼は列車から飛び降りたい衝動に苦しめられた。飛び降りる時に加わる衝撃で首や手足が折れ、散り散りにちぎれてオオカミたちの餌《えさ》になったとしても悔いはないと思った。彼には未練も何もなかった。彼は自分の意志で家族を作らなかった。家族がいないということは、群れを作ることを本能的に嫌悪する鳥のように、いつでもどこへでもいくらでも飛んでいけることを意味していた。彼にとって、家族を持つのは愚かなことだった。それは目を固く閉じ、憐憫《れんびん》という感情の網に自らかかるのと同じ行為だった。

一瞬、上へと吹き上げる風が吹いた。風にうまく乗って飛び上がれば、宙返りをするように空中でくるりと円を描いて回る見事な妙技を披露した後、地面に完璧に着地できそうな興奮に、かかとが自然と持ち上がった。

彼が列車から飛び降りられなかったのは、飛び上がるためにかかとを上げた瞬間、果てしなく広がる土地が彼をおじけづかせたからだった。

「あれが土地か！」

始まりも、終わりもない土地が彼の目の前に誕生していた。

行く先々に広々とした土地が広がっていたが、それが彼の視野をとらえたのはこれが初めてだった。

すべての朝鮮人が土地を求めてロシアに来たわけではなかった。身分差別に対する不満、広い世界で生きたいという渇望、宗教的信念などを理由に国境を越えてロシアに来た人々もいた。インソルの父、イ・イセは妻子を故郷に残してひとりロシアにやってきた。二世代前にロシアの地に定着した女性と再婚し、二人の息子をもうけた。父は自分が朝鮮を離れた事情を秘密として抱えたまま墓に入った。故郷に妻子がいたということが、イセについて息子たちが知っているすべてだった。彼は、息子たちの前で故郷の妻子や家を懐かしむ気配すら見せなかった。彼は出自と過去を息子たちにすら徹底的に秘密にし、インソルにとって父は永遠に解けない謎として残された。感情を表に出さなかった彼が、インソルに烈火のごとく腹を立てたことがあった。まだ六歳だったインソルが、地面に唾を吐いたのを偶然目にしたからだった。「地面に唾を吐くのは下品なことだ。おまえが吐いた唾のせいで、伝染病が広がるかもしれないんだぞ」。イセには徹底して守っていたいくつかの原則があり、それは「古い飯と新しい飯を混ぜないこと」と「古い食べものは加熱して食べること」だった。インソルが八つになった年、イセは時がきたことを悟り、三日間食事を絶った末にこの世を去った。洞窟のような部屋の中に横たわり、ひと口の水も飲まずに死を待っていた彼の姿は、インソルの頭の中に印象深く残っている。

底意地が悪く、冷徹な父の血が自分の中に流れていると考えると、インソルはあらためて身の毛がよだつ。

父が死に、三年後に母まで逝った。イ・ゴオクは弟のインソルを連れてハバロフスクに向かった。彼は二十一歳、インソルは十一歳だった。レーニンに傾倒した兄は、仕事と勉強を並行しながらボリシェビキの友人たちと付き合い、夜遅くまで帰らなかった。あるいは友人たちを家に連れてきて夜通しレーニンの著作を読み、討論を繰り広げることもあった。たまに二人だけで食事をする時には、弟の顔を穴があくほど見つめて言った。「俺たちがどんな服を着て、どんなものを食べるかは重要じゃない。どんな行動をするかが大事なんだ」

ロシアの地でただ一人の血縁である兄を父のように慕って暮らしていたインソルは、十七になった年に兄にも黙って家を出た。

その日、彼はひとり家で魚のスープを食べていた。木の匙《さじ》でスープをすくい、口に持っていこうとしていた彼は、窓枠の上の灯油が一滴も残っていないランプを見上げた。白内障にかかった瞳のように曇った窓には、ふた筋のひびが入っていた。スープが入った器の前には、ジャガイモの皮をむいたりキノコの石づきを取ったりする時に使う無骨なナイフと銅のやかん、亜麻布《あまぬの》のふきんで包んだ黒パンが置かれていた。彼はナイフに手を伸ばした。亜麻布のふきんを広げ、黒パンを切り始めた。パンくずが食卓に落ちた。彼は刃についたパンくずをふきんで拭《ぬぐ》い、ナイフをジャンパーの左のポケットに入れた。切ったパンを手に取り、右のポケットに入れた。それから、冷めたスープを食べ終えた。魚の生臭いにおいがついた匙を食卓に置き、立ち上がった。

それから九年の時が流れ、彼が再び兄のもとを訪れた時、兄はクォン・オクヒと結婚して二人の息子をもうけていた。九年ぶりに邂逅した弟をオクヒに紹介しようとした彼は、妻に言った。

「党に対する忠誠が第一だ。党が空に昇る太陽を月だといえば、月だと信じる準備ができていなきゃならない」

〝最終目的地がカザフスタンなら、そしてまだ生きていれば、兄さんに会えるだろう〟。そうして彼には、途中で列車を飛び降りるわけにはいかない名分ができた。

11

灯油ランプの光が描く丸い円の中に、少年が立っている。眠りから覚めたクムシルは、夢うつつのまま少年を見つめる。少年の大きな瞳がランプの光を受けてガラス玉のように輝く。少年は足首まで届くウールのコートを着て、頭には耳当てがついた毛皮の帽子をかぶっている。黒いフェルトのブーツを履いているので、足が巨大に見える。

「お腹がすいたの？」

「さあ、お食べ」トゥルスクが手に持ったソーセージをちぎって少年に差し出す。

少年はまつ毛が際立って長く、彫りの深いまぶたを瞬《まただ》かせるばかりだ。

「食べものを断るなんて、まだあまりお腹がすいていないんだね」

「ぼく、お話がしたくて歯がうずうずするんだ」

少年が口を開けて歯を見せる。

「どれ、見せてごらん。前歯が二本も抜けてるね」

「そばの実のスープを食べていたら歯が抜けたの。ママは指でスープをかき回して歯を探し出すと、窓の外にぽいと投げたんだ。腹を立てた顔でぼくを見ると『口を閉じなさい！』って。それから『お願いだからその口を閉じて、一滴も残さずに食べなさい』とも言ってた。そばの実のスープからは、腐った紙のにおいがしたよ」

「ウサギみたいに臆病なお母さんだね。それでも自分に母親がいたことに感謝する日がくるはずだよ。世界中のお母さんがみんな鬼ばばあってことはないんだから」

「鬼？」

「そうよ、鬼ばばあみたいなお母さんは子どもたちにつらく当たることがあるんだよ。あたしがそうだったからね。名前は？」

「ミーチカ」

「おまえがミーチカかい！」トゥルスクの顔に笑みが広がる。

「ぼくのこと知ってるの？」

「もちろん。あたしたちはみんなおまえのことを知ってるよ」

「ぼく、スズメに生まれればよかったのに」

「あのね、スズメに生まれるってのは人間に生まれるよりも難しいことなんだよ。……あたしは鹿に生まれたかった。また人間に生まれたことを悲しんでいると、父さんが言ってくれたんだ。『鹿に生まれるには、善い行いをたくさんしなきゃだめだぞ』って」

トゥルスクが両手を広げる。「こっちにおいで」

少年がおずおずと近づくと、自分の膝の上に座らせて両腕で抱きしめる。

「おばさんはおしゃべりな子が大好きだよ」

「ほんとう？　ママはぼくが話そうとすると黙れって言うんだ。ぼくみたいにおしゃべりな子は、オオカミよりも危険だって」

「話したいことがそんなにたくさんあるのかい？」

「ぼくはどうして生まれたの？」

「さあ、どうして生まれたんだろうね……」トゥルスクは独り言のようにつぶやき、苦笑いする。

「ママが配給所でもらってきたパンを切ろうとして、ぼくをじっと見ながら言うんだ。『おまえはどうして生まれたの？』って。パンはれんがみたいに固くて、うまく切れなかった。それで、ママはパンをお腹に抱え込んで切ったんだ。ナイフがすーっとママのお腹に刺さるんじゃないかって怖かったよ」

「スズメは自分がどうしてこの世界に生まれたのか気にしないんだって。だからスズメはいつもあんなに楽しそうなんだよ」

「どうして？　どうして気にしないの？」

「スズメはあちらの枝からこちらの枝へと飛び回るのに忙しいんだよ。日光を浴び、雨風を避け、花びらの中の蜜を吸い、穀物の粒をついばみ、くちばしを湿らせる水たまりを探し回り、愛し合うのに忙しいから、自分がなぜ生まれたのか悩む暇がないのさ」

「愛し合う？」

「愛って何か知ってるかい？」

「ママが言ってた。『ミーチカ、おまえのことだけ見つめて生きるにはママは若すぎるわ。私には愛する男の人が必要なの。だけど、グレゴリーを愛することはできない。どんなに寂しくたって、酒乱で馬糞のにおいがするロシア男と遊びほうけるわけにはいかないでしょ』。そう言うとママは泣き出したんだ。『ミーチカ、ママはおまえのことを世界中の誰より愛してるけど、どうしても愛する男が必要なのよ』」

「かわいそうに、おまえのママはすごく寂しかったんだろうね」

「ところでおばさん、ぼくはロシア人なの？　朝鮮人なの？」

「うん……それは瞳の色を見ればわかるよ」

「ママが言うには、ぼくはロシア人だって。パパがロシア人だから。でも、マリアンナ先生はぼくを朝鮮人だって言うんだ。ママが朝鮮人だから」

「どれどれ、おまえの瞳の色は……」

「スズメにも、ロシアのスズメと朝鮮のスズメがいるの？」

「スズメはただのスズメさ。人間は人間だしね」

「あのね、仔山羊《こやぎ》が道に迷って山の中をさまよってたら、お腹がすいた農民が谷に連れていって食べちゃったんだ。そしたら、仔山羊が死ぬ時に流した血が谷に流れ込んだんだって。ちょうど山羊たちが谷の下で水を飲んでたんだけど、その中にはお母さん山羊もいたんだってさ……」

少年の声はだんだん小さくなる。

「あなた、秒針はちゃんと動いてますか？」

マッチを擦る音。

「うん、動いてるよ……」

「秒針の音がゆっくりになったみたい」

マッチを擦る音。

「ちゃんと動いてるよ」

「あなた、ぜんまいを巻いてください。私たちの時計が止まったら大変だから」

ぜんまいを巻く音。

「最後まで、最後まで巻いてください。ぜんまいがこれ以上回らなくなるまで」

「巻いたよ」

「あなた、何時ですか？」

マッチを擦る音。

「五時……」

「夜の五時？　朝の五時？」

「朝五時だろう」

「夜の五時じゃないの？」

「どうしてわかるんだ？　時計が教えてくれるのは時間だけさ。昼か夜かは教えてくれないからね」

「ミーチカ？」

おびえた女の声が、寝ていた人々を起こす。

「ミーチカ、どこにいるの？」

「ミーチカ？」

「ミーチカ？」

二階から黒いショールで頭と顔をぐるぐる巻きにし、両目だけを出した女が下りてくる。彼女のチマの裾には干し草のくずがいっぱいついている。トゥルスクの胸に抱かれて眠るミーチカを見つけると、苦しそうに頭を両手で覆う。こみ上げる感情を抑えきれずにすすり泣いていた女は、トゥルスクの前にぺたりと座り込むと嗚咽《おえつ》する。痙攣《けいれん》する指を握り、涙に濡れて奇妙な光を放つ瞳でミーチカを睨む。

「ああ、私はこの子のせいでおかしくなってしまいそうです」

「息子のことをあまり責めるんじゃないよ。子どもはすぐに育つんだから。自分の子どもならなおさらだ。かわいい子には旅をさせよというけど、子どもが旅立ってみたら、胸に抱かれてスズメのようにさえずっていた頃が懐かしくなるさ」

女は肩を震わせながら首を横に振る。「おばさん、私、毎日あの子が出ていく日のことを想像するんです。そのたびに腕や足がもがれるようで……」

女は拳で自分の胸を打つ。

「父親は？」

「モスクワにいます」

「ああ、そんな遠くに」

「ええ、ロシアはどこでも遠いんです。でも、この列車が暴れ馬みたいに止まらず走り続けたら、モスクワも通り過ぎるでしょう。ああ、胸に火がつきそうです……、私はモスクワ育ちなんです……、ウラジオストクで生まれて、十二歳の時にモスクワに行きました。父が亡くなると、母は姉と私をモスクワに住んでいた伯父の家に預けて再婚しました。モスクワは、とても大きくて騒々しい都市です。私は製パン学校を出て、ボリシェビキのケーキ工場に就職しました。そこでできた友達の家に遊びに行き、彼女の兄のアントンに出会いました。田舎から上京したその兄妹は、共同住宅に住んでいました。アパート三階の廊下の突き当たりに兄妹が住む部屋があったんです。しばらく前まで三階全体を元貴族の地質学者が使っていたのを、政府が没収してプロレタリアートに貸しているのだと聞きました。窓もない部屋に、家具といえば木で作った戸棚とベッド、机、椅子二脚が全部でした。一人で寝るにも狭そうに見えるベッドの周りには、ベージュ色のカーテンが引かれていました。友達は、自分はベッドで寝て兄は羽毛入りのマットレスを床に敷き、その上で寝るのだと言いました。机で新聞か何かを読んでいた彼女の兄が立ち上がりました。友達が彼に私を紹介してくれました。『お兄ちゃん、アンナは朝鮮人なんだよ』。彼は冷ややかな灰色の目で私を一瞥《いちべつ》すると、妹にささやき声で言いました。『イダ、今日は俺たちが共同便所を掃除する日だぞ』。それから壁に掛けられていた皮のコートを羽織ると部屋を出ていきました。彼からは鉄のにおいがしました。後になって、彼が鉄鋼工場の労働者だということを知りました。やかんを持って部屋を出たイダは、しばらく経ってやっと戻ってきました。ベッドの下に手を入れると、サモワール〔ロシアなどで使われる、湯を沸かすための伝統的な金属製器具〕を取り出します。銀メッキの素敵なポットでした。ふたには王冠の飾りがついていました。やかんからお湯を注ごうとして、彼女は私に言いました。『アンナ、うちにサモワールがあるって誰にも言っちゃだめよ。工場の人たちに誤解されるから』。唐突な言葉でしたが、私は理解しました。いえ、理解したと思いました。私がうなずくと、イダは安心してサモワールの中で湯気を立てるお湯に紅茶の葉を入れました。紅茶を飲み、市場で買ってきた饅頭《マンドゥ》を食べました。翌日、私はイダの兄に市電の中で偶然会いました。私たちは目が合った瞬間、互いのことに気づきました。彼は、ひし形の唇を動かしながら私の方に歩いてきました。三か月後、私は彼の子どもを妊娠しました。一九二九年十二月十九日に登録事務所に婚姻届を出し、藁半紙の婚姻証書を受け取りました。私はうれしい反面、混乱していました。ロシアで生まれ育ったけれど、ロシア人と結婚するなんて想像もできなかったからです。私たちは何も交換しませんでした。結婚式も挙げなかったし、結婚指輪の交換は禁止されていました。それは教会の古い慣習だからです。彼が妹と住んでいる部屋で新婚生活を始めました。彼には新しく家を借りるお金がなかったんです。小姑《こじゅうと》になったイダは、自分で稼いだお金のほとんどを両親に仕送りしていました。私は蚤《のみ》の市で陶器のお皿三枚とティーカップ三客、三頭馬車《トロイカ》が描かれたテーブルクロスを買いました。中古品でしたが、新品同様でした。しかも、三頭の白馬が馬車を引く模様は、腕のいい画工の手描《てが》きでした。私はそれを買おうと五十ルーブルも出しました。結婚してきれいなテーブルクロスを持つことが、私の夢のひとつだったんです。配給制が導入されましたが余裕がある量ではなく、生活必需品すら手に入りにくい時期でした。アントンと私はカーテンの向こうで小姑が眠った後、ようやく羽毛のマットレスの上で互いの体を抱きしめることができました。ミーチカが生まれた後、ひょんなことから夫が富農《クラーク》の息子だということを知りました。兄妹は出身を隠して鉄鋼工場とケーキ工場のプロレタリアートとして暮らしていたんです。私は気づかないふりをしました。彼と離婚したくなかったから……。共同住宅で暮らすのは、想像よりもはるかにつらいことでした。壁がどれほど薄くて粗末かというと、隣の部屋の住人が服を着替える音が聞こえるほどでした。浴室の蛇口からは水が出ず、私は共同台所の水道でミーチカに沐浴《もくよく》をさせなければなりませんでした。アントンは、ミーチカが生まれる前から私との結婚を後悔していました。ある日、彼はゆで卵を割りながら金属のような目で私を見つめてこう言いました。『俺がおまえと離婚しないのは、離婚手数料があまりに高くなったからだよ』。離婚が流行のように広がると、ソビエト政府は離婚手数料を値上げしました。夫が私を愛していないということは知っていましたが、私は耐えられました。自分が不幸だとも思いませんでした。

私のそばには、言葉を覚え始めたばかりのミーチカがいたからです。人生で本当の不幸は、隣の部屋にアリョーニャという女が引っ越してきた後から始まりました。赤毛のアリョーニャ……。彼女は離婚してひとり暮らしをしていましたが、弟が情報員をしていたんです。彼は姉に会いにアパートに寄るたびに呼び鈴を短く三回押しました。ピンポン、ピンポン、ピンポン。隣人たちは呼び鈴の音を聞くだけで、彼が来たとわかりました。共同住宅では誰が共同便所を頻繁に使うのか、誰が共同台所の水を一番無駄遣いするのか、誰の家に客が来たのか全部筒抜けです。そこには秘密などというものは存在しませんでした。アリョーニャは気に入らない隣人がいると、弟に告げ口して当局に告発すると脅すこともありました。……その日、私は台所で千切りにしたジャガイモを鍋で炒めていました。私以外に五人の女がそれぞれのコンロで食事を作っていました。アリョーニャが台所に入ってきました。ひそひそ話をしていた女たちは、示し合わせたかのように口を閉ざしました。彼女が突然私を睨むと、こう言います。『私のお皿を勝手に使ったわね!』『私がですか?』『昨晩きれいに洗っておいたのに、黄色い油がついてるじゃないの』『私、あなたのお皿なんて使ってません』。私はジャガイモを炒め終えて皿に盛り、部屋に戻りました。と

ころが、それが始まりでした。数日後、彼女はミーチカに食べさせるオムレツを作っている私に対して、自分の卵を盗んだと腹を立てました。卵、砂糖、小麦粉……、アリョーニャは私を泥棒扱いしました。女たちは私が彼女のものに手をつけていないことを知っているくせに、味方をしてはくれませんでした。私の肌の色が自分たちと同じ白ではなく黄色で、情報員を弟に持つアリョーニャは誰にとっても恐ろしい存在だったからです。台所に行くことは、私にとって恐怖にな

りました。元日のことでした。アリョーニャがノックもせずにドアを開けて入ってくると、ミーチカの手にキャンディを握らせたんです。私は彼女が部屋から出るやいなや、キャンディを取り上げました。窓を開け、市電が走る通りにキャンディを投げ捨てました。窓を閉めて、ミーチカに本当に小さな声でささやきました。『ミーチカ、アリョーニャはスターリンが送り込んだスパイなのよ。だから彼女がくれるキャンディは食べちゃだめ！』それから、私は台所に向かいました。キャベツとジャガイモを入れた野菜スープの皿を持って廊下を歩いていた私は、あまりに驚いて皿を取り落とすところでした。アリョーニャの胸にミーチカが抱かれていたんです。ミーチカがアリョーニャに絶対に言ってはならない話をしたことを、私は直感しました。その瞬間、石を自分の口に打ち下ろしたい気分になりました。アリョーニャは、共同住宅の花壇で私の夫が仕事から戻るのを待ち、警告しました。彼女の声は、三階の窓に立っていた私の耳にもはっきり聞こえました。『アントン、思想が不純で口が軽い女と暮らしたせいで労働収容所に連れていかれた男を何人も見たわ。あなたも彼らみたいになりたいの？』二か月後、夫は私に離婚を要求しました……。離婚して一年も経たずに、彼は党の官吏《かんり》として働く女と再婚しました。ミーチカが九歳になった年、私はミーチカを連れて彼のもとを訪ねました。ミーチカを離婚した夫のところに行かせるのは手足をもがれるようにつらいことだったけれど、あの子の未来のためにそうすることを決心したんです。彼は、私たちが一緒に暮らしていた共同住宅よりは少しましな家で、再婚した妻と娘と一緒に暮らしていました。『アントン、父親であるあなたがミーチカを育てる方がいいと思うの』。彼はしばらく考えて、こう言いました。『ミーチカはおまえの息子だ』。私はミーチカを連れてウラジオストクに来ました。小姑だったイダが、私に汽車の切符を買ってくれました。ウラジオストクは私の生まれ故郷だし、母親も住んでいました。アントンが引き取ってくれていたら……、そうすればあの子はこの列車に乗せられなかったでしょう」

「この子が列車に乗せられたのはこの子の運命だから、あまり自分を責めるんじゃないよ。自分の運命もどうにもできないくせに、子どもの運命を左右しようとするのが親というものだけど……、さあ、息子を連れていきなさい。この世には母親の胸を超えるものはないんだから。スズメの巣のように小さくて貧弱でも、母親の胸が世界で一番広くて暖かいものさ」

女はミーチカを抱きしめる。

「ミーチカは、父親にそっくりなのに捨てられたんです」

女は息子の額と頬に口づけてから立ち上がる。

「この子の父親は寡黙な人でした。どれほど寡黙かというと、話さなければならない時にも話さなかったんです。アリョーニャが私を泥棒だと言って当局に告発すると脅した時も、彼は鉄のかたまりのように口をつぐんだままでした」

女はミーチカを抱いてはしごを上る。彼女が足を踏み出すたびに、はしごがぎいっと悲鳴を上げ、崩れそうに揺れる。胸に飛び込んできた鳥を送り出したような虚脱感に包まれていたトゥルスクは、顔を上げて息子のアナトリーを見る。

「アナトリー、悪い考えは捨てなさい。人生はリスが回し車を回すようなもんだよ。* リスが死ぬまで回し車は止まらない……、だから絶望することも、喜ぶこともないさ」

12

「列車が止まった！」

「あなた、起きて！　列車が止まりましたよ！」

「みんな、起きるんだ！」

「さあ、ミーチカ、長靴を履いて」

オスンとホ・ウジェが互いの体を抱いていた腕をほどく。プンドが体にぐるぐると巻きつけていた毛布を外す。毛布から立ちのぼるほこりをうっかり吸い込んだトゥルスクが咳き込む。

呼び子の音、せわしく走り回る足音、太く高い叫び声、拳のようなもので扉を叩く音、護衛隊員らがロシア語で騒ぐ声が列車の外にめまぐるしく響く。

ヨセフとインソルが互いに目配せをして扉を開けようとするが、ロシア語で「戻れ！」と言い放つ声が聞こえる。

「あなた、時計を忘れないで」

「ミーチカ、早く長靴を履きなさい」

「足が入らないよ」

「なんてこと、もう足が大きくなったのね！」

　はしごから人々が列をなして下りてくる。布団袋を抱えた女性、まげを結い、柩《ひつぎ》のようなかばんを背負った男、柱時計を背中にこぶのようにくくりつけている中年男、おかっぱ頭の女の子を両腕で抱いた男……。

　一団となり、足並みを揃えて近づいてくる足音に、人々は示し合わせたかのように息を殺す。そのせいで時計の秒針の音がひときわ大きく、残り少ない時間を急《せ》かすかのように緊張感を伴って響く。

　足音が通り過ぎると、顔が浅黒く、眉間にトウモロコシの粒ほどのいぼがある女性が興奮して叫ぶ。

「扉を開けて！」

「開けちゃだめ！」

「護衛隊員が開けてくれるまで待って！」

　その時、銃声が聞こえる。耳聡《みみざと》い人々には、驚いた鳥たちがバタバタと飛び立つ音が聞こえる。

「何があったんでしょう？」

「後続の列車を見送るために止まったのかしら？」

「到着したんじゃないですか？」

「どこに？」

「目的地に」

「チタですか？」

「チタじゃなく、カザフスタンじゃなかったんですか？」

「これ、何のにおいでしょうね？」

「石炭のにおいのようですけど」

人々はおびえながら外から聞こえてくる音に耳を澄ます。車輪が回る音、馬の蹄《ひづめ》の音、シャベルを使う音、呼び子の音、悪態まじりの叫び声……。

「私たちにはきれいな水が必要なんです」

「熱いお湯もです。扉を開けて水をくれと言いましょう」

「開けるんじゃない！　外で気味の悪いことが起こっているかもしれない」

「列車はどうして止まったんでしょう？」

「ああ、むごたらしいことが起こっているに違いないわ」

「この列車の中だって十分にむごたらしいわよ！」

「息をするのも苦しいほど、すごく汚いし」

「それでもまだ生きているじゃない」

「誰がですか？」

「私たちですよ。この列車に乗っている私たちはみんな、まだ生きているじゃないですか」

「まあ、食肉処理場に連れていかれる牛だって、息の根を止められるまでは生きていますからね。食肉処理場に着いても生き延びようと後ずさりするんですから」

「生きていることが恨めしいですよ」

苦しそうな声の中から、切迫した女性の声が聞こえてくる。

「シモノフ？　シモノフ？」

それは扉の向こうから聞こえてくる声だ。扉に向かってカエルのように平べったくうつぶせになっていたプンドが目をしばたたかせる。

「シモノフ？　中にいるの？　中にいるなら、いるとだけでも答えてちょうだい……、私です。あなたの永遠の妻、ユリアナです。私の声を忘れたわけじゃないでしょう？」

「シモノフだって？」扉に片方の肩でもたれて立っていたインソルが、声を潜《ひそ》めて尋ねる。

「あ、もしかしてシモノフがその中にいるんですか？」

「シモノフとは誰のことです？」

「私の夫です！」

「ロシア人ですか？」

「シモノフは……ソビエト人民です。彼は模範的な共産党員です」

「この中にいるのは朝鮮人だけですよ」

「朝鮮人だけ？」

「この中にロシア人は一人もいません」

「ああ……！」女性は扉にもたれてため息をつく。「私、朝から一日中、線路沿いに歩いてきたんです……、露《つゆ》に濡れた草で靴と靴下がびしょびしょになりました」

眉間にいぼのある女性が、インソルを見上げながら訊く。「なんて言ってるの？　ロシア語だから、何を言ってるかわからないわ」

「一日中、線路沿いに歩いてきたんですって」オスンが代わりに答える。

「囚人を乗せた護送列車がこの小さな駅を通過するという噂を聞きました。シモノフが乗った護送列車もこの駅を通過すると、ソーニャが教えてくれたんです。一日中列車を待ちました。夫が逮捕されたのは十日前です。警察が捜索令状を持ってわが家に踏み込んだんです。午前二時過ぎでしたが、夫は起きていました。彼はコートだけを着て警察に連れていかれました。私の夫、シモノフは無罪です。濡れ衣を着せられ、反逆者になったんです。彼の親友が、誰よりも熱心で実直な共産党員である彼を一日にして反逆者に仕立て上げたんです……、着替えの下着を持ってきました……、眼鏡もです……、夫は目が悪くて、眼鏡なしには本を読めないんです……、彼は本の虫なのに……」

扉の向こうで女性は言葉を失い、すすり泣く。

「ソーニャは私に、子どもたちの将来を考えてシモノフと離婚するべきだと忠告しました。囚人と離婚するには、三ルーブルしかかからないんだそうです。三ルーブルで夫と離婚するぐらいなら、食堂でビーツのスープ一皿を食べると言いました。私は夫を愛しています。彼を愛さなかったことは一瞬たりともありません……」

　女性はそれ以上言葉が続かず、泣きべそをかく。

「何だって？」

「一瞬も愛さなかったことはないそうです」

「誰を？」

「夫をです」

「まさか」

「嘘だとでも？」

「とうてい信じられなくて」

「追い出される朝鮮人に向けて嘘をつく理由がないでしょう」

「それもそうね」

　扉の向こうの女性は鼻をかみ、声を落ち着かせた後で尋ねる。

「本当に、その中には朝鮮人しか乗っていないんですか？」

「この列車に乗っているのは朝鮮人だけです」インソルが言う。

「そうですか……、私の夫はいったいどの列車に乗っているのか……、シモノフ……シモノフ
……、その中にいるの？　シモノフ……シモノフ……」

　女性の哀切な声は次第に遠くなる。

「ママ、釘《くぎ》を打つ音が聞こえるよ」

「カン！　カン！」

「ミーチカ、静かにしなさい！」

「カン！　カン！」

「ミーチカ、お願いだから！」

「共同墓地で聞いたことがある音です」

「扉に釘を打ってるみたいですわ！」

「釘を？　どうして？」

「扉を開けられないようにですよ」

「まさか、私たちを列車に閉じ込めて飢え死にさせようとしてるんじゃないでしょうね？」

「扉を開けて！」

「銃で撃たれたらどうするの？」

列車が上下に揺れると、動き始める。中腰の姿勢で座っていたオスンが、ばたんと尻もちをついて倒れる。

「列車がまた走りだしました」

「新しい水も載せずに？」

頭と肩を突き合わせていた人々が散り散りになり、扉の前にはインソル、プンド、クムシル、ソドクだけが残る。

「おじさん、もう少しだけ横にずれてくださいな」

「おばさんが動けばいいでしょう」

「私の横を見てから言いなさいよ。さっきから、飼葉切《かいばぎ》りの上に座っているみたいなんだから」

「布団をあっちにどけてくれませんか。ここは俺の場所なんだから」

「おじさんの場所ですって？　ここに杭《くい》でも打ってあったの？」

「列車に乗ってすぐにこの場所を確保したんですよ」

「おじさんはご存じないみたいだけど、私たちが乗った列車は家畜を運ぶ貨車です。席に番号が振ってある客車じゃないんですよ」

「俺たちは人だったのか？」

「けんかはやめてください。みんな少しずつ横に押されてるんですから」

「少しずつ、少しずつ横に押されて絶壁の端に座っているんです。絶壁からお尻を半分はみ出させて。列車が走る間、ずっと少しずつ押されて最後には絶壁の下に落ちるんでしょうね」

「私は元の場所に座らなきゃ」

「私が育てていた豚の中に、根性の悪い奴がいましてね。一日中、太陽の当たる場所をひとり占めして、他の豚が近寄ると頭を上げて頭突きを食らわせるまねをするんです。それが憎らしくて、その豚に言いました。『おい豚よ、心を入れ替えろ』と。その豚のことを思い出します」

「それで、豚は心を入れ替えたんですか？」

「性根《しょうね》がそう簡単に治ると思いますか?」

「捕まえて食べてしまえばよかったのに」

「その豚は、子豚をたくさん産む雌豚だったんです」

「フナを捕まえるなら、川に行かなくちゃなりません」

「突拍子もなく何を言ってるんですか?」

「あなた、パンはいくつ残ってる?」

「鶏の餌ほどしか残ってないよ」

「それじゃ、鶏みたいについばんで食べなきゃね」

「列車が止まったら食べものが手に入るでしょう」

「これ、誰の足ですか?」

「私のです」

「あら、自分の足だと思ったわ。頭がぼんやりして体は硬い餅みたいになって、足の感覚がないんです。自分の足が見たことのない靴を履いているからびっくりしたわ。泥棒なんてしたことがない私が、誰かの靴を盗んで履いたのかと思って」

「泥棒が全部悪いわけではありませんよ」

「泥棒は泥棒でしょう」

「私は七歳で、母と一緒に鉄道の建設現場で土砂を運ぶ父のところに行く途中でした。母は半日も歩かなければならないその場所まで私を連れていき、父のところでひと晩泊まって帰ってくることもありました。太陽は出ていたけれど、風は冷たい日でした。通り過ぎた村ではみんな畑仕事に出たのか、犬、豚、鶏の鳴き声だけが聞こえ、人の声は聞こえませんでした。リヤカーが止めてある家の前で母が歩みを止めると、周囲を注意深く見回しました。その家の垣根には服と布団袋が干してありました。母は毛糸で編んだ服を手に取ると、くるくると巻いてチマの中に隠しました。村を出ると母はチマから服を取り出し、私に着せたんです」

「ママ、二時間目のノートを教室に置いてきちゃった！」

「ミーチカ、長い人生で二時間目のノートなんてたいしたことじゃないわ」

「ママ、ぼく、旋盤工《せんばんこう》になるんだよね？」

「そうよ、おまえが十五歳になったらプロレタリアートとして登録し、工場の学校に入学するの」

「じゃあ、ぼくは孤児院に入れられるの？」

「孤児院？」

「工場の学校は孤児が行くところだよね」

「ミーチカ、ママはおまえが十八歳になるまではどこにもやらないわ。私にはおまえしかいないんだから。でも、旋盤工になったら私のもとを離れてしまうわね。お金を稼いで、年頃の女の子に出会って恋をして、家庭を持とうとするだろうし……」

「手紙を書くよ」

「ミーチカ、私の息子……、ママから永遠に離れないとは言わないのね」

「永遠に？」

「そう、永遠に」

「永遠にってどういうこと？」

「ミーチカ、赤毛の女の子とは絶対に恋に落ちちゃだめよ。わかった？」

「あなた、ぜんまいを巻いてください」

「巻いたよ」

「最後まで巻いてって言ったでしょう。あなたはいつも途中までしか巻かないんだから」

ぜんまいを巻く音。

「全部巻いたよ」

ぜんまいを巻く音。

「あなた、何時ですか？」

マッチを擦る音。

「七時……」


「列車がまた動いているわ」

「列車はまた動きだして、時針は四回まわりました」

「車輪がすり減ってなくなるまで走るんだろうね」

「ミーチカ、ママには手紙を書かないで。出ていった息子の手紙を待ちながら歳《とし》をとりたくないから……」

「あなた、お祈りはした？」

「うん、ターニャ……」

「なんてお祈りしたんですか？」

「われわれを善き地にお導きくださいと」

「私たちの子どものためじゃなくて？」

「ターニャ……」

「あなたって本当に的はずれなお祈りばかりするのね。そもそも、私たちに今すぐ必要なのはせっけんなのに、善良な心をくださいってお祈りする人ですもの」

「列車に乗せられなければ、あなたは隣人にも内緒でうちの子に洗礼を受けさせたでしょうね。子どもたちのためにもお祈りしたよ」ため息をつくヨセフは、疲れた表情だ。

あなたに黙っていたことがあるの。私が妊娠したと聞いて、二番目の姉がうちに来たんです。子どもが生まれるのはまだ先なのに、『ターニャ、子どもには洗礼を受けさせるの？』と訊くから、私は『当然よ、あの人は子どもが洗礼を受けることを望むはずよ。私もあの人と結婚して洗礼を受けたんだから』って答えたわ。姉は肩をすくめて見せると、『ターニャ、印刷工場がそのことを知ったら、あんたの旦那をクビにするわよ』。私はびっくりして尋ねたわ。『あの人を？　あの人は熟練工なのに。それに、どれだけ真面目だと思ってるの』。姉さんは私の頬を撫でながら言ったの。『純真なターニャ、学校では子どもたちに神様はいないって教えてるわよ』」

「赤いネッカチーフを巻いた少年たちが*、聖堂を追い出された老神父を嘘つきと罵《ののし》るのを見たよ」トゥルスクが言う。

「私は聖堂が燃えているのを見ました」プンドが言う。

「私たちが結婚式を挙げた教会も燃えましたよ」ターニャが言う。

「あたしは怖いもの知らずな人間だけど、そんな人たちを見るとなんだか怖いね」

　トゥルスクはあぐらをかいて座り、遠い目をする。

「何ですって?」オスンが尋ねる。

「神はいないんだ!」

「ボリシェビキの熱血団員だった二番目の義兄が、夫に言ったんです。『ロシアの地に神はいないよ』と。夫は言いました。『神はどこにでもいらっしゃいます』。義兄が言うには、『おまえの子どもたちには神はいないと教えなきゃならない。そうしなければ、あの子たちに災いが降りかかるだろう』。姉夫婦がうちに来ることになっていた日、私は夫が印刷工場に出勤するやいなや、壁の十字架を下ろして天井裏に隠しました」

「ああ、ミーチカ……、ママに手紙を書いてね。愛するママ……、手紙の書き出しはこうかしらね」

「ミーチカ、また共同墓地に行ってたの?」

「ヤマイチゴを採りにね」

「共同墓地には絶対に行くなって、何度言えばわかるの？」

「ミソサザイ*だ！」

「ミーチカ、ママが話してる時だけでも静かにしなさい！」

「ミソサザイが飛んでいったよ！」


「『罰を受けるなら私が受けるわ』。盗んだ服を着せた後、母が言いました」

「あなたは走る列車の中でも聖書を読むのね」ターニャは肩を落として大きく息を吐く。

「声に出して読んでください。あなたは毎晩聖書を読んでくれたわね。お腹の赤ちゃんに聞こえるように」

　ヨセフは聖書を声に出して読み始める。

「神は命じられる。雪には、『地に降り積もれ』、雨には、『激しく降れ』と。人の手の業をすべて封じ込め、すべての人間に御業《みわざ》を認めさせられる。……人の知恵はすべて顧みるに値しない*」


「これは何者か*」

「わたしが大地を据えたとき、おまえはどこにいたのか*」

ファンじいさんがぱちりと目を開ける。

「大地……」

「知恵で大地を据えた」

「流れていくのは雲ではなく大地……、その時わしは九歳、親父と畑を耕していると地面が揺れたんじゃ。親父も、わしも裸足だった。『父さん、地面が揺れてる』。親父は指で片方の鼻の穴をふさぐと、もう片方の鼻の穴から鼻水を飛ばした。鼻水は遠くに飛んでいき、松の木の幹にくっついた。親父は言った。『モグラが地面の下を通ったからさ』。地面はずっと揺れていた……」

「もう耐えられない……、お願いだから列車を止めるように言って！」

「誰に言うんです？」

「ママ、ぼくはどこから来たの？」

「我慢しなさい！」

「ママ、目が回るよ」

「我慢しなさい！」

「ママ、くすぐったいよ」

「我慢しなさい！」

「ママ、のどが渇いた」

「我慢しなさい！」


「種がじたばたしてるのね」

「種が？」

「じっとしてられなくて抜け出そうと大騒ぎしてるのよ」

「ママ、種は虫じゃないんだよ」


「我慢しなさい！」

「どうしようもない人生だ！」


「妻と子を連れて靴も履かずに千里を歩き、ロシアの地まで来たんだ！」

「二歳の時に父が亡くなり、十歳からは朝から晩まで稲こきをした！」

「日の出から日の入りまで塩の袋を運んで！」

「手をつるはし代わりにして石ころだらけの畑を耕したよ」

「牛がいないから、母さんが父さんの肩に犂《すき》を背負わせて畝を立てたんだ」

「わしらをみんな連れていくだろう……」ファンじいさんの曲がった口から流れ出す声は、車輪の音にかき消されてしまう。


ファンじいさんは目を開けたまま夢を見る。夢の中で、彼は地面の上にひとり横たわっている。主《あるじ》のいない大地よ……。

彼は自分の指を折って、それで地面に垣根を作りたい。生涯を主のいない土地を探して回り、ついに土地を見つけたというのに、指一本すら自分の思いどおりにならない。

「わしの土地じゃ、わしの土地!」

叫びたいが、喉が詰まって声も出ない。

人々が騒ぐ声が聞こえてくる。

あそこに土地がある!

主のいない土地に違いないから、ここで農作業をして暮らそう。

主がいる土地だったらどうする?

トウモロコシひとつ植えた形跡がないのを見ると、主がいない土地に間違いない。

みんなで仲良く土地を分け合おう。

土地が広いから、分け合っても一万坪にはなるだろう！
百歩*ずつ離して家を建てよう。
百歩は近すぎる。五百歩ずつ離して家を建てよう。
五百歩は遠すぎないか。三百歩ずつ離して家を建てよう。

「わしの土地じゃ、わしの土地……」ファンじいさんは、断崖絶壁から落ちるように滑る。

第二部

13

「土が灰のように黒くて熱かった……」

夢の中で触れた土の感触と温かさが残っているようで、クムシルは両手をすり合わせる。父の足を土で覆ってやる夢だった。里芋《さといも》のように丸っこい足の指に、細くて薄い根っこが数本ずつ生えていた。

土壁の下にうずくまっていた父の姿を思い出し、クムシルは胸をなでおろす。彼女が新韓村《シンハンチョン》で最後に見た姿で、父はヌビチョゴリ〔刺し子縫いの綿入れチョゴリ〕の上に羊革のチョッキを重ね着し、毛皮の長靴を履いていた。まげを切った頭には茶色い毛糸の帽子をかぶっていた。柔らかいピーナツの殻のような目で薄い昼間の月を見つめていた父は、魂の抜けた表情だった。

クムシルの父、キル・ドンスは一八八一年生まれで、土地を求めてロシアにやってきた。朝鮮で彼が耕していた土地は地主のものだった。朝鮮が日本に併合されると、地主は土地を日本企業に売った。一夜にして日本企業の小作農になった彼は、ロシアの沿海州に行けば土地が分け与えられるという噂を聞いた。土地を求めてロシアに行く流浪の民が、彼の故郷を通る時に広めた噂だった。「ロシアには持ち主のいない遊休地がたくさんあるそうですよ」「土地を開墾する人がいないので、ロシア政府が朝鮮人に土地を無料で分けてくれるそうです」。流浪の民が霧のように通り過ぎた後には、村には掘って食べる木の根っこすら残らなかった。死んだ赤ん坊や子どもたちが畑や石塔の下に捨てられていたりもした。父の故郷の人々もロシアに向かった。ある年には六世帯が一度に故郷を離れたこともあった。妾《めかけ》や妾の産んだ子どもまで、十六人にもなる家族と牛三頭を引いてロシアへ発った者もいた。長女のクムシルが五歳になる年、キル・ドンスもロシアに向かうために荷造りをした。三か月が過ぎ、ロシアのスーチャン〔現パルチザンスク〕に到着してようやく、彼は自分が出遅れたことを知った。一九一五年の春、彼がロシアに足を踏み入れた時にはもう、ロシア政府は朝鮮人に土地を分け与えなかった。彼は、自分より早くロシアに来た朝鮮人が話すのを聞いた。「朝鮮人があまりに多くの土地を手に入れたので、ロシアに帰化していない朝鮮人が開墾した土地を取り上げているんですって」「ロシア政府は、朝鮮人を危険分子とみなしているようです。中国人は農作業をして歳をとれば故郷に帰るけれど、朝鮮人は帰らないから」。力仕事を探してウラジオストクに流れ着いたキル・ドンスは、翌年の春に中国人がネギと大根を植えて食べていた傾斜地を平らにならして掘っ立て小屋を建てた。彼はウラジオストク駅とセミョノフスキー魚市*場を回って背負い子《しょこ》で荷物を運ぶ仕事をした。真夏には魚市場の氷工場で日雇いの仕事をした。光陰矢の如し、五十六歳の誕生日の朝だった。彼の家の庭には鶏四羽が走り回り、故郷を出た時に五歳だった長女のクムシルは二十六歳の娘に育っていた。油が浮いた牛肉のスープに白飯を入れて食べながらすすり泣く彼に、クムシルは尋ねた。

「お父さん、こんないい日にどうしたの？」

「おまえのばあさんのことを思い出してな」

「おばあさんに会いたい？」

彼女の言葉に、首を横に振った彼はため息をついた。

「ばあさんはとうに飢え死にしてるさ」


板切れの隙間から光が差し、眠っていた人々が目を覚ます。「寒い……」。オスンが肩にかけたショールを頭の上まで引き上げる。プンドが自分のおならの音に驚いて目を覚ます。まっすぐに立てたコートの襟《えり》に顔をうずめて寝ていたインソルも目を覚ます。針金で綴じた手帳がコートのポケットの外に飛び出している。

ヨセフは水に濡らした木綿の手ぬぐいで、夢うつつのターニャの顔を拭《ふ》いている。彼がターニャの目やにのついた目元を注意深く拭《ぬぐ》うのをじっと見ていたクムシルは、クンソクが一緒に来られなかったことが今さらのように寂しく、恨めしい。

「あなた、私は振り返らなかったわ……、犬のクロが私たちを待っているでしょうね。家に戻ってくると思って……」

「便所臭いな……」

「下痢が止まらないんです……、水が変わったからか……」

「豚みたいなものですね」

「豚だって？　私はギムナージヤの数学教師ですよ」

「おや、人間だったんですか？　豚と変わらない人間？」

「なんてひどいことを……、そんな辱《はずかし》めを受けなくても、恥ずかしくて死にたいっていうのに」

「人間だから、親切にも意地悪にもなるんですよ」

ペクスンが髪を櫛《くし》で梳《す》いてまげを結い、ファンじいさんに向かって座る。ファンじいさんの下半身に当てたおむつを替える彼女の顔色は、醤油漬けのエゴマの葉のように暗い。

「われわれ平海《ピョンヘ》黄《ファン》氏の本貫《ポングァン》〔祖先の発祥の地〕は江原道蔚珍郡平海邑《カンウォンドウルジングンピョンヘウプ》〔蔚珍郡は一九六三年に慶尚北道に編入〕……、祖先の中には、太宗《テジョン》と世宗《セジョン》の代に王の命令を奉ずる都承旨《トスンジ》*まで務めた人もいる。代々官位に就いていたわが家門は、壬辰倭乱《イムジンウェラン》〔文禄・慶長の役〕で没落したせいで賤民と奴隷になり、血統がわからなくなった。高祖父の時に東海《トンヘ》*に沿って北上し……」

「族譜《ぞくふ》を読み上げているんです。文字の読み書きはできないのに、ああやってぶつぶつと暗誦《あんしょう》してはことあるごとに聞かせてくれるんですよ」

「ここは朝鮮でもないのに、家系に何の意味があるというんですか」オスンが言う。

「ロシアで出会った朝鮮人が最初に尋ねるのは故郷で、その次が家系です。ロシアに来てまでも両班《ヤンバン》か賤民かを確認して仲間同士で集まるんですから」プンドが言う。

「それでも、故郷の人に会ったら実のきょうだいに会ったみたいにうれしいものね」ソドクが口を挟む。

「あたしの故郷はどこだろうね？」独り言をつぶやいたトゥルスクは、クムシルを見つめると尋ねる。「あたしがロシア人みたいに見えるかい？」

「いいえ」クムシルは首を振る。

「両親が朝鮮人なのにロシア人のはずがないだろう。まかぬ種は生えないのと同じことさ。ロシア人が見たってまぎれもなく朝鮮人に見えるから、列車に乗せたんだろう。だけど、あたしの故郷は朝鮮じゃなくてロシアのラズドリナヤ川のそばの森だよ。そこで生まれて、十七歳まで暮らしたんだから。父さんと二人きりで一年中渓谷の麓《ふもと》の小屋で暮らしたんだ。父さんは貂《てん》*の猟師だった。貂を捕まえるために置いた罠に、鶏よりもすばしこく獰猛《どうもう》そうな鳥がかかることもあって、父さんはその鳥を雷鳥と呼んでいたんだ。父さんは雷鳥をロシア人に売ったり、自分で食べたりした。ラズドリナヤ川で父さんと暮らしていた時代は前世のことみたいだよ。父さんは中国人のように見せようと、弁髪《べんぱつ》*にしていた。故郷がどこかは知らない。どんな事情で故郷を出たのかも。十九歳になる年、金鉱を探し歩く人に出会った。父さんにも黙って、その男についてウラジオストクに来たんだ」

「私の故郷は江原道《カンウォンド》の旌善《チョンソン》なんです」

プンドが大きな目をしばたたかせながらつぶやく。

「おじさんはどうして独り身なんですか？」

オスンがプンドにそれとなく尋ねる。

「歳をとるとも考えずに草刈りや木挽《こび》きをしていたもので、独り者になるしかなかったんです」

「旌善からロシアまで来たのか……」ファンじいさんがつぶやく。

「ええ、出稼ぎに来ました。立冬を過ぎるとすぐ、父にあいさつをして家を出ました。甲山《カプサン》の天《チョン》南面《ナムミョン》〔現在の北朝鮮両江道〕に向かう峠道の入り口にある宿で一泊、端川《タンチョン》〔北朝鮮咸鏡南道の都市〕の山で一泊、羅南《ラナム》と会《フェ》寧《リョン》〔どちらも北朝鮮咸鏡北道の都市〕をつなぐ軽便鉄道の労働者らが泊まる宿で四泊しました。山をいくつも越えて、ようやく豆満江《トゥマンガン》に近い村に到着したんです。繭《まゆ》のような大粒の雪に降られながら村の入り口にある藁葺《わらぶ》きの家に入り、ひと晩泊めてほしいと頼み込みました。老主人が言うには、『豆満江の幅は一里ほどあるが、豚の脂身のように分厚い氷が張っているから、どこを渡っても中国吉林省の琿春《フンチュン》に行けるだろう』とのことでした。夜明けに出発しました。雪はまだやまずに降り続いています。前に倒れ、後ろにひっくり返りながら豆満江を渡りました。琿春に入ると、通りには馬車があふれ返っていました。宿は中国人ばかりで……、故郷を出発してから四か月後にツカノボ*に着きました。朝鮮人たちが住む村にロシアの礼拝堂があり、れんが造りの学校がありました。元戸《ウォンホ》*の家で作男《さくおとこ》暮らしをしていましたが、いろいろあってウラジオストクに来ることになりました。生まれて初めて見る市内電車が目の前を通り過ぎ、夢か現《うつつ》かもわかりませんでした。宮殿のように豪華な家、工場、双頭馬車……」

プンドの話に耳を傾けていたクムシルの頭の中に、ウラジオストクの見慣れた光景が広がる。郵便物の袋を載せたリヤカーを引いてハバロフスクの通りを行き来するずんぐりした馬たち、かすかな勾配のある道沿いに警備兵のように並んだ電信柱、牛の糞尿のにおいと血のにおいが漂う食肉処理場の裏庭、小麦粉を頭からかぶった製粉所の工員たち、風にまじって飛んでくる石炭の粉、きくらげのような煙を吐く工場の煙突、通りにひるがえるニコライ二世の肖像画、アムール通りのククス屋〔麺料理の店〕の庭に干してある麺、道のあちこちに落ちている馬糞、ハバロフスク通りの中国雑貨店、金角湾に漁船を泊めて魚を選んだり網の手入れをしたりする朝鮮の漁民たち……、新韓村には、さまざまな職業を持つ朝鮮人が集まっていた。新聞記者、詩人、抗日運動家、朝鮮人のロシア軍人、亡命者、ボリシェビキ党員、共産主義者、金鉱を転々とする労働者、高利貸し、柔らかくきれいな砂を選別する業者、石炭工場で働く人、木挽き、詐欺師、漁民、官庁の雑用係、元パルチザン、運び屋、阿片中毒者、博打《ばくち》打ち、長老派の宣教師……。

　クムシルの家族が新韓村に定着して暮らしていた二十年間、ロシアは皇帝ニコライ二世からレーニン、スターリンへと代わった。ツァーリの軍隊が馬に乗って行進した通りを赤い旗を持ったボリシェビキたちが行進したかと思うと、ソビエト軍隊が占領した。彼女の家族が新韓村に流れ着いた翌年、通りのあちこちには赤い旗がはためき、レーニンの肖像画と写真が壁に掲げられた。ボリシェビキと労働者が太鼓を鳴らしながら通りを行進した。幼かった彼女は、韓人新報*の前で朝鮮の青年たちが交わす話を聞いた。その中には、髪を短く切って足首まである茶色い毛皮のコートを羽織った女性もいた。

「レーニンがどれほど厳格で質素かというと、背広を一着しか持っていないそうだよ」

「レーニンが演説する姿をこの目で見たんだ。肖像画と同じだったよ。すっきりと露出した額が張り出し、鋭い目はハゲワシのようだった」

その年の秋だった。ロシア人の工場労働者のように黄色い作業着に黒い長靴を履き、足早に歩いていた朝鮮人の男に、クムシルの父が話しかけた。

「何かあったのか?」

「赤衛軍が白軍に勝ったんだ」

痩せこけた男の顔は、感激と興奮に包まれていた。

「赤だの白だの、いったい何のことだ?」

父が髭《ひげ》を手で撫でながら訊いた。四十にもならない父の頭と髭には、早くから白髪が交じっていた。

「赤は俺たちみたいな貧しい労働者が主人になる世界を作ろうという人たちで、白は派手な服に三食脂っこいものを食べ、労働者を蔑視する貴族と地主たちさ」

男はこみ上げる感情を抑えられず、おいおいと声を上げて泣いた。

「なぜ泣くんだ?」

「赤が勝ったというからさ」

「それがそんなにうれしいか?」

「俺たち朝鮮人が、ロシアでないがしろにされることなく生きられるようになったのがうれしくないはずがないだろう? レーニンは、革命が成功すればわれわれ朝鮮民族のような弱小民族が見下されずに生きられる世界を作ると約束したじゃないか。ロシア人が朝鮮人をどれだけ無視したと思う? 亡国の民だと俺たちを家から追い出し、野良犬扱いしたじゃないか」

トゥルスクは、風呂敷包みを開こうとしてひとりつぶやく。

「父さんはまだ生きているかねえ？　たぶん逝ってしまっただろうね。あたしが生まれた時、父さんはもう眉毛の白い老人だった。世界が雪で覆われた冬の日だったよ。素服〔白い伝統服〕を着たように真っ白な雷鳥が罠にかかっていた。おびえてキーキーと鳴く雷鳥を、父さんはじっと見ていたかと思うとそのまま放してしまったのさ。後で父さんが言うには、あの雷鳥はあたしを産んで亡くなった母さんだって」

クムシルは自分と一緒に連れていかれる人々の顔を、あらためて一人ひとり刻み込むように見つめる。ガタン――、ガタン――、音に調子を合わせるように揺れる人々の顔は、洗っていない上に影がさして黒ずんだ真鍮の器のようだ。誰もが売られていく獣のように寂しく悲痛な身の上だが、善良な人もいれば邪悪な人もいるだろうと彼女は考える。彼女が知る一番善良な人は朝鮮人だった。一番邪悪な人もまた朝鮮人だ。幼い頃、彼女は朝鮮人の男が自分より体の大きいロシア人の男に殴られるのを見た。朝鮮人の男は家に帰ると自分の妻を殴った。男の妻は子どもを殴った。そして、子どもたちは犬を殴った。

クムシルは板切れの隙間へ目をやる。目玉が刃物でくり出されそうなほど風が冷たく、鋭い。

「何が見える？」ソドクが彼女の背中に向かって尋ねる。

「空が見えます……」

「それから？」

「家が見えます……」

だが、彼女の目に入るのは木の一本も生えない荒涼とした平原だ。

黄色い土煙がぱらぱらと生えた雑草を飲み込んでは吐き出し、荒々しく吹き飛ばす。

「家が？」ソドクが喜ぶ。

「杭《くい》を打って垣根を作り、物干しにはおむつなんかがたくさん干してあります」

「それから何が見える？」

「山羊です……、草を食《は》んでいます」

「人は見えない？」

「……」

「人は……」

「見えます……」

「まげを結った男の人が、小さい女の子をおんぶして野原を歩いています。大きな釜ほどもある風呂敷包みを頭にのせた女の人が男の人の後を歩いていて……、赤ちゃんがいるのか、女の人はお腹が大きいです」

「土地を探す朝鮮人だろうね」

14

トゥルスクは、聖堂の鐘塔《しょうとう》のように高く上がる火柱と舞い散る灰の中で息子を産んだ。臨月の体でウラジオストクに流れ着き、金角湾を見下ろす穴ぐらで暮らしていたところ、湾につながれていた木造船から火が出たのだった。火は並んでいた他の木造船にも燃え移り、激しく燃え上がった。破水しても出てこようとしない息子をようやく押し出して気を失った後、意識を取り戻した彼女がへその緒でつながったままの息子を胸に抱いて涙を流す頃、火はようやく収まった。

金鉱で働く夫は息子が生まれてから二か月ほど経って、すり切れたジャガイモの袋にも劣る穴ぐらに妻子を置いて金鉱を探しに出た。彼女は夫のことを、ただ金鉱に飢えた男だと思っていた。そのせいで彼の瞳が焦点を失って揺れているのだと、焦燥感に駆られて唇が乾いていくのだと、針のむしろに座っているようにそわそわして貧乏ゆすりをするのだと。だから彼女は夫を待った。

歳月が流れ、息子が十歳になる年だった。それまで彼女は穴ぐらを離れず、ひとりで息子を育てながら暮らしていた。木材店で一日中木材を運んだ後で家に帰った彼女は、海辺の絶壁に止まっていたカモメがふわりと飛び上がると、不吉に揺れる海へ飛んでいく光景を見た。彼女が頭にのせていたブリキの甕《かめ》には、漁民から買った鱈《たら》が入っていた。子持ちの鱈はかごの外に無邪気に顔を出し、えらをぱくぱくさせた。鹿を追いかけて森の中を裸足で走り回っていた少女の面影は、彼女のどこにも残っていなかった。寂寞《じゃくまく》とした森の中に響いた鳥の神々しい鳴き声を、濡れた柏の葉に映る世界を、彼女はすっかり忘れていた。次第に高く押し寄せる波の向こうにカモメが消える瞬間、彼女は夫が決して戻ってこないであろうことを悟った。

気性の荒い肉体労働者らの後を追いかけながら金を稼ぐのに追われ、彼女は息子の面倒をまともに見られなかった。彼女が新韓村《シンハンチョン》のアムール通りに古い家を買い、下宿屋を開いた時、息子はひどく恥ずかしがり屋で怒りっぽい少年に成長していた。変声期に入って髭が生え始めてからは、自分が朝鮮人であることに耐えられない様子だった。それは、朝鮮人に対する嫌悪と憎悪心として根を下ろした。勉強に興味がなかった息子は、ロシアの不良少年たちとつるんで早くから酒と煙草を覚えた。彼女は息子のことで心を痛めるたび、この子が文明と切り離された野生の森の中で育っていたらどうだっただろうかと考えたりした。そして、そのたびに彼女は、夫が去った時に息子を連れて森の中に入らなかったことを後悔した。だが、その時に戻ったとしてもネズミが走り回る穴ぐらから抜け出せなかったであろうことを、彼女はよくわかっていた。

「アナトリー、雪が降っていたんだよ。おまえが生まれて、白い雪が黒い灰を覆ったんだ」

15

プンドはセミの幼虫のように毛布にくるまって横になり、目をまじまじと見開いている。その隣で柔らかくほほえむホ・ウジェの目元に、日差しが陶器のかけらのように刺さって輝く。イルチョンはチョッキの裾で眼鏡のレンズを拭《ふ》いている。生気のない顔で髪を梳《と》かしていたアリーナが、首を激しく振る。

ヨセフが干し草の山の上にひざまずいて座ると、両手を握り合わせる。じっと目を閉じる彼の口から、本を朗読するような低い声が流れ出す。無気力に体を揺らしていた人々の視線がヨセフに注がれると、ターニャが耳打ちするように言う。

「神様にお祈りしてるんです」

「あの人はお祈りもロシア語でするんだな」

プンドは不満そうな視線でヨセフを睨む。

「ここはロシアだから、ロシア語でお祈りをしなきゃ神様が聞き取れないだろ！」イルチョンが揶揄する。

「だからお祈りを聞いてくれなかったのか！　神様は朝鮮語も当然聞き取れると思って、朝鮮語で毎日お祈りしてましたよ」

「何をそんなに祈ることがあるんですか？」オスンが尋ねる。

「ひとつやふたつじゃききませんよ。下宿の部屋の天井から雨漏りしないようにしてください、一足だけでいいから新しい防寒靴をください、優しいお嫁さんをください……」

「わしはたったひとつだけ祈った……」ファンじいさんが言う。

「何をですか？」

「飢えることのないようにしてくれと……」

「私、こう見えてもロシアの坊さんから洗礼まで受けたんですよ。臣民証をもらうために泣く泣く受けたんですけどね」プンドは突然腹を立てる。

「ロシアの坊さん？」

「神父のことですよ。聞くところによると、涙やら鼻水やらを流して拳で胸を叩きながら泣きわめかないと坊さんが洗礼をしてくれないんだそうです。どうすれば涙が出るか、知恵を絞りましたよ。故郷を出て親きょうだいと生き別れになった時のことを思い出せば涙が出るかと、そのことをいくら思い出そうとしてもこれっぽっちも涙が出ませんでした。お腹をすかせて亡くなった母の顔を思い描いても涙が出ないなんて……、なんだって坊さんの前で無理やり涙を流さなきゃならない身の上になったのかって考えると、やりきれなくて鶏の糞ほど大粒の涙がぽたぽた落ちましたよ。拳を握った両手をぶるぶる震わせながら悲しそうにすすり泣きしたら、坊さんが冷たい水で私の額を打ったんです！」

プンドは、手のひらで自分の額をぴしゃりと叩いてみせる。

「私もロシアの臣民証をもらおうと神父のところに行きました。ツァーリ時代には、まげを切って洗礼を受けた朝鮮人にだけ臣民証がもらえたからです」

「私は日本国籍なんです。朝鮮が日本に併合されてしまったせいで」

「私たちは朝鮮人なのに、ソビエト人民だったり日本国籍だったりするのね」

「私の父はロシアに帰化しなかったんです。亡くなる時に息子たちにこう言い聞かせました。絶対に帰化しないで、ロシアで朝鮮人として生きろって」

祈り終えて握った手をほどくヨセフを、プンドが手招きする。

「ちょっとお尋ねしますが」

「はい、何でしょう？」

「神様と両親、どっちが大切です？」

「聖書には『汝の父母を敬いなさい』と書いてあります」

「それなら、国と両親は？」

「当然、両親でしょう」ソドクが額にしわを寄せる。

「国があるから両親もいるのではないですか？」イルチョンが言う。

「焚き火で冷えた足を温めていると、ソビエトの警察が近づいてきて朝鮮語で聞くんです。『国と両親、どちらの方が大きい？』と。ロシア人が朝鮮語を話すのが不思議で、笑いながら答えました。『国はじつに偉大ですが、両親はもっと偉大でしょう』。すると、警察は『反逆者だな！』と言うや、スイカほどもある拳で私の頭を殴るんです。それですぐに『国の方が偉大ですよね』と言い直したら、『朝鮮人は親孝行だと聞いたが、おまえは親不孝者だな！』と私の頭に拳を飛ばしました」

「スターリンはいったい、われわれ朝鮮人にどうしてこんなにむごい仕打ちをするんでしょうか？」

「私たちがロシア人じゃないからではありませんか？」

「朝鮮人よりもポーランド人を嫌っているらしいですよ」

「スターリンも、私たち朝鮮人と同じで異民族出身だそうです」

「誰から聞いたんですか？」

「製粉所の斜視のポーラおばさんですよ。彼女はポーランド人なんです」

「オケアンスキー通りに住む時計修理工のユダヤ人が言ってました。スターリンと自分は同郷だって」ペクスンが言う。

「スターリンの故郷はどこなんです？」トゥルスクが尋ねる。

「グルジア〔現ジョージア〕です」インソルが答える。

「グルジア？　私もグルジアから来たというユダヤ人を知ってます。もしかして、その時計修理工のユダヤ人も頭が大きくありませんか？」プンドがペクスンに訊く。

「小さいとは言えませんね」

「サドクが言ってました。グルジア出身のユダヤ人はあまりにもよく殴られるから頭が大きくなるんだって。ルーマニア出身のユダヤ人は嘘つきで、ポーランド出身のユダヤ人は賢いんだそうです」

「サドクって誰だい？」トゥルスクが質問する。

「ユダヤ人の屠畜業者です」

「ユダヤ人は、数千年前からあちこちを転々として暮らしてきたんですって？」

「数千年も？」

「私たちも、これが始まりかもしれませんよ」インソルがつぶやく。

「どういう意味です？」イルチョンがすぐさま尋ねる。

「私たちも、これを皮切りに流浪の民になるかもしれません」

「朝鮮人が流浪の民に？　朝鮮人はひとところに根を下ろし、土地を開墾して暮らすべきだ……」

ファンじいさんが異議を唱える。

「おじいさん、故郷を出てからはずっと転々として暮らしてきたんでしょう？」

「それはそうだが……、土地が転々としたのか、わしが転々としたのかもわからないほど転々としたよ……、深い山奥で生まれたわしが、ロシアの地をさまよいながら暮らすことになるとは……」ファンじいさんは喉が詰まって、それ以上言葉にならない。

「ママ、スターリン大元帥のお父さんは靴の修繕工だったんだって。お母さんは仕立て屋で」

「ミーチカ、お願いだから黙ってなさい！」

「舌が斧《おの》なんだって」

「誰がそう言ったの？」

「一つひとつの歯はのこぎりの歯だって」

「誰が？」

「目は蛆虫《うじむし》に食われたバターだって」

「誰が？」

「目では母親を見上げて、舌では父親を呪うんだって」

「ミーチカ、いったい誰の話をしているの？」

「警察が黒い車に乗ってやってきて、パク・ペトロ先生を捕縄《ほじょう》で縛って犬みたいに引っ張っていったんだ。みんなが言うには、先生が黒板に〝スターリン大元帥〟と書かずに〝スターリン〟って書いたから捕まえられたんだって」

「スターリン大元帥！」

「スターリン大元帥は神様なんだな」プンドの丸くて低い鼻がゆがむ。

「口を慎め！」イルチョンが言い放つ。

「口を慎め！　ニコライにもそう言われましたよ」プンドが丸い目を見開いて言う。

「ニコライってのは誰なんです？」

「コルホーズの監督です」

「反逆者として連れていかれたくなければ、言葉遣いに気をつけることですね！」イルチョンが釘を刺す。

「言葉遣い？　この列車にソビエトの情報員が乗っているとでも？」プンドが皮肉る。

「他の列車では人民裁判が行われているそうだよ」イルチョンの薄い唇が震える。

「他の列車に乗ったことでもあるんですか？　四方が坑道みたいにふさがれ、太陽が昇って沈むのもわからないのに、他の車両で何が起こっているかなんてどうしてわかるんですか」

「ハバロフスク駅で、護衛隊員が朝鮮人の反逆者を干し魚みたいに縛って連れていくのを見なかったのか？」

イルチョンの言葉に、おびえたプンドの鼻が震える。

硬い表情でイルチョンを見ていたインソルが言う。

「『ソビエトは資本主義の敵に包囲されている限り、外国のスパイ、害虫、修正主義者、暗殺者でいっぱいだ……』。ソビエト政府が朝鮮人を監視し、粛清した話をしたいんですか？」

「何だと？」イルチョンが手で眼鏡を押し上げながらいきり立つ。

「護衛隊員が、列車が止まるたびに反動分子をつまみ出して逮捕するって聞いたよ」トゥルスクが言う。

オルガの夫をはじめ、朝鮮人の知識人や革命家たちが蒸発するように姿を消し始める頃、新韓《シンハン》村《チョン》に伝染病のように広がった噂を思い出し、クムシルは肩を震わせる。民族主義者、醜悪な日本人の手先、トロツキスト、ブハーリン主義者、ブルジョア的変質からの解放、粛清……、ソビエトと日本の戦争を想定した小説が流行し、学校では子どもたちに朝鮮人のスパイが登場する小説を読ませた。

「考えてみれば、反逆者たちのせいでわれわれがこんな目に遭うんじゃないか」眼鏡のレンズ越しのイルチョンの目は、ボタン穴のように細くなる。

「反逆者？」

「ひと握りの反逆者らのせいで、ロシアに住んでいる朝鮮人全員がハンセン病患者のような扱いを受けて追い出されるような気がしてさ」

「誰が反逆者ですか？　ボリシェビキ革命を支持しパルチザンになった、白軍に抗する朝鮮人が反逆者でしょうか？　ソビエトを歓迎し、プロレタリアの解放に協力した朝鮮人が反逆者ですか？」そう問うインソルの声は、落ち着いた中にも棘《とげ》がある。

「やめてくれ、俺は巻き込まれるのはごめんだ！」

イルチョンは自分が幼い頃に仕えていた朝鮮人の富豪が日本軍に連行され、銃殺されるのを見た。妻がチフスで亡くなると、ファンじいさんは十歳になったばかりのイルチョンの手を引いてあてもなく朝鮮人の富豪のもとを訪れた。彼に息子の面倒を見てほしいと丁重に頼み込み、自分はカムチャツカに出稼ぎに行った。白軍と赤軍が激しく対立した一九一八年四月、日本軍は米国、英国、フランス、イタリアの軍隊とともに沿海州を占領した。日本軍は沿海州に住む抗日運動家らを手あたり次第に逮捕して殺害したが、その富豪もその時に非業の死を遂げた。父のように尊敬し、慕っていた富豪の死は、彼に大きな衝撃を与えた。六歳の時、奴婢《ぬひ》出身の父に連れられてロシアに渡り、大きな富を築いた彼は、ロシアで活動する抗日運動家と交流し、彼らの独立運動を支援した。彼がウスリースクのラズドリナヤ川で日本の軍人が撃った銃弾を浴びて川の中に落ちた日、彼の娘たちは黒い服に着替えた。そして十数年の月日が流れ、イルチョンは道端で偶然、娘の一人を見た。四姉妹の末っ子で、ポーランド人男性と結婚した彼女は、喪中であるかのように黒い服に黒い頭巾《ずきん》をかぶり、黒い靴を履いていた。彼女は、待っている子どもたちが誰もいない家に帰るかのようにしょんぼりとオケアンスキー通りを歩いていた。父が生きている時には笑みが絶えなかった彼女の顔はすっかり老け込み、黒ずんだ目元にはその深さを推し量ることもできないほどの悲しみと恨みが色濃くにじんでいた。富豪の死を経てイルチョンは、ロシアの地で生きるためには朝鮮を忘れてロシアの法に順応しなければならないことを悟った。彼は、朝鮮の独立などはロシアで生きる自分とは無関係だと考えた。日本の密偵に身をやつす朝鮮人と反逆者たちのせいで自分が苦しめられているというやりきれなさが、彼の頭の中で蛇のようにとぐろを巻いていた。万が一、自分と同じ車両に反逆者が乗っていたら、自分までそのとばっちりを受けるのではないかと気が気でなかった。抗日運動家の姿を思わせるインソルは、そんな彼にとって目の上のたんこぶのように目障りな存在でしかなかった。

「われわれのことが恐ろしいんでしょう」

「われわれ？」

「われわれ朝鮮人ですよ」

「なぜです？　銃も持っていないのに」

「国境の向こうから来た異邦人だからです」

「私は三代にわたってロシアに住んでいます。何代まで根を下ろして暮らせば異邦人でなくなるんでしょう？」

「われわれの黄色い肌の色が牛乳みたいに白くならない限り、永遠に異邦人でしょうね」

「みなさん、ちょっと聞いてください。山道を歩いていて、ロバを引いて歩くロシア人の女性に出くわしました。何もしていないのに、その女性は私を見るやいなや恐ろしそうに私の気配をうかがうんです。ですから、安心させようと思って笑いながら言いました。『優しそうなロバですね』。ところが、女性は卵を産んだ鶏のように悲鳴を上げるじゃないですか。私のことをロバを奪う強盗だと誤解したんです。だからこう言いました。『僕は悪い奴じゃありません。自分で言うのもなんですが、優しい人間なんです』。それでも信じられない様子だったので、こうも言いました。『僕の母は、五人の息子のうち、三男が一番優しいとよく言っていました。その三男が僕です』」

「優しいという言葉だけでは足りませんよ」

「では、僕はなんて言えばよかったんでしょうか？」

「私は泥棒じゃありません！」

「私は強盗じゃありません！」

「視線ですよ」

「視線とは？」

「セミョノフスキー魚市場で働いていた若い頃、私を同じ人間ではなく薄汚い獣のように見ていたロシアの貴婦人の視線が忘れられません。あの時、私は臆病で恥ずかしがり屋の娘でした。湖のように美しい彼女の瞳に浮かんだ光が、毒を持った爪のように私の顔を引っかいたんです」

「私も八歳から十五歳まで魚市場で働いていました」

「まあ、そうなんですか？　魚が入ったかごを持ってロシアの貴婦人の後ろをちょこまかとついて歩いていた時にすれ違っていたかもしれませんね」

「世界は狭いものですねえ」

「ロシアは広いですよ」

「ロシア人の農家から鴨一羽がいなくなった日の夜、農民たちがうちにやってきました。酒のにおいが染みついた年配の農民が、夫の顔に唾を飛ばしながら怒鳴るんです。『今のうちに鴨を返すんだ』『鴨ですって？』『しらを切ろうなんて考えるなよ』。彼らは土のついた靴を払いもせず、家の中に入ってきました。家のどこからも羽一本出てこないと、彼らは肩を落として行ってしまいました。数日後、鴨が自ら戻ってきたという話を聞いた夫は、その農民を待ちました。夫は『門を開けておけ。あいつが来るだろうから。恥じ入りながら、悪かったと言うだろう。そうすれば俺は許してやるつもりだ』と。でも、暗くなって山から野生の獣たちが下りてくる時間になっても、農民はやってきませんでした。私は心の中で思いました。彼らは、鴨がいなくなればまた夫を泥棒と疑うだろうと」

「おい、砂糖をくれないか……」

「お義父《とう》さん、砂糖を百グラムしか買えませんでした」

「ロシアに来て初めて砂糖を食べた……、『ああ、なんて邪悪な味だ！』と感嘆したよ」

「風、雨、稲妻、雷、みぞれ、死んだ鳥……、空から降ってくるあらゆるものを浴びながら歩いたよ。兄さんが尋ねた、『父さん、ぼくたちどこに行くの？』と。『土地を探しに行くんだ』『土地？』『俺たちが持ってる種をまかせてくれる土地を探しに行くんだよ』」

「晩年に目が見えなくなった祖母は、父が畑から帰ってくるとその手についた土のにおいを嗅ぎました。雨、風、雪、霜《しも》、雷、ドングリ、イノシシの小便、山兎の糞、鳥の糞、ノロジカの小便、ミミズ、カタツムリ、蟻、蜘蛛、コガネムシ、ノロジカの毛、ドングリ、キノコ、木の根、石ころ、腐った落ち葉……」

扉にもたれて座り、左右に揺れていたインソルがコートのポケットから外に飛び出している手帳を取り出し、手に持つ。ポケットの奥深くを探った彼の手には、ちびた鉛筆がある。彼は手帳を広げ、文字を書き始める。

「何を書いているのですか？」

インソルは書くのをやめて顔を上げる。空中の一点を凝視していた目がクムシルに向かう。彼女と目が合った瞬間、とても重要な何かを思い出したように彼の眉の下の筋肉がひくつく。

「始まりから終わりまでです」

16

「おーい、おまえ……」

ファンじいさんが呼ぶ声に、ペクスンは白い綿入れのチョゴリの袖にうずめていた顔を上げる。

「わしは今年いくつになる？」

「一八七八年にお生まれになったから……」

「白い萩《はぎ》の花が咲きこぼれる頃、おふくろはわしを産んだそうじゃ……」

ファンじいさんの目に黄色い涙が浮かぶ。

「ええ、ニンニクの茎がすくすく伸びる頃ですね」

「おじいさんの故郷はどちらですか？」魚の干物《ひもの》の切れ端のようなものをちぎって食べていたプンドが尋ねる。

「わしの故郷は咸鏡北道《ハムギョンプクト》の慶源郡安農里《キョンウォングンアンノンリ》……、親父の名前はファン・ウンス、おふくろは慶州《キョンジュ》金《キム》氏……」

「おじいさんはいつロシアに？」

「十五歳で稲刈りを放り出して故郷を出た……、北間島《プッカンド》一帯を放浪するようになって、目の前に山が見えれば嘆いたもんじゃ。ああ、あの山が両親、妻子との別れの山だったのか！　山にも慣れず、水も合わず、言葉も通じず、物乞いをするしかなかった……、白頭山《ペクトウサン》の麓の奶頭山《ネドウサン》、延吉《ヨンギル》、安図《アンド》県、龍井《ヨンジョン》、汪清《ワンチョン》県、図們《トムン》、琿春《フンチュン》を回って流れ着いたところがロシアのグロデコヴォ*だった……、川べりの日当たりがいい土地に朝鮮人村があってな。藁葺《わらぶ》きの家と瓦葺《かわらぶ》きの家が合わせて五十ほどあった。早くからロシアに帰化して土地を分け与えられた朝鮮人の元戸《ウォンホ》らが集まって暮らしていた元戸村だったのさ。多くが労働者を雇い、小作に出す地主だったよ。ロシアの土地だがロシア人はおらず、朝鮮人ばかりで……、時は初秋、柿色の日差しは間違いなく故郷の日差しだった。店の看板も朝鮮語で、豆満江の向こうの朝鮮の村をまるごと川べりに移したみたいだったなあ……、元戸村で一番裕福な家を探して、雇ってくれと頼み込んだんじゃ。ロシアのビザも、臣民証もないから仕事を探すのは大変だったよ。働き手はあふれているから、元戸は粟《あわ》ばかり食べさせて賃金もまともに払わない……、元戸村から十五里ほど離れたところに余戸《ヨホ》*村があった……、だが見ていると、元戸らがあまりに高慢な態度で余戸を見下すじゃないか。余戸と同席するのを恥と考え、婚姻関係も結ばないいんだから……」

「そうなんですよ。ロシアでも土地を持っている朝鮮人は、持っていない朝鮮人を奴婢《ぬひ》として使っていたんですよ！」興奮したプンドが鼻がひくつかせる。

「元戸への遺恨はそう簡単には消えないもんだから、余戸の間で語られる笑い話があってな……」

「笑い話？」プンドが尋ねる。

「峠の上の豆畑で余戸の女たちが草むしりをしていた。緋緞《ビダン》〔絹織物〕のチマチョゴリを着て峠を越えようとしていた元戸の女たちが、余戸の女たちに訊いたそうな。『あの、人夫《にんぷ》二人と人一人が通るのを見ませんでしたか？』と。すると、余戸の女が鎌を乱暴に振り回しながら答えた。『さっき二人と犬一匹が通るのを見たよ』*」

「ハハ、犬ですか？」

「奴婢をしていた元戸の家を出て、ウスリースクの中東鉄路*〔東清鉄道〕の周りで土砂を運ぶ仕事をしていた時、請負業者のチェ・アレクサンドルに出会った。そいつの紹介でロシアの極東、カムチャツカのサケ漁場まで流れ着いたんじゃ。カムチャツカもロシアの領土だから、そこの漁場で働くためにはロシアの居住権が必要だが、それを手に入れるのは至難の業でな。一年間の居住権を得るためには、官庁に十五ルーブルを支払わなきゃならん。金を払ったって、怠慢な公務員はのらりくらりだったからな」

「私がどうしてロシアで流浪の暮らしを免れなかったかというと、臣民証も居住権もなかったからですよ」プンドが言う。

「うちに下宿してた朝鮮人労働者のうち、居住権を持っているのは十人に二、三人しかいなかったね」トゥルスクが言う。

「カムチャツカの漁場の主人は、ロシア人じゃなくてイタリア人だと聞いた。イタリアとは……こんな変わった名前の国もあるのかと思ったよ。チェ・アレクサンドルがどんな人間かというと、十歳の時にロシア人一家の養子になり、ロシア人の養父母のもとで育ち、ロシア語を流暢に話した。見た目は朝鮮人だが、行動は何から何までロシア人だったよ。海軍中佐だった養父がまともに教育しなかったせいで、文盲《もんもう》の上に三綱五倫《さんこうごりん》*を知らず、礼儀もなかった……、その時はまだロシア語がほとんど聞き取れなかったから、そいつが腹黒い詐欺師だってことは後になって知ったんじゃ」

「ロシアで生きていくには、ロシア語ができなきゃならないからね。下宿屋をしている間、請負業者に騙されて一文無しになった朝鮮人の男を何人見たと思う？」トゥルスクが言う。

プンドが鼻をかみながらいきり立つ。「私も知り合いの請負業者がいますが、ロシア語を知らない朝鮮人を見るや騙そうとして近づいてくるんです！　相手が一ルーブルでも持っていれば、どんな手を使ってでもそれを奪おうとするのが習慣になってるんですよ」

「請負業者のあっせんで出稼ぎするなんて、鴨がネギを背負って来るようなものでしょうが」イルチョンが言う。

「それで、請負業者についてカムチャツカの漁場に行ったんですか？」

「チェ・アレクサンドルがロシアの居住権を手配してくれたんじゃや。サケ漁場の月給は三十三ルーブルだが、そこから毎月、紹介料三ルーブル、居住権の貸与料七ルーブルを差し引かれるんだとさ。カムチャツカに向けて出発する前に、経費にしろと月給の半分、十六ルーブルを先払いでくれたよ。あれは一九一二年の四月中旬……、ウラジオストク港に行って居住権を借りた朝鮮人の男と蒸気船に乗った。蒸気船がウラジオストク港を発つやいなや、もみあげの濃い男とあばた顔の男が二人、甲板の隅で博打を始めるじゃないか。見物がてら集まった男たちが、一人ふたりと博打に加わってな。場が盛り上がってくると、アレクサンドルが鉄の火鉢と釜を持ってきて、麺を茹でて売り始めた。博打で儲けた奴も負けた奴も、腹が減るからそれを買って食べるのさ。出港してから四日目、蒸気船が北海道の函館港に到着した。カムチャツカ漁港でサケとマスに塩を振る仕事をする日本人を募り、乗せるのに一週間も停泊していたなあ。蒸気船が函館港を出てカムチャツカ漁場に向かう途中、ペトロパブロフスク港に寄港して三日滞在したよ。その港に、朝鮮人の年寄りがやっているククス屋があってな。奥さんは少し頭の足りないロシア人だったが、髪の色が黄色いことだけ除けばどこから見ても朝鮮の女だった。豚の脂身のスープで和《あ》えた麺を食べようとして、わしは『ご主人、今日は何日ですか？』と尋ねた。すると、その年寄りが『今日は朝鮮の暦で陰暦五月二日ですよ』とロシアの暦でなく朝鮮の日付で答えるから驚いたよ……、また蒸気船に乗ってカムチャツカ漁場に向かうと、海に氷山がぷかぷかと浮いていて……、蒸気船に乗っている間、ずっと博打にふけっていた男たちは、カムチャツカ漁場でも暇さえあれば博打を打っていた。松の木陰で博打をしていてイタリア人の主人に見つかり、したたかに殴られて罰金を払わされたこともあったな。一年分の月給を数日で失い、一文無しになった奴もたくさんいたよ。わしはなんとか正気を取り戻して博打から足を洗ったんじゃ。紹介料と居住権の貸与料を除いて食費、酒代まで引いたら、わしの懐《ふところ》にはこれっぽっちも残らなかった……」

「カムチャツカ漁場では何を捕ったんですか？」

ファンじいさんの話を興味深そうに聞いていたヨセフが尋ねる。

「サケ……、自分が生まれた川に遡上して産卵し、死んでいくのがサケというもんじゃ……、サケは海では歯がないが、川では肉が落ち、歯が生え始める……、青々とした皮は赤く濁り、背は曲がって使いものにならなくなる……、蚊がどれだけしつこいかって、塩が入っていた袋を顔にかぶってサケを捕まえたもんさ。眠気に耐えながら一日十六時間も働いたら、パンを噛む気力もなくなってな……、最盛期には一日二十時間も働いたよ。両手に手錠をはめられて……」

「手錠を？」プンドが問い返す。

「契約期間が終わる前に逃げ出さないように、手錠をはめられるんだよ……」

「ありとあらゆる苦労をなさったんですね」

「ところで、誰か教えてくれないか……、泥棒は悪いことかね？」

「悪いことでしょう」プンドが即座に答える。

「ある父親がいた……、子どもが飢え死にしかけているから、隣の家の台所からジャガイモを盗んで子どもに食べさせた。それも悪いことか？」

「子どもが死んでいくのを見殺しにするなんて、親じゃないね」トゥルスクが首を振る。

「無情にも、隣の家も食糧が底をついて食べものがジャガイモしかなかったから、その家の子どもが飢え死にすることになった……」

「なんてことだ！　自分の子どもを生かすために、隣の子どもを死なせるわけにもいかないし……」

「それじゃ、妻子がいる男が他人の女を抱くのは悪いことかね？」

「それこそ悪いことでしょう！」オスンが青筋を立てて怒る。

「男が人里離れた山道を歩いていると、髪を結った女が岩の下に倒れて凍死しかけていた。男は女をひと晩中、胸に抱いて体温を分けてやった。そのおかげで女は生き返った……」

「女はどうして一人で岩の下に倒れていたんだ？」プンドが白々しく笑う。

「悪いか、悪くないか……？」

「悪くないでしょう」プンドが言う。

「どうして悪くないんです？」オスンがプンドを横目で睨む。

「布施の中には身施《しんせ》*もあるじゃないですか！」

「おまえたち、わしの話を聞いてくれ……」

「どうしたんですか？」

プンドがしかたなく調子を合わせるように言う。

「甲という朝鮮人が、乙という朝鮮人の胸元を手で押した……、運が悪ければ皿の水でも溺れ死ぬというが、ひっくり返った乙が地面にあった石に頭をぶつけて死んだとしたら、誰のせいだろうか？」

「それは殺人ですよ！」

「押されるだけの事情があったんじゃ……、甲は急いで道を歩いていた。村の酒場の前でロシア人の男たちが集まっているので近づいてみると、二人の男が血まみれになってけんかしていた。二人は見たところ中国人でも日本人でもなく、朝鮮人だったよ。ロシアで朝鮮人同士が、どちらか一方が死ぬまで終わらない勢いで争っていたのさ。一人は体格が大きく、一人は小さかった。体が小さい男の顔が切れて血が湧き水のように流れているのに、ロシア人の男たちは止めるどころか笑い騒ぎながらけんかを煽っているじゃないか……、そいつらの中でけんかを見物していた朝鮮人は腹が立ち、悔しかった。その朝鮮人は、同じ朝鮮人としてとても黙っていられなかった。けんかを止めようと飛び込んだ朝鮮人は、二人をなんとか引き離そうとして、手で一人の胸元を押した……、顔から血を流す男の胸を押したんじゃ……、一歩、二歩と引っ張られるように後ずさりした男が重心を失ってよろめくと、凍った地面に頭を打ちつけて倒れた……、必死で飛びかかった相手があえなく倒れると、相手の男はようやく地面にひざまずいて両手で頭を抱え、痛哭《つうこく》した。けんかがあっさり終わったことが不満なロシア人たちは、ぶつくさ言いながら散り散りになった……、倒れて木の枝のようにぴくりともしない男の顔からは、血が流れ続けていた……」

「死んだのね！」

オスンは両手で素早く口を覆った。

「朝鮮人は倒れた男を背負って走り始めた。男の顔から流れる血が朝鮮人の服に染み込み、背筋を伝って流れた……。ところがじゃ……、血が流れるのは感じられるが、心臓の鼓動は感じられなかった……」

「おやじ、もうやめてくれ！」

イルチョンが冷ややかな表情でファンじいさんを睨《ね》めつける。

「ロシアで同じ朝鮮人同士が争うのを見ていられず、けんかを止めようとしたのが……」

「おやじ！」

「悪いのか、悪くないのか？」

「やめろったら！」

「朝鮮人は死んだ男を背負ったまま逃げたんじゃ……、その後もどこに行くにも背負って歩いた……、同じ朝鮮人だということ以外、名前も、歳も、故郷も知らない男を……」

「その朝鮮人というのは、もしや……？」プンドは最後まで訊くことができず、言葉尻を濁す。

「誰か教えてくれ。悪いか、悪くないのか？」

17

顔を上に向けて寝ていたターニャが、驚いて起きると目を丸くして車内を見渡す。

「あなた、あなた！」

深い眠りについていたヨセフが、やっとのことで目を開けてターニャを見る。

「あなた、赤ちゃんが盗まれたわ……」

「灯台下暗《もとくら》しとはよく言ったもんだよ、赤ん坊を胸に抱いているのに、何をおかしなことを言ってるんだい」

トゥルスクの言葉を聞いてようやく、ターニャは自らの両腕に抱かれている赤ん坊を見下ろす。

赤ん坊が自分の胸に抱かれていることが信じられないという表情だ。

「あたしが抱いてやろうか？」トゥルスクがターニャの隣に移る。

「お乳をあげなきゃいけないんです」

ターニャはトゥルスクに背を向けて座り、赤ん坊をぎゅっと抱き寄せる。曲げた指で赤ん坊の顔を撫で、泣きべそをかいていたかと思うと、ヨセフを恨めしそうな目で見る。

「あの女が赤ちゃんを盗んでいったの、あの女が……」

「ターニャ、それは夢だよ」

「部屋の中で赤ちゃんにお乳をあげていたの、バラバシェフカ川*沿いの実家の部屋よ。姉たちと私が生まれた部屋。みんなどこかへ行ってしまって、部屋には赤ちゃんと私だけだった。女の人がそっとドアを開けて入ってきて、お乳を吸っている赤ちゃんを取り上げて胸に抱くと、部屋を出ていったの」ターニャの目に溜まった涙が頬を伝って流れ、赤ん坊の額に落ちる。

「川辺の森で暮らしている時に、弁髪《べんぱつ》の中国人の男が現地人の子どもをさらっていくのを見たよ。野ウサギを捕まえるみたいに四、五歳の子どもの襟首をつかむと、袋に入れて連れていったんだ。うちのあずまやから遠くないところに現地人の家族が住んでいてね。眉毛のない老人と小人症の息子夫婦、孫は男の子が三人、女の子が一人。全部で七人家族だった。彼らはロシア人でも中国人でも朝鮮人でもなかった。ロシア語でも中国語でも朝鮮語でもなく、獣同士のやりとりのような奇妙な言葉を話していてね。父が言うには、彼らはロシア人よりも前からそこに住んで狩りをし、畑を耕して暮らしていたそうだよ。ロシア人でも中国人でも朝鮮人でもないなら、彼らは誰だろうね？　先にやってきて住みついたのなら彼らの土地のはずなのに、ロシア人の土地だったんだ」

「さらわれた男の子はどうなったんでしょう？」オスンが尋ねる。

「奴隷としてこき使われたか、売られたんじゃないかい？」トゥルスクが言う。

「ロシアの農民が、自分の娘をウォッカひと瓶と交換するのを見たことがあります。ロシアでは馬の方が娘より貴重なのか、厩《うまや》に隠しておいた馬を娘と交換するんです」

「まさか、私たちを奴隷としてこき使うために連れていくわけじゃないでしょうね？」

「緑の頭巾《ずきん》をかぶり、黒いエプロンをつけていた……、その女は……目がハトの糞のような灰色だったわ」ターニャは手の甲で濡れた目を拭《ぬぐ》う。

「その女の人はロシア人だね」トゥルスクが言う。

「いいえ、そうじゃないんです……、その女は朝鮮人でした……」ターニャが頭《かぶり》を振ってつぶやく声は、小さすぎてヨセフにも聞こえなかった。

「アメリカ人宣教師の奥さんの目も灰色でした」ペクスンが言う。

「年寄りの朝鮮人の目も灰色だったな……」ファンじいさんがつぶやく。

「おじいさん、朝鮮人の目がどうして灰色なんです？　朝鮮人の目は黒か茶色のどちらかでしょう」プンドが諭すような口調で言う。

「ペトロパブロフスク港で食堂をやっていた年寄りの朝鮮人の目が灰色だった……、あんなに悲しく、冷たい目は初めて見た……、非情なほど寒く、厳しい環境で暮らしていると、目の色が灰色に変わるのか……、カムチャツカがどれだけ寒いところかというと、七月にも山が雪で覆われているほどだからな……、その年寄りは、氷が浮かぶ海を灰色の目で見つめながらこう言った。『南の方に行きたいなあ』。その人は、遠回しに自分の故郷を南側だと言ったんじゃ。『南はおふくろの胸の中のように暖かいでしょうねえ?』 海を眺めながら南を懐かしんでいるうち、胸を掻きむしって倒れることもあったらしい。そのたびに彼の妻は獣医師を呼んだそうな。ロシア内戦では白軍将校の馬の飼育士として服務し、除隊後はカムチャツカに移住した獣医師は、一日中酒に酔っていた。妻と子どもたちを故郷のウリヤノフスクに帰し、ひとりカムチャツカに残って日がな一日ウォッカに浸って暮らしていたと……、その朝鮮人は、蒸気船が到着した日の朝にも心臓が鉛《なまり》のごとく固まるような苦しさを感じて倒れたそうじゃ……、彼の妻はすぐに獣医師の家に駆け込み、ウォッカの空き瓶を抱いて床にひっくり返っている獣医師を起こして連れてきた。獣医師が言うには『もう一度倒れたらおしまいだ』と。蒸気船に乗ってペトロパブロフスクを出港する時、ロシア人の妻が鶏のとさかのような頭巾を飛ばしながら海沿いの道を死にものぐるいで走っていく姿を見た……、獣医師を呼びに走るところだったのか……」

「そんなに故郷が懐かしければ、帰ればよかったじゃないか……」トゥルスクが気の毒そうに言う。

「帰ったこともあったらしい……、六回も生死の境をさまよった末に故郷に帰ると、母親は亡くなり、父親は耄碌《もうろく》して自分のことを覚えていなかったと……。故郷で数日過ごしてみると、家族もいないカムチャツカのことが懐かしくなって……、ある日気がついたら、ペトロパブロフスク港で塩の袋を運んでいたんだと……」

「私も故郷に帰ればよかった!」

「俺も故郷に帰るつもりだったんだ」二階から怒気を含んだ男の声が聞こえる。「一九二六年に帰ろうとしたら、国境ができたんだ。ソビエトの軍人が銃を持ち、昼夜国境を守っていた。あの山さえ越えれば朝鮮なのに。あの山さえ越えれば故郷なのに。あの山さえ越えれば両親やきょうだいと会えるのに、あの山さえ越えれば……」

「ああ、あの山がなければ！」

「ニコライは、われわれが追い出されることを事前に知っていたんです！」プンドが体を震わせる。

「ニコライって？」トゥルスクが尋ねる。

「コルホーズの作業班長ですよ。鶏がコルホーズの白菜をついばんでいたのでニコライに報告すると、ぞんざいにこう返事したそうです、『食わせておけ、どうせ収穫できないんだから』。鶏を追い払おうとまた農場に行くと、山羊に馬まで加わって白菜を食べているんです。その日からニコライの姿が見えなくておかしいと思ったら、彼は財産を処分して間島《カンド》に行ったという噂が聞こえてきました」

「小作料を払って耕していた畑は、地主が四回変わりました。チョ・マチョンという元戸《ウォンホ》からその息子のチョ・エフゲニーに、天下のごろつき、チョ・エフゲニーが賭博《とばく》の借金を返すために畑を売り払ったせいでカン・アンドレイへ、ソビエトに変わってからはコルホーズへ……」

「日本軍が沿海州を侵略して戦争を起こした時も、白軍と戦争する時も、勝てば朝鮮人に土地を分配してやると言っていたボリシェビキの約束を真に受けてしまったんです」

「少しの間は土地を分け与えてくれましたがね」

「ええ、すぐに取り上げられたけれど！」

「与えてから取り上げる方がもっと悪質ですよ！」

「レーニンは、最初から土地を与える気なんてなかったんです」

「じゃあ、レーニンが嘘をついたんですか？」

プンドがインソルに問う。興味がなさそうにパイプをくゆらせていたイルチョンが、眉間にしわを寄せてインソルを睨む。

「レーニンは初めから土地の分配に反対していました。農民たちの支持を得ようと公約したんですよ。ロシア人の四人に一人を占める農民から支持を得られなければ、ボリシェビキ革命は不可能でしたからね」

「ボリシェビキの甥《おい》が話す言葉をはっきり聞いたよ。『おじさん、ボリシェビキが戦争で勝ったら、朝鮮人にも土地をくれるってレーニンが約束したんだ』。だから『レーニン万歳』と叫んで回ったんだ。レーニン万歳！　ボリシェビキ万歳！」

「革命後に成立したソビエト政府は、約束どおり地主たちから没収した土地を小作農と貧農に分配しました。ロシア人には各世帯に三十五デシャチーナ、朝鮮人には十五デシャチーナ。レーニンの死後に執権したスターリンは、農民から土地を取り上げて集団農場化政策をとったんです」

ロシアの富農《クラーク》たちが、代々耕してきた土地と家畜を没収されてシベリアの強制労働収容所に配《はい》流《る》されたり、銃殺されたりしたという噂は新韓村《シンハンチョン》にも広まった。クムシルは、ハバロフスク通りでロシア人女性たちが配給された黒パンを胸に抱えてささやき合う声を聞いた。「ウクライナで飢饉が起こって、数百人が飢え死にしたんですって。スターリンが食糧を没収したせいで」「どうして？」「その人たちがコルホーズに反対したからよ」「種まで持っていかれたらしいわ」「トタン屋根の家に住んでいても富農《クラーク》、牛が一頭いるだけでも富農《クラーク》、神を信じても富農《クラーク》ですって」「教会の鐘が蚤《のみ》の市で売られているのを見たわ」「教会の鐘の音が好きだったのに。あの音に癒されていたんです」

「噂どおり、朝鮮人が飼っている牛を手に入れるために追い出したのかしら？」

「それなら、牛だけ取り上げればいいじゃないですか」

「朝鮮人が死んだ土地をよみがえらせたから、ロシア人が沿海州に集まり始めたのよ」

「もし、スターリンが私たちに新しい土地をくれるとしても、その土地も結局、私たちのものではないんでしょうね？」

「理解できないわけじゃないわ。土地を隣人と分け合おうとする馬鹿がどこにいると思う？　あり余るほどたくさん持っていても、もっと欲しくなるのが土地というものだから。しかも、私たちはロシア人でもないのに」

「レーニンが生きていたら、私たちこんな目に遭ったかしら？　彼は平等な世の中を作りたがっていたのよ」

「レーニン主義者なんですね！」

「私？　私は共産主義者ですよ」

「共産主義者？　オルガ村の鯉《こい》養殖場で日雇いの仕事をした時に、共産主義者たちについて妙な噂を聞いたよ。作業班長のチェ・イワンが教えてくれたんだが、共産主義者が優秀な種だけを残そうと、よくない種だとわかった男たちを一か所に集めて睾丸《たま》を取ってしまったらしい」プンドが言う。

「レーニン主義者と共産主義者って、何が違うんだろうね」トゥルスクがつぶやく。

「ボリシェビキ、レーニン主義者、共産主義者、革命家、ソビエト人民、トロツキスト、プロレタリアート……、俺は農民、パク・ピョートル」

「レーニン主義者が革命、自由、解放、平等を叫ぶ時、心の中であざ笑ったよ。彼らは平等な世界を作るのなんて朝飯前だと思っているんだ」

「革命は鶏の羽をつまみ上げるよりも簡単だと、レーニンが言ったそうですよ」

「ロシアに来て悟ったのは、平等な世界なんてどこにもないということです」プンドが言う。

「まったく大層な悟りだなあ！」イルチョンが鼻で笑う。

「刑務所に入ったら、囚人の中にも上下関係がありましたよ」

「おじさんはどんな罪を犯して刑務所にまで入ったんですか？」オスンがプンドに尋ねる。

「罪を犯していなくても刑務所に放り込まれるんですよ。ロシアに来て、最初に流れ着いた村がバラノフカでした。大きな葉煙草農家の元戸《ウォンホ》の家で一年ほど作男《さくおとこ》として働いたんですが、主人夫婦が労賃を一銭も払わずに追い出そうとするんです。その家の成人した息子たちは職を失い、黒い背広にかかとに鋲《びょう》が埋め込まれた靴で賭場《とば》を回っていました。私が労賃をくれと言うと、主人の妻はその足で官庁に駆け込み、居住権を持たない不法滞在者が自分の家にいると通報しました。思いもよらず刑務所に入ると、力の弱い囚人たちが持ち回りで掃除をしていたんです。腕っぷしの強い囚人は、王様のように羽を伸ばしていました」

インソルは立ち上がると、両足を大きく広げて立つ。

「ソビエト政府は、全人民が決定した憲法に違反しています」

「憲法？　憲法というのは何です？」プンドが訊く。

「国の根本となる法です。ソビエト政府は憲法で、われわれのような少数民族を差別しないと約束しました。『われわれは無併合、無賠償、民族自決権というソビエトの提示した条件に基づき、すべての交戦国の人民に講和を提案する』*。ソビエト政府は、革命に成功すれば少数民族にも自決権を与え、伝統を尊重するとした約束に背《そむ》き、むしろ少数民族を抹殺しようとしています」

「護衛隊員たちに聞こえる場所でそんなことを言ってごらんなさい。その場で銃殺されますよ」

イルチョンが顔色を変えてインソルを睨む。

「俺はロシアが日本と戦争した時は日本軍と戦い、内戦の時は白軍と戦ったんだぞ！」二階から激昂した男の声が聞こえてくる。

「ボリシェビキらが赤い旗を振りながら通りを行進する時、私も通りに飛び出して『平和、パン、レーニン万歳』と叫びました。その時は、靴下を裏返しに履くように世界が変わると思ったけど、そうはなりませんでした」

「朝鮮人のプロレタリア革命家が白軍に銃殺されるのを見ました。拷問を受けて顔がかんなで削られたように崩れ、白い布で両目を覆ったその革命家は、父の友人でした。ある夜、彼が父のもとを訪れて言った言葉をはっきりと覚えています。『……われわれ朝鮮人プロレタリア革命家は、ロシア革命の事業において力を合わせなければならない。朝鮮人がロシアのボリシェビキを助け、社会主義革命を勝利に導けば、ロシアのボリシェビキも朝鮮民族の独立と解放を積極的に助けるだろう。だから、われわれはロシア革命事業に力を入れようじゃないか』。……銃声が響き、朝鮮人革命家は絶壁の下のアムール川に落ちました」

　インソルの両のこめかみを走る血管がうごめく。

「やめてください！」イルチョンの鋭い顎《あご》が震える。

「ソビエトは朝鮮人革命家を日本のスパイ、反逆者、反動分子、変節者だと決めつけ、流刑にして銃殺したんです」。沈黙を守っていたインソルの視線が、ヨセフに向かう。

「あなたはどうして腹を立てないんです？　まさか家も、家畜も、農機具も全部準備してあるというソビエト政府の言葉を信じているんじゃないでしょうね？」

「私の夫を苦しめないで！」ターニャがいきり立つ。

「ああ、君には奥さんがいましたね」

「あなたにはいないんですか？」ヨセフが尋ねる。

「自分に妻がいないことを忘れてましたよ！」インソルが自嘲するように苦笑いを浮かべる。

「父はいつも言っていました。『妻がいない男は、絶壁の上の病んだ山羊よりも危うい。地の果てで暮らすことになったとしても、すっぽんのように舌の動きがのろく、リスのように手つきがまめまめしい女を探して妻に娶《めと》れ』とね」

「私こそがその、絶壁の上の病んだ山羊ですね！」

ヨセフは姿勢を正して座ると、インソルの顔をじっと凝視する。

「私の母方には伯父がいます。ハングルを独学した彼は、朝鮮語で詩と小説を書きました。彼は詩をロシア語では決して書きませんでした。幼い頃から、私は父よりも伯父になついていたんです。伯父は私に、自分と話をする時にロシア語を使わせないようにしました。ある日、彼が私に訊きました。『ヨセフ、今は何語で考えてる？』『何語で？』私は伯父の質問が理解できず、聞き返しました。伯父は私の頭を撫でながら、もう一度尋ねるんです。『ロシア語と朝鮮語、どっちで考えてる？』 私はその時、自分がロシア語で考えていることに初めて気づきました。答えられない私に、伯父は言いました。『おまえはヨセフという名前だが、朝鮮人だ。だから朝鮮語で考え、朝鮮語で文章を書かなきゃいけない。ロシア人と話す時はロシア語を使わなきゃならないが、朝鮮人と話す時には朝鮮語を使うように努力するんだぞ』。伯父は、妹である私の母にも厳しく注意しました。『子どもたちをロシア人に育てるつもりか？』 私は朝鮮語で考えようと努力しました。自分が朝鮮語ではなくロシア語で考えていることに気づくたびに、罪悪感に苦しめられましたよ」

「ロシアに住んでいると、朝鮮語を忘れてしまいます。自分の頭の中にある朝鮮語を、誰かが干し柿のように一つずつもいで食べてしまうような気がするんです」

「朝鮮語が出てこないとロシア語で話して、ロシア語に詰まると朝鮮語で話すから、ロシア語でも朝鮮語でもないおかしな言葉になりますね」

「それで、伯父さんはどうなったんですか？」

「伯父はハングルで発行される雑誌に『仔牛』という詩を発表した後、思想が不純な朝鮮人ブルジョアで反逆者だという罪で逮捕されました。白いチョゴリを着た朝鮮の少年が、いなくなった仔牛を探して森をさまよう内容の詩でした」

「その詩のどこが問題だったんです？」

「白いチョゴリは朝鮮民族主義を、少年はソビエト政府に恨みを抱くブルジョアを象徴しているというんです。伯父が朝鮮人ブルジョアだなんて……、彼は奴婢《ぬひ》の息子です」

首を伸ばしてはしごに腰かけている男がつぶやく。「俺の親父も奴婢だったよ」

「うちの父もです」

「七十数年前、朝鮮の両班《ヤンバン》が妻と妾《めかけ》三人、十七人の奴婢を連れてロシアの国境を越えました。ロシア政府は両班に金を支払い、十七人の奴婢の身分を解放させました。その代価として奴婢たちは労役をしたんです。その十七人の奴婢のうち一人が、母方の祖父だと聞きました」

「それで、伯父さんはどうなったんですか？」

インソルが聞き直す。

「一九三五年の秋に逮捕された伯父は、翌年の春に死刑を言い渡されました。刑が執行される前に、私は一人で伯父に会いに行きました。『ロシアの地で乾いた砂のようにばらばらになり、消えてしまうんだ……』、伯父が私に最後に言った言葉です。彼はロシア語でそう言いました」

　インソルは何かを言おうとして、固く口をつぐむ。


　水を汲みに行くために立ち上がったクムシルは、崩れるように座り込む。魂が抜けたような顔で、四方から聞こえてくる声に耳を傾ける。

「故郷を出るんじゃなかった……」

「故郷にいれば飢え死にするか、日本の奴らの走狗《そうく》になっていたでしょう」

「列車が出発してから二十日が経ちました」

「二十二日じゃありませんか?」

「長くても十日だと思ったのに」

「私は三、四日だと思っていました」

「売られていく家畜だって、これほど悲しい思いはしないでしょう」

「私たちのことを、家畜にも劣ると思っているのよ」

「生きるも死ぬも好きにしろってことでしょうね」

「おばさん、そのソーセージ、少しだけ分けてもらえないでしょうか。警察の言葉を鵜呑みにして、三日分の食糧しか持ってこられなかったんです」

「さっきソーセージを半分あげたじゃないですか」

「そうですよね……、お恥ずかしい限りです。物乞いをするのは生まれて初めてです。元戸《ウォンホ》の娘に生まれ、飢えを知らずに生きてきました。私の母は、子どもたちの口に雪のように白い白米が入ることを何よりの喜びと考えていたんです。私は食べものに困ることのない星の下に生まれたと思っていました。おかずに文句を言っていた娘が物乞いをしているなんて、亡くなった母が知ったらどれほど悲しむでしょう」

「人生というのはわからないものですね」

「カラスの丘で祖父が言った言葉が思い出されます。『生きてきた歳月をじっくり振り返ってみれば、大海に浮かぶ小舟のようだったよ！』」


「もうソーセージはないんだろう？」

「ぜんまいを巻く指はあるわ」

「指をちぎって食べることはできないよ」

「だけど、ぜんまいを巻くには指がいるでしょう」

「柱時計を蚤の市で売ろうと言ったじゃないか」

「私、蚤の市に行ってきたの。あなたが山羊を追って家の裏山に登った日、柱時計をリヤカーに載せて蚤の市に行ったんです」

「絶対に売らないと言っていたのに」

「蚤の市は、家にあるものを売ろうと出てきた朝鮮人でごった返していたわ。ミシン、真鍮の器、鉄のやかん、一人用の膳、木綿布団、鏡、ランプ、燭台《しょくだい》、毛皮の毛布、虫眼鏡、服……、族譜《ぞくふ》を売ろうと持ってきた男の人もいました」

「柱時計を買ってくれる人はいなかったんだな」

「脚の太さが私の腰ぐらいあるロシア人の女性が近づいてきて、四ルーブルで売ってくれと言われたの」

「そうか、その四ルーブルでパンを買っていれば、今頃お腹をすかせていないだろうに」

「でも、そうしたら今何時なのかがわからないわ」

「昼か夜か、それさえわかればいいさ。昼には働いて、夜には寝て」

女が悲しそうにすすり泣く声が車内に流れる。「糞尿があふれるおまるの横でソーセージを食べるなんて……、飼っていた豚だってこんなに汚くはなかった……」

「ソーセージが残っているだけましじゃありませんか？」

「この世の中で人間がいちばん不潔ですよ」

「いちばん欲張りだしね」

「いちばんずる賢いくせに、他人のことを小賢《こざか》しいなんて言うんですよ」

「いちばん悪どいのが人間ですよ。鳥は蜜を吸って歌を歌うのに、人間は蜜を吸って呪いの言葉を吐くんですから」

「人間の口から入るものはきれいなのに、口から出るものは汚いのね！」

「気まぐれにもほどがあるわ」

「その上に愚かですよ。種を植えれば十倍、二十倍になって戻ってくる地面の上で、きょうだい

「おお、ミーチカ、それでもママはおまえのことが大好きよ」

「ママ、ぼくも人間なの？」

同士が争うなんて」


「イルチョンよ……」ファンじいさんが息子を呼ぶ。

「はい」イルチョンがしぶしぶ返事する。

「わしが死んだら、体をむしろで巻いて列車の外に捨ててしまえ……」

「お義父《とう》さん、どうしてそんなことをおっしゃるんですか」ペクスンが手を横に振る。

「新しく定着する土地に代々根を下ろして生きてきた人たちがいるならば、その人たちと仲良くしろ……、彼らの前でしかめっ面をするな……、独り言も言うな……、昼間には彼らの畑に足を踏み入れるな……、彼らの家畜に決して手を触れるな……、彼らが金持ちでも、その前で犬のようにこびへつらうな……、彼らがおまえらより劣っていても、彼らの前で偉そうに振る舞うな……、彼らの主人になろうとするな……、彼らのしもべになってもいけない……、彼らの妻や娘に色目を使うな……、彼らに借りを作るな……、その借りがあだになり、おまえらは小屋に閉じ込められて飼われる家畜のような立場になるだろう……、酒に酔って外に出るな……、その土地で一番の年長者に礼儀を尽くせ……、おまえらが彼らの下で農作業をして賃金を得ることがあれば、誠実に働け……、彼らに種籾《たねもみ》ほどの恩恵を施せることがあれば、そうしてやれ……、おまえらが飢えた時に彼らが食べものを恵んでくれるだろう……」

18

　車内に干からびた荒野の荒廃したうら寂しいにおいが漂う。通過列車を見送るため、列車は半日以上、荒野の真ん中に停車した。人々は糞尿が入ったドラム缶を空にし、腐って臭気を放つ干し草を捨て、布団や衣服についたほこりと蚤《のみ》、虱《しらみ》をはたいた。高利貸しの目つきのように吝嗇《りんしょく》だが、冷えた鼻の頭を温めるには十分な日差しを浴びた。

「あなた、あなたより小さくて年老いた男が、泣きながら地面を掘っていたわ。列車の中で死んだ娘を埋めるために。男は線路の横の地面につるはしを打ち下ろすけれど、地面が凍り、干上がっているからつるはしが食い込まないの。『もっと掘って。そんな穴にはスズメしか埋められないじゃない』、男の奥さんは泣きながらそう言った。男は歯を食いしばってつるはしを地面に打ち下ろしたわ。『もっと掘って。もっと……』。男はつるはしを取り落とすと倒れ込んだの。『これ以上は掘れそうにないよ……』。女はつるはしを持ち上げると、最後まで穴を掘った。夫婦が娘にしてあげられることは、穴を掘って埋めることしかなかったのよ」

「もっと掘って。もっと、もっと、そんな穴にはスズメしか埋められないわ！」

「ミーチカ、静かにしなさい」

「道に沿ってお墓が一つ、二つ、三つ、四つ、五つ……」

「あなた、私はロシア人の女がまた来ると思っていたの。そうすれば交渉しようと思っていた。五十ルーブル以下では絶対売るつもりがなかった時計を、二十ルーブルで売ろうと思っていたのに」


「ミーチカ、手紙は送らなくていいのよ……」


「恥知らずにも自分の手が物乞いをしている……」

「餌をやっていた手で首をひねって」

「熊手《くまで》を持っていた手で心臓を取り出して」

「手が元凶なんです」

「ねえ、あなたも歳をとったわね。母が父にこう言ったわ。『あなたも歳をとりましたね。世の中の男が全員歳をとっても、あなたはずっとそのままだと思っていたのに』。子どもたちは父が老いていくのを見ていたのに、母は気づかなかったのね」

「俺はまだまだこれからだよ。家を三軒だって建てられるさ」

「あと三回は結婚できるという意味に聞こえるわね」

「うちの親父は、五十九になって二十歳も年下の未亡人を娶《めと》ったんだから」

「それから九か月で黄泉《よみ》の国に旅立ったわね」


「愛する母へ……、手紙の書き出しはこうなるでしょうね」

「私の名前はナターシャです。朝鮮の名前もあったけれど、兄が朝鮮の名前は役に立たないと、ロシアの名前が必要だと言い張るものだから、父が『それならロシアの文字を読み書きできるおまえが名前をつけてやりなさい』と言いました。兄は悩むことなく、すぐにナターシャという名前をつけてくれました。後から知ったことですが、兄が好きだったロシア人女性の名前がナターシャだったんです。私を『ナターシャ』と呼ぶ時、兄は私のことを呼んだのでしょうか、自分が好きだった女性のことを呼んだのでしょうか？」

ホ・ウジェがオスンの耳元で何かをささやく。

「二番目のお姉さんがまた泣いてるんですって？」

オスンが訊くと、ホ・ウジェはうなずく。

「あなたの二番目のお姉さんは本当にどうしようもない泣き虫ね。泣かない日が一日もないんですから。彼女は小さい時からそんなによく泣いていたの？ 世の中には泣き虫の女性もいれば、そうでない女性もいるわ。どちらを妻にするのがいいでしょうね？」

オスンの口の形が変わるのをじっと見ていたウジェが、再び彼女の耳元に何かをささやいた。

「泣き虫の女ですって？ ……泣き虫の女は優しいから？ 誰がそう言ったの？ ……あなたの二番目のお姉さんは優しいって？ ……八歳の時に生き別れになったんでしょう……お姉さんは八歳、あなたは六歳……、八歳のお姉さんを、三十里も先の村に許嫁《いいなずけ》として行かせることになって……口減らしのために……、いくらなんでもこんな小さな子を嫁にやるなんて……、男二人が担ぐ輿《こし》に乗って嫁に行ったのね……子どもの頰に紅を差して……、一番上のお姉さんの顔は一度も見ることができなかった……、自分が母親のお腹にいる時に嫁に行き、たった二年で病気になって亡くなったから」

打ちひしがれた様子のウジェが再びオスンの耳に口を近づける。

「……嫁に行ったお姉さんが一週間で逃げ帰ってきたの？ 三十里の道のりを裸足で歩いて？ 婚家の家族が恐ろしいから？ それなのに？ ……お父さんはお姉さんを二日泊めただけで婚家に送り返したって？ それから？ ……ご両親が家族を連れてロシアに来たんですって？」

ウジェがすすり泣きを始める。

「お姉さんのことがかわいそうで泣いてるの？」

「私の祖母の墓はバラバシ*に、父の墓はアディミ*にあります」

涙が乾いたウジェの目元に、青紫色のくまができている。

「母の墓はジェピゴウにあります。五十になった年に、三十年ぶりに母の墓参りをしました。ジェピゴウは桃源郷でした。山もあり、川もあり、ツツジが咲き乱れていました。一日中さまよってたどり着いた母の墓で、シジュウカラに出会いました。シジュウカラは飛び立つことなく、私の両手に包まれました。丸いブリキ缶に入れて家に連れて帰り、赤い糸を脚に結んで扉の取っ手につなぎました。寝て起きるとシジュウカラは飛んでいってしまい、折れた脚と赤い糸だけが残っていました……」

19

「十二、三歳の女の子のように小柄な母と、黄金色《こがねいろ》の野原を歩いていました。食べたものといえばほんの小さなサツマイモ一本だけで、お腹からは雷鳴《らいめい》のような音が聞こえました。そこに野生のキジが飛んできたんです。『お母さん、ここでじっとしてて。あのキジを捕まえてあげるから』。私はキジを追いかけました。赤い羽根に包まれ、首がかがり火のように見えるキジは、捕まりそうで捕まりません。野原の果てには松の木がありました。キジはバタバタと羽ばたくと、松林の向こうに飛んでいきました。気落ちして戻ると、母はどこかに行ってしまい、そこには土饅頭《どまんじゅう》のお墓だけがありました」

「あなた、私たちが結婚する夢を見ましたよ」

「俺たちは三十年も前に結婚したじゃないか」

「夢でもう一度結婚式を挙げたのよ。初めての時みたいに」

「結婚は慶事だから、何かいいことが起こりそうだな」

「凶夢《きょうむ》ですよ。二人のうちどちらかが病気になったり、死んだりする夢です」

「どちらかが？」

「新郎と新婦のうち、どちらか一人がです」

「夢の中では、あんなに幸せだったのに」

「幸せは不幸の兆しでもあるんですよ」


「あなた、赤ちゃんが寝たわ……、赤ちゃんも夢を見るかしら？　泣いて、笑って、顔をしかめて……、こんなに小さな顔で泣いて、笑って、顔をしかめて……」

「列車がまた走りだしたよ。アナトリー、わが息子よ……、濡れた柏の葉に映った世界をおまえに見せてやりたい……」


寒い……、悪魔も最初は天使だったそうです……、人間を妬《ねた》んだせいで悪魔になったんだと……、マッチを擦る音……はさみでパチパチと爪のようなものを切る音……、最初はみんなそうでした……、食べものがないのに下痢が止まらない……、体が向かうところに心も向かうものです……、歳をとって、病を得て、死んで……憎んで、恨んで、嘘をついて……、人間を妬むことに意味があるでしょうか……、人間をとても愛しているから……。

ヨセフが主の祈りを唱える声が列車の中に広がる。砥石《といし》で包丁を研《と》ぐような風の音が列車を包む。

「ママ、ぼくも人間なの？」

「ミーチカ、それでもママはおまえのことが大好きよ」

「列車が止まった！」

その声に、プンドが顔を搔きむしりながら目を覚ます。

大根の葉で編んだようなショールを頭の上までかぶって眠っていたペクスンが、驚いて短く悲鳴を上げる。

「起きてちょうだい。列車が止まったわよ」

オスンが手でホ・ウジェの肩を揺らす。

「出発したばかりなのに、もう止まったんですか？」

「そうですね」

「何かあったのか、扉を開けてみてください！」

「開けないで！　護衛隊に銃で撃ち殺されたらどうするの！」

「銃で撃ち殺すなら、とっくにそうしていたでしょう」

ヨセフが立ち上がると、扉に近づく。扉に背中を預けて座っていたインソルが立ち上がる。

「開けないでください！」

「開けろ！」

「静かにして！」

「シーッ！」

「シーッ！」

人々は互いに緊張した視線を交わし、列車の外から聞こえてくる音に耳を澄ませる。呼び子の音、護衛隊員同士が大声で交わす会話……、しかし、銃声は聞こえない。

別の車両の扉が性急に、荒々しく開けられる音が相次いで聞こえる。

インソルとヨセフが視線を交ぜながらうなずくと、扉を押し開ける。滝のように流れ込む光に、人々は手のひらで目を覆ったり悲鳴を上げたりする。顔の垢《あか》がすっかり洗い流されるような気分になるほど冷たく澄んだ空気に、クムシルは思わずため息をつく。ペクスンは、あまりのまぶしさに涙がにじむ目を手の甲でこする。

プンドが腰を上げようとして、どすんと尻もちをつく。

「なんてこった！　海か、それとも湖か？」

「水が空よりも青いぞ」

はしごから人々がぞろぞろと下りてくる。扉の前には、いつの間にか人だかりができている。

人々の開いた口から白い息が立ちのぼる。

「ミーチカ、早く上がってらっしゃい！」

だが、ミーチカはトゥルスクとクムシルの間に座り込む。頭にぎりぎり引っかかっていた防寒帽が脱げる。クムシルは、とっさにそれを拾おうと体を折って手を伸ばす。だが、帽子はあっという間に着地する鳥のように水の上に落ちる。

「バイカル湖ですよ」

インソルは幼い頃、兄からバイカル湖の話を聞いた。

「あれが湖だって？」

湖から目が離せないままのプンドが尋ねる。ホ・ウジェの視線は、湖の向こうの雪と氷に覆われた峰々をたどっている。銀粉をふりかけたかのように明るい光に包まれた湖は、果てが見えない。岩の上に止まっていたカモメが空中に浮き上がると、湖の向こうに向かって無心に飛んでいく。穏やかな波が立つ水面に映る雲が、薄氷とともに静かに流れていく。

「あら、あれは何？」

オスンが手で自分の口をふさぐ。トゥルスクが手でミーチカの顔を覆う。

「ターニャ、目を閉じて！」

「ええ、閉じました！」

ターニャはしかし、目を開けている。

「ターニャ、いいって言うまで絶対に目を開けちゃだめだ！」

「わかりました……、開けろと言われるまでしっかり目を閉じています……、永遠に目を開けるなと言われれば……、ああ、そうすれば……永遠に開けません……」

馬の蹄《ひづめ》のように曲がった線路の下、凍り始めた湖に壊れた列車が逆さに刺さっている。他の車両は宙に向かって車輪を上げ、湖水に斜めに浸かっている。列車が脱線して絶壁の下の湖に転落する時、四方に散らばった風呂敷包みや人、板切れ、布団、衣服、干し草のかたまりが湖のあちこちに広がっている。

トゥルスクが手でミーチカの顔を覆ったまま、震える体を起こす。湖水に体が浸かったまま硬直した人々を見下ろす。湖から吹いてくる風に、彼女の銀髪がなびく。

「朝鮮人だな……」プンドの黒紫色の唇は、それ以上言葉が継げない。

人々がおのおの上げる悲鳴や嘆き、泣き声が混じり合って湖の上を漂う。

オスンは、握った拳を口に押し当ててすすり泣く。ペクスンの後ろにくっついているアリーナは開いた口を閉じられない。

「何があった……?」

ファンじいさんが尋ねるが、ペクスンは泣いていて答えられない。

列車がガタンと揺れる。

「ミーチカ、早く上がってきなさい!」

万歳をするように両腕を大きく広げ、空に向かって顔を上げている女がクムシルの視線を引きつける。咲いたばかりの夕顔のような、うら若い女の胸から下は湖に浸かっている。両目を開けている上に、一滴の血も流れていないので生きているようだ。

「生きてる……」

インソルが首を強く振る。

「あなた……、目を開けてもいい？」

気が気でないターニャが訊くが、ヨセフは答えられず続けざまにため息をつく。頬を伝って流れる涙がターニャの顎《あご》に溜まり、赤ん坊の顔に落ちる。額に、頬に、口に、目に……。

「何があったんじゃ……？」

ファンじいさんは顔を上げようと必死になるが、首がセメントのように固まってぴくりともしない。

「あなた……、目を開けてもいい？」

飛んでいったカモメが戻ってきて、湖に逆さに刺さった列車の車輪に止まる。

銃声が冷たい空気を裂く。列車がガタンと揺れると、扉の前に集まっていた人々が倉庫の中のネズミのように驚いて散り散りになる。

「ミーチカ、早く上がってきなさいったら！」

列車が速度を上げると、鉤《かぎ》のような風が列車の中に吹き込む。ファンじいさんの薄い髪の毛が抜け落ちそうになびく。空中にぶら下がっていたブリキのやかんが落ちる。驚いたアリーナがおならをする。

アナトリーが拳で列車の壁を叩く。

「アナトリー、この列車は回転木馬だよ、前に向かって走っているようだけど、気づけば同じ場所でぐるぐる、ぐるぐると回る……」

「私たちは見ました」

「ええ、私たちは見ました」

「ママ、ぼくはお空を見たよ」

「あなた、私たちが見たのは何だったのかしら？」

「ママ、ぼくは雲を見たよ」

「雲は雲でした」

「それでもこの車両に乗り合わせた人は、まだ誰も死んでいないわ」

「あなた、目を開けてもいい?」

泣きやんだターニャの視線がヨセフに向かう。彼女の濡れたまつ毛に涙の粒がついている。

「うん、ターニャ……」

「あなた、私は何も見てないわ……目をつむっていたから……、本当よ……何も見ていない……、何も……」

「そうだよ、ターニャ」

ヨセフは手を伸ばしてターニャの手の甲をさする。彼は彼女の手を自分のひび割れた唇に引き寄せ、口づけてから戻す。

「あなた、赤ちゃんが泣いてる……、大人みたいに声も出さずに涙を流してるわ」

ターニャは、それが自分の流した涙であることに気づかない。

トゥルスクが赤ん坊を見つめると言う。

「長年生きてきて、声も上げずに泣く赤ちゃんを見たのは初めてだよ……、父親がそんなふうに泣いていた……、日が沈む山を見ながら、湯気を上げる釜のように涙をぽろぽろと流して……」

「おぎゃあおぎゃあ、ほら、声を上げて泣いてごらん」

「生まれる時に悲しそうに泣くのは人間だけですよ」

オスンはため息まじりにそう言うと、立ち上がる。重ね着したチマが、脱ぎかけのようにお尻に引っかかっている。

「ひよこだって卵を割って出てくる時に鳴くでしょう」ペクスンが言う。

「ひよこはピヨピヨ歌うようにかわいく鳴くけれど、人間の赤ちゃんは汽車の煙突を飲み込んだような声で泣き叫ぶわ。羊水も乾いていない体を振りしぼりながらね」オスンは自分がどうして立ち上がったかも忘れ、再び座り込む。

「ほら、声を上げて泣いてごらん、おぎゃあおぎゃあ――」

20

「妻子がいなくてよかったと思う日が年に何回かあるけど、今日がその日ですよ。勝手に腹をすかせて、勝手に死ねばいいんですから」

プンドがトゥルスクを見てにやりと笑う。

「男やもめに蛆《うじ》が湧き、女やもめに花が咲くということわざがあるだろう?」トゥルスクが言う。

「花ですって? 今、誰かが私を持ち上げてパンパンはたいたら、蛆が五匹は落ちるでしょうね」

無理におどけて笑うプンドの目が潤んでいる。

力なくうなだれていたプンドが長靴を脱ぐ。長靴の中に手を差し入れ、穴の周りを触る。親指、中指、薬指の三本を穴の外に突き出し、いたずらするように動かす。

プンドはため息をついた後、長靴を置く。愚痴を並べていたかと思うと、のんきにいびきをかきながら眠りこける。

トゥルスクが手を伸ばしてプンドの長靴を持ち上げ、まじまじと穴を眺めてから元に戻す。風呂敷から針山と太ったネズミほどもある木綿のかせ糸、裁ちばさみを取り出し、チマの上に置く。大きくて重いはさみで自分のチマの裾を切り取り始める。丸く切り取られた端切れを長靴の穴に当ててみる。

カボチャの形をした針山に刺さった針は全部で五本あり、三本は大きさと太さが同じで、残りの二本は違っている。針はところどころ錆びている。トゥルスクは針に目をやると、一番太くて長い針を抜く。木綿のかせ糸から糸の端を探し、長い糸を引き抜く。

トゥルスクは木綿糸の端を口にくわえ、唾をつける。目を伏せ、唾で固くなった木綿糸の端を針穴に持っていく。十回以上試して、ようやく木綿糸が針穴を正確に通る。木綿布の端切れを半分に折り、長靴の中に入れて穴をふさぐ。針を穴の周りに刺していく。針が見えなくなるまで刺しては抜く。彼女の片手は長靴の中に入っている。

穴に沿って粟粒《あわつぶ》ほどの縫い目がひと目ふた目と増えていったかと思うと、針がトゥルスクの指を突き刺す。すぐに梅桃《ゆすらうめ》のような血がにじむ。彼女は指を口に入れ、血が止まるまで吸う。再び針を持って縫い目をたどり、まぶたを震わせる。

「列車に乗っている間はみんな同じ運命だけど、列車から降りたら散り散りになってそれぞれの運命で生きていくんだろうね……」

彼女があまりに強く糸を引いたせいで、針が二つに折れてしまう。残念がるのもつかの間、針山から別の針を抜く。

彼女の視線が、眠っているアナトリーに向かう。

「アナトリー、わが息子よ……、この列車が止まったら、あたしのもとから離れたってかまわないからね、そう、列車が完全に止まったら……」

21

ストーブの上で一本のろうそくが燃えている。クムシルが火を点けたろうそくだ。火は消えそうで消えず、執拗に燃える。

「血縁といえば、父親が違う妹が一人います。ロシアに来て間もなく父が亡くなると、母は私を祖母に預けて再婚し、娘を産みました。母は妹を連れて、私のもとを二回訪れました。母は亡くなりました。ロシアのどこかで生きているでしょうね。私の妹がです。母親が同じだから、妹には違いありません」

板切れの隙間から鋭利な刃物のように尖《とが》った風が吹き込む。満面に笑みをたたえ、木彫り人形のようにこくんこくんと首を振るホ・ウジェの顔は、凍りついて紫色になっている。コートの上に布団を巻きつけて眠っていたインソルが目を覚ます。血走った目を開けて四方を見回した彼は、列車の中だということを思い出して嘆息《たんそく》する。コートのポケットから手帳を取り出し、広げる。

彼の右手には鉛筆がある。ろうそくを凝視していた彼は、手帳に文字を書きつけ始める。

「あなた、丘から吹く風は気持ちよかったわね」

「母が秋夕《チュソク》〔中秋節〕に使う鶏の首をひねりながら笑いました。大きな口の中には歯がひとつもなかったんです。赤ん坊みたいに」

ろうそくから黒い煤《すす》が立ちのぼる。

ドラム缶から水を汲んでいた男がぺたりと座り込む。薄い身体を無理やり起こし、再び水を汲む。男は前後に体を揺らしながら、器の中の水を飲む。

荒い息を吐くクムシルに、ソドクが訊く。

「どうしたの?」

「お腹が張って……」

「列車の中で赤ん坊に何かあったら大変なのに……」

ヨセフが首をがくんと落とし、小さないびきをかきながら寝ている。アナトリーが両手で頭を掻きむしる。列車が出発した時はすらりとして幼く見えたその顔は、急速に老け込んで中年のようだ。

「アナトリー、悪いことは考えるんじゃないよ。いいことだけ考えて暮らしても足りないくらい、人生は短いんだからね」

トゥルスクの手が肩をさすると、アナトリーは顔を空き缶のようにゆがめ、冷たく首を振る。

「おーい、ターニャ……」ヨセフが遠くにいる人を呼ぶように妻を呼び、さらに深い眠りに落ちる。

ターニャは肩に巻いたショールを取ると、二重に折りたたんで干し草の上に敷く。赤ん坊をその上に寝かせるように下ろす。おくるみに包んだ赤ん坊は、眠っているのか声も出さない。ターニャは立ち上がると、水の中を歩くようにしずしずと足を踏み出す。出産後のお腹はまだ膨らんだままだ。

頭を掻いていたオスンが、赤ん坊に向かって座り直す。おくるみをほどき、赤ん坊を見下ろす。

「目にひとつも力がないわ」

ターニャは顔色を変え、急いで赤ん坊を抱き上げる。

「お乳をあげなさい。動物も人も、お母さんのお乳が薬だよ」トゥルスクが言う。

「お腹がすいていないのか、おっぱいを吸おうとしなくて」

「口があるのにお腹がすいていないはずがないでしょう。無理にでも飲ませてみなさい」ソドクが言う。

ターニャが赤ん坊を取り上げて胸に抱く。左腕で赤ん坊を支え、右手で綿入れのチョゴリのひもをほどく。

赤ん坊にお乳を飲ませようと苦労していたターニャの顔が、泣きそうにゆがむ。

「赤ちゃんがおっぱいを吸わないんです」

女たちがターニャと赤ん坊を囲んで集まる。トゥルスクが赤ん坊の額に手の甲を当てる。

「火の玉みたいに熱いよ」

ペクスンが赤ん坊の頭に手を当ててみる。

「列車にお医者さんが乗っていないかしら？」ターニャが泣き顔で女たちに尋ねる。

「乗っていたって意味ないわ。列車が止まらなきゃ病院にも連れていけないし」

「他の列車に乗っていた子どもが高熱を出したから護衛隊員に言ったら、そのまま連れていかれて、その後は生きているのか死んだのかもわからないそうよ」

「護衛隊員はその子をどうしたんでしょうね？」

「医者に見せるために連れていったんじゃない？」

「列車の中で人が死んでも眉ひとつ動かさない護衛隊員が？」

「隔離するために連れていったのかしら？　列車の中でチフスでも流行したら大変でしょう」

「列車が止まるたびに銃声が聞こえたんです。野原で、松林で、白樺の林で……、パン！　パン！　パン！　鳥たちが驚いて飛び立ちました」

「どうしたんだい」

赤ん坊の顔を見たトゥルスクの顔が曇る。

「ほっぺに斑点ができてるね……」

「本当ですね」

「もしかして、猩紅熱《しょうこうねつ》＊じゃないですか？」

「猩紅熱だったら大変だけど……」

おびえるターニャの瞳が揺れる。

「お乳を飲まないからですよ」

「私のいとこが乗っている車両で、猩紅熱が流行っていると聞きました」

ターニャは、女たちに自分の赤ん坊を触れさせないようにぎゅっと抱きしめる。

女たちは首を振ったり、ため息をついたり、うなったりしながら互いに視線を交わす。


ほとんど燃え尽き、流れ落ちた蠟《ろう》がべっとりとこびりついたろうそくは馬糞のようだ。

「子豚を抱いて家まで歩いた日のことばかり思い出します。ロシア人の農場で飼っている豚が、子豚を九匹も産んだという噂を聞きました。子豚を手に入れようと、四十里もある道を歩いていったんです。ショールで子豚をくるみ、胸にしっかり抱きしめて家まで歩いて帰りました。雪がとけて道はどろどろでした。杏《あんず》の花のような色の子豚の体に土をつけたくなかったんです。その子豚が大きくなって、七匹も子どもを産みました」

「家畜を飼っていると、子育てよりも手応えを感じる時があります。家畜は飢えさせても文句を言わないけれど、子どもは自分の口に入ったものまで出して、入れてやっても文句を言うんですから」

「われわれが連れていかれるところはチタですか?」

「チタはもう過ぎましたよ」

「あなた、今何時ですか?」

マッチを擦る音。

「十一時」

マッチを擦る音。

「二十五分」

「秒針がよく回るわね。チクタクチクタク、チクタクチクタク……、本当に立派な時計。ポーランドの女の人からこの時計を買ったんです。その人は、ユダヤ人の時計店でこれを買ったと言ってました。あなたは壁に釘《くぎ》を打って時計を掛けたわね。チクタクチクタクチクタク、時計の下で夕食を食べたわ」

「あの時こう言ったよな、時間が過ぎていくって」

「だから私はこう答えたわ。あなた、早く食べて。時間が過ぎていくじゃない。早く食べて、早く寝て、早く起きて、早く仕事して……」

「秒針がもう一周したよ」

「一分も過ぎたのね」

「回って、回って、回って……、どうしてこんなに規則正しく、終始一貫しているのかしらね？」

「誰が？」

「秒針ですよ。この細くて尖った鉄の針をみんなは見習うべきね」

「錆びてるね」

「鉄ですもの」

「あなた、秒針がまた一周したわ」

「秒針が回るのだけ見て一生暮らしても、退屈しなさそうだな」

「あなた、秒針が錆だらけになってしまったらどうしましょう?」

「その前に、おまえも俺も死ぬだろう。鉄は人間の体より長持ちするからね」

「それに、私たちはもう歳をとったわ。まだまだ歳をとらないといけないけれど」

「列車が止まるたび、車輪がどれだけすり減ったか列車の下に這いつくばって確認したんです。ちっとも減っていませんでした」

「おばさん、おじさん、私たちもじつはその秒針のように誠実に回っているんですよ。そう、私たちも休まずに回っているんです」

「数学の先生だと言ってたわね? 私たちが回っているって、どういうことですか?」

「地球が回っているからです。私たちはその地球の上で生きています。みんなお母さんのお腹にいた時から回っていたんです。歩く時も、寝ている時も休まずに回っています。木もその場で回っています。野原で草を食《は》んでいる山羊もです。家も、岩も、山も……、飛んでいる鳥もです」

「海もですか?」

「川も、海も、木の葉についた露《つゆ》も……」

「地球が回っているという話は聞いたことがあります。息子が教えてくれました。太陽を中心に、一年に一周するんでしょう」

「一周しかしないんですか?」

「あらゆるものを抱いて回るのは大変なんでしょう」

「じゃあ、この列車も回ってるのね?」

「さっき、回転木馬だと言ったじゃないか。回って、回って、回って……」

「せいぜい回ればいいわ。千周でも、一万周でも回りたいだけ回って、元の場所に戻してくれるなら」


「アナトリー、わが息子よ……、母さんの髪の毛を梳《と》かしておくれ」

髪の毛を下ろしたトゥルスクの手には、ムササビの尾のような櫛《くし》が握られている。

「母さん、勘弁してくれよ」アナトリーが恨めしそうな目つきでトゥルスクを見つめる。

「おまえは小さい時、よくあたしの髪を梳かしてくれたね」

「母さん、俺は女の子じゃないんだ」

「アナトリー、列車が終着地に着いたら、あたしの髪は白くなっているだろうね……」

アナトリーは、しかたなく櫛を受け取る。トゥルスクの背後にひざまずき、彼女の髪を梳かし始める。

「アナトリー、おまえは貂《てん》の猟師だったおじいさんにそっくりだね。おまえを見ていると、おじいさんがおまえの体を借りて生まれ変わったような気分になることがあるんだよ」

「そんな話、初めて聞いたよ。それに、じいさんには会ったこともないのに」

「おまえのおじいさんが言ってた言葉を思い出すよ。『飲みに来るノロジカがいなくても、泉の水は枯れないんだなあ』」

ろうそくが小さくなり、煤《すす》を吐き出して消える。

誰も新しいろうそくに火を点けない。

ささやき声がやみ、人々が眠るのを待ってオスンは食糧を入れた袋の口に結んだひもをほどく。彼女は音を立てないよう注意しながら、袋の口を広げる。眠っている夫の脇腹をそっと指でつねって起こす。袋から取り出したソーセージのかたまりを夫の手に持たせてやる。持ってきた食糧が底をついた人々が物乞いをする光景が車内で繰り広げられると、彼女はみんなが眠るのを待ってから、ひそかに食事をするようになった。彼女は袋からソーセージをもう一つ取り出し、自分の口に持っていく。豚の糞のにおいがするソーセージにぐらぐらする歯を突き刺し、少量を噛みちぎる。口内に溜まった唾が口もとを流れ落ちる。

「わしらがまた飢えることになるとはなあ……」起きていたファンじいさんの声が、揺れる暗闇の中に響く。

22

逆光を受けて両腕を大きく広げ、列車から飛び降りるアナトリーを、クムシルは一瞬、鳥と見間違えた。

「ここはどこです?」

眠りから覚めたオスンが、目やにのついた目をこすりながらプンドに訊く。

「私にどうしてわかるんですか?」

プンドは気もそぞろに答え、中腰で押されるように列車から降りる。

「お義母《かあ》さんは列車の中にいらしてください」

「私も連れていってちょうだい」

ソドクは、子どものようにクムシルのチマの裾をつかんで引っ張る。

「お義母さんは荷物を見ていてください」

クムシルは子どものようにすがりつくソドクの手を無理やり引きはがし、列車から降りる。背中の曲がった男女が広大な野原を見ながら話す声が、クムシルの耳に入る。

「あなた、あの土地を見てくださいな。果てしなく広がる土地を」

「わしらがあの土地を耕すことができたら、思い残すことはないんだがな」

「種芋《たねいも》が一袋でもあれば、一生あの土地を離れずに生きていくのに」

「井戸を掘って、家を建てて、ウサギを飼って……」

葉が落ちたみすぼらしい木ばかりが遠く離れたところに生えており、家は一軒も見当たらない。馬車やトラックが通った轍《わだち》もない。遠くに流れる川も視界に入ってはこない。クムシルは息を深く吸い込み、風にバタバタとはためく頭巾《ずきん》をほどいて手に握る。インソルが彼女を追い抜いて、野原へと歩いていく。ぴたりと立ち止まると、パジを下ろして排尿する。冬眠に入ろうとする動物のように身を縮めているが、春になれば野原には緑の草が生え、鳥たちが飛んでくるだろう。

護衛隊員が二人、煙草を吸いながら彼女の前を通り過ぎる。頭巾を巻き直そうとしてやめ、彼女は髪をほどく。背中を覆うほど長く豊かな髪を指で梳《と》かし、虱《しらみ》を払い落とす。

人々は野原のあちこちに陣取って用を足したり、布団や衣服を干したりする。ペクスンも布団を持ってきて、パンパンと音を立ててはたく。ごま粒が落ちるように蚤《のみ》が跳ねる。

兎唇《としん》の女性が男の子を太陽の下に立たせ、髪の毛をかき分けながら虱を取っている。

「ミーチカ、遠くへ行っちゃだめ！」

列車に腰かけて髪を梳かしていたアリーナの手から、櫛が滑り落ちる。ジャンパーのポケットに両手を入れ、爪先で列車の車輪をコンコンと蹴っていたアナトリーが櫛を拾い上げる。ハリネズミのような櫛の歯にからまった髪の毛を虱が這う。

野原に座り込んでいたトゥルスクが立ち上がる。小便で濡れたチマの裾を手で払う。

「ミーチカ！」

子どもたちがかくれんぼをするように走り回る。

「アナトリー、木の枝を探してきな」

「ミーチカ、戻りなさい！」

猫背気味になるほど背の高い護衛隊員が、ミーチカの首根っこをつかんでぐいと持ち上げる。ミーチカを追いかけていたアンナは、両手で口を覆って立ち止まる。彼女はおびえてぶるぶると震えるばかりで、声も出せない。護衛隊員は捕まえて食べるような表情を作って見せると、地面に杭《くい》を打つようにミーチカを立たせる。

赤ん坊を両腕で抱きしめたターニャが、ヨセフに促されて列車から降りる。

「この子と一緒にお日様に当たらなきゃね」

彼女は数歩歩いて、地面から突き出した岩に腰かける。

人々は野原で拾った干し草と木の枝で焚き火をする。しょぼくれた炎の上に煤《すす》けてへこんだ鍋を置き、飯を炊いたりしわしわになったジャガイモを焼いたりする。

「私の小姑が乗っている車両では、人民裁判がひとしきり開かれたそうです。反動分子を選《よ》り分けて、列車が止まるやいなや護衛隊員に引き渡したそうですよ」

眉が濃く、浅黒い顔の朝鮮人の男が護衛隊員を捕まえ、たどたどしいロシア語で質問している。自分がおびえていることを悟られないように険しい表情を作ろうと必死で、顔が滑稽にゆがんでいる。

護衛隊員の口には煙草がくわえられている。

「俺たちをどこに持っていったんですか?」

「何だと?」

「俺たちをどこに持っていったんですか?」

白髪の男は、小便をしようと開けたズボンの前を合わせながらすすり泣く。「ああ、親父もいねえし、おふくろもいねえ。見知らぬ土地にひとりっきりだ!」

眼鏡をかけて口髭《くちひげ》を生やした男は、本を破いてその紙で火を熾《おこ》そうとしている。男の隣にはきょうだいのように見える幼い女の子と男の子がしゃがみ込んでいる。髪を二つ結びにした女の子は、唇まではたけに覆われた顔を掻きむしっている。

「おまえたち、これはレーニンおじさんが書いた本だよ。この本のどこにも弱小民族を虐《しいた》げてもいいとは書かれていないんだ」

男はページを破いて羽を閉じた鳥の形に巻き、蜘蛛の巣の形に積み上げた木の枝の間に差し込む。

男はマッチを擦りながらつぶやく。

「本は食えないからな」

マッチの火が紙に燃え移る。紙が炎に包まれ、灰が舞う。男は震える手で本を数ページずつ破り、くるくる巻いては炎の中に投げ込む。木の枝に火がついて王冠のように炎が上がると、その上に鍋を置く。持ち手の部分まで焦げついた鍋の中の水には、しわしわのジャガイモ五個がぷかぷかと浮かんでいる。紙はすぐに燃え尽き、木の枝も細いので、火は激しく燃え上がることができずに小さくなってしまう。ジャガイモが浮かんだ水は沸騰する気配が見えない。男は、半分ほどになった本をまるごと火の中に差し入れる。

実家の父を探して他の車両を見回っていたクムシルは、年老いた二人の男が護衛隊員に取りすがって哀願する声を耳にする。

「飲み水が必要なんです」

「石炭でも薪でも、燃やすものをください。列車の中で凍え死にそうですよ」

痩せこけた肩によれよれのショールを巻いた女が護衛隊員に尋ねている。

「うちの旦那をどこに連れていったんです?」

護衛隊員は返事を避け、険しい表情を浮かべる。

「ハバロフスク駅で、うちの旦那を連れていったじゃありませんか」

満月のような丸顔の女の子が、女のからし色のチマの裾をぎゅっとつかみ、鼻水をずるずるとすすりながら泣き声を上げる。

「うちの旦那をどこに連れていったんですか?」

その時、護衛隊員の一人が呼び子を吹く。その音に驚いた女の子が、鼻水を飲み込もうとしてしゃっくりをする。護衛隊員が叫び声を上げ、呼び子を吹きながら、鶏を小屋に追い込むように人々を列車に追いやり始める。

赤ん坊をおくるみで背負った女性が、飯を炊くお湯が吹きこぼれた鍋をチマで包んで列車に走っていく。

「お父さんはいったいどの車両に乗っているんだろう……」泣きながら立っているクムシルの腕を、冷たく長い手がつかむ。悲鳴を上げて振り返る彼女を、インソルが恐ろしい表情で睨む。

「早く列車に乗るんだ！」

「足が、足が動かないんです……」

「アナトリー！　アナトリー！」

いつの間にか列車に乗っていたトゥルスクが貨車の扉をつかんで立ち、ショールを無我夢中で振りながら息子を呼ぶ。

クムシルは岩のように固く張った腹を両手で抱き、ぺたんと座り込む。インソルが彼女の腕をつかんで立ち上がらせる。慌ただしく走ってきて列車に乗り込もうとするプンドの後頭部に向かって叫ぶ。

「助けてください！」

クムシルは、インソルとプンドに支えられてかろうじて列車に乗り込む。

「アナトリー！」

列車が動き始める。

「アナトリー！」

アナトリーが走ってきてひらりと飛び上がると、列車の中に身を投げる。インソルが扉を閉める。

喉が裂けそうなほど荒い息をなんとか整え、ようやく車内を見回したクムシルのまぶたが震える。扉を開けようとする彼女を、インソルが止める。

「義母が乗っていないんです……！」

速度を増した列車は、手綱《たづな》を放された仔馬のように力強く走っている。

「おばさん、うちの義母を見ませんでしたか？」

「おしっこがしたいと列車の下に入っていくのを見たけど……」ペクスンが自信なさげな声でつぶやく。

「どうしよう、列車の下から出られなかったんだわ！」

23

「雷が鳴っているみたいですね」

「雷が見えますか？」

「青い稲光《いなびかり》が走りました……、晴れた空から雷が落ちた日、父は田舎に帰ると言ってカミショヴァヤ川*沿いに歩いていきました。川を越えた先が父の故郷だったんです。父は戻ってこられませんでした。その年、一九二六年に国境ができたからです」

「私の父はロシアに家を建てても、咸鏡北道《ハムギョンプクト》慶興《キョンフン》の実家を恋しがっていました」

「母は十四歳で僕を産みました。そして、十六歳で未亡人になりました。見知らぬ男が道を訊いてきたり、食べるものはないかと家にやってきたりすると、母は僕を指差して言いました。『この子が私の夫です』」

「僕がよちよち歩きの頃だから、大昔のことです。母が畑で捕まえたミミズを雛鶏に投げてやりました。すると、雛鶏はくちばしでミミズをついばみ始めました。その場面を思い出すたびに僕は気持ちが悪くなり、鶏に嫌悪感を抱きました。でも、考えてみれば雛鶏は自分が食べてもいいものを食べていただけなんですよね」

「あなた、あなた……」

ターニャが声を潜めてヨセフを呼ぶ。ヨセフはありったけの力を振りしぼるように額にしわを寄せ、目を開ける。

「ああ、ターニャ……」

「あなた……、赤ちゃんの手が冷たいの。あまりに冷たくて、カエルを触っているみたい」

「ターニャ……」

「ごめんなさい、赤ちゃんの手をカエルだなんて……」

ターニャは赤ん坊を支えていた手を抜くと、自分の頬をパチパチと叩く。

「ターニャ、やめなさい！」ヨセフは組んでいた腕をほどき、ターニャの方に向き直る。閉じそうになるまぶたを無理やりこじ開け、赤ん坊の両手を自分の手で包む。ふうふうと息を吹き込む。

汽笛を二回続けて鳴らすと、列車はスピードを上げる。空中にぶら下がっていた鍋や器が互いにぶつかり、けたたましい音を立てる。それは田んぼに集まるスズメを追い払うために出す音と似ていて、ファンじいさんはフォイフォイと鳥よけの声を上げる。

赤ん坊の手に息を吹きかけていたヨセフは、こくりこくりと居眠りする。力が抜けた彼の手から赤ん坊の手が滑り落ちる。

お腹の赤ん坊の胎動に驚いて目を覚ますクムシルの目を、板切れの間から差し込む光が刺す。蜂の針に刺されたように熱く、彼女は甲高い悲鳴を上げる。

「赤ちゃんが死んでる！」

オスンがすっぽんのようにしわの寄った首に顎《あご》をうずめて素早くささやく言葉に、クムシルの目が自然と大きくなる。

「赤ちゃんが死んじゃったのよ」

彼女はその言葉を、自分のお腹の子が死んだという意味だと思い、激しく頭《かぶり》を振る。

「小さな声で話してね、お母さんはまだ赤ちゃんが死んだことに気づいてないわ」

「ほら見て、おっぱいを飲ませようとしているじゃない」

赤ん坊の口に乳首を含ませようと必死になるターニャを、ヨセフは絶望した目でただ見つめている。その顔がゆがみ、目から大粒の涙が流れ落ちる。

「赤ん坊がむずかりもせず、静かにしているからおかしいと思ったんです。まるで丸めた布団を抱いているみたいに見えたから。それでおまるを空けに行った帰りに、おくるみの中の赤ん坊の顔を覗いてみたら……、すぐに死んでいるってわかったわ」そう話す女の手にはおまるがある。

「もう手遅れですよ」

「この列車みたいに……」

「息をしなくなったら、すべてが終わりです」

「死ぬのなんて簡単よ。私たちが何も考えずに吸って吐く息ひとつにかかっているんですから」


赤ちゃんが死んだんですって……、赤ちゃんが死んだんですって……、マッチを擦る音……、赤ちゃんが死んだんですって……、時計のぜんまいを巻く音……、赤ちゃんが死んだんですって……、磁器のおまるにおしっこが落ちる音……、赤ちゃんが死んだんですって……、マッチを擦る音……。

「ママ、赤ちゃんが死んだんだって！」

「ミーチカ、口を慎みなさい！」


ターニャは赤ん坊を全身で包み込むように抱き、肩と背中を激しく震わせる。その姿は、まるで人間に子どもを奪われないように踏ん張る動物のようだ。下ろした髪が彼女の顔と首を覆う。一瞬、彼女が顔を上げる。涙が溜まり、光を受けて奇妙な光彩を放つ瞳で人々を睨む。涙とよだれに濡れた口を裂けそうなほど大きく開け、近寄る者には誰彼かまわず噛みつきそうなうなり声を上げる。肩を上下させたかと思うと、首を長く伸ばして絶叫する。

驚いた女性たちは散り散りになり、ヨセフが激しく震えるターニャの背中を撫でさする。

「死んだ赤ん坊を列車の中に置いておくことはできないわ！」

「そうね、車内に伝染病が広がったら大変よ」

「赤ん坊を列車の外に捨てましょう」

「土葬できるようにしてあげましょうよ」

「列車がいつ止まるかわからないわ」

「赤ん坊一人のために、私たち全員が死ぬわけにはいかないでしょう」

「私たちは生き残らなきゃいけないの」

「どうして私たちが生き残らなくてはいけないんです？」

「どうしてですって？」

「ええ、どうして？」

「生きているからよ」

「生きていたいじゃないですか」

24

「ろうそくを点けなきゃ……、最後の一本だけど、後生大事にしたってしかたないからね」

トゥルスクの手のひらの上で炎の花が咲く。彼女は立ち上がると、燃えるろうそくを高く持ち上げる。彼女は光を均等に分け与えるように列車の隅々を照らしてみせる。

ろうそくの光はヨセフとターニャ、赤ん坊を照らしている。ヨセフがコートの袖で両目を拭《ぬぐ》いながら立ち上がる。

「ターニャ……」

「まだ赤ちゃんに名前もつけられなかったわ」

ヨセフを横目で睨むターニャの目には、悔しさがあふれている。

「新しい土地に着いたら、そこに似合う名前をつけてあげようって約束したじゃない」

ヨセフがターニャの胸から赤ん坊を取り上げる時、クムシルは自分のお腹から子どもが取り出されるようなおぞましい恐怖と苦痛に苛《さいな》まれた。

死んだ子どもを両腕で生贄《いけにえ》のように捧げ持って立っているヨセフの影が、クムシルとインソルの間に伸びる。

赤ん坊が死んだことをはっきりさせようとでもいうように、ヨセフが列車の中を見回す。

「私の旦那は殮《ヨム》〔遺体を清め、壽衣（経帷子）を着せて布で包む儀式のこと〕ができます」オスンが言う。

「おじさん、うちの子をどうか……」

ヨセフは最後まで言えず、顔を伏せたまますすり泣く。ホ・ウジェが立ち上がると赤ん坊を受け取り、抱き上げる。

「鳥の将《まさ》に死なんとする、其の鳴くや哀し。人の将に死なんとする、其の言ふや善し*」


木綿布をきつく巻かれた赤ん坊は、再びヨセフの胸に抱かれている。貨車の中の人々の視線が、一斉にヨセフと赤ん坊に注がれる。

ヨセフが扉の方に歩いていく。扉の前に座っていたインソルとプンドが立ち上がる。

扉を開けると、雪まじりの風が車内に吹き込んでくる。雪片《せっぺん》がターニャの乱れた髪に点々と貼りつく。雪は彼女の頭をベールのように覆い、はかなくとけてしまう。ヨセフが咆哮しながら赤ん坊を列車の外に放り投げる。赤ん坊を包んだ布がほどけたかと思うと、一瞬で視界の外に消える。

永遠の眠りにつく場所は、食べものや着るものを準備することもなく、冠婚葬祭を営むこともなく、客をもてなしたり手紙をやりとりしたりすることもなく、世の無常や争いごともないところだろう。

ただ澄みきった風と明るい光、野の花があり、山鳥がいるだけで……。*

25

子どもの声、年老いた女の声、若い女の声、男の声……、あらゆる声が蜂の群れのようにファンじいさんの耳元で響く。

「ああ、わしの子孫はこんなに多いのか！」

ファンじいさんは後ろ手を組んで立ち、自らの前に広がっている畑を眺める。彼の背後にある家の庭には子どもや孫、ひ孫たちが集まり、宴会を開いている。スンデ〔豚の腸詰め〕を茹でるにおい、餅を蒸すにおい、チヂミを焼くにおい、ワラビなどのナムルを炒めるにおい……。

彼は空を見上げる。

「参ったな、長生きすると太陽が昇らない日もあるもんだ」

空に太陽が昇らないことが凶兆なのか吉兆なのかわからず、彼は首を傾げる。

彼は畑の方へと歩いていく。空をもう一度見上げてから土の上にぺたりと座り込む。その瞬間、彼の体は縮んで、歩き始める前の赤子のようになる。

彼は土がついた足指をゆっくりと動かしながら、手で土をつかむ。目の前に土を撒き散らす。土は黒く、湿っている。

彼は、自分が最も幸せな死を迎えようとしていることを悟る。名前を一人ひとり覚えていられないほど増えた子孫が庭に集まって宴会を開き、天寿を全うした自分は畑を耕しながら息を引き取るというのは、恵まれた死だ。

「地面が揺れている……」

「ママ、ぼくはどこから来たの？」

その声に、ファンじいさんは驚いて夢から覚める。最後の息を引き取ろうと彼の枕元で控えていた死も、一緒に驚いて向こうへ行ってしまった。

26

「あなた、あの女が私の赤ちゃんを盗んでいったの……、あの女が……、あの女はバラバシ川〔バラバシエフカ川〕に自分の子どもを捨てたのよ……、カエルがしつこく鳴いていると思ったら、三日三晩雨が降り続けたわ。水かさが増した川が氾濫し、川べりに植えたトウモロコシとあずまやをさらっていった。あの日、峠では雷が鳴っていた。その峠の向こうにお祖父《じい》さんとお祖母《ばあ》さんが住んでいると、父さんは姉さんたちと私に言っていたわ。実家の縁側の端からつま先立ちで眺めると手に取るように近くに見えるのに、半日も歩かなきゃならないほど遠くにある峠だった。ある日、父さんが私をその峠に連れていったの。朝ごはんを食べてすぐに家を出て、太陽が真上に昇る頃に峠に着いたわ。峠の向こうは何もない野原だった。峠の一番高いところにあったポプラの木の下で、父さんが額の汗を袖で拭《ぬぐ》いながら言ったの。『あの地平線の向こうにお祖父さんとお祖母さんが住んでいるんだ』。あの女がバラバシ川に子どもを捨てた日、畑が水に浸かっていないかと見に行った父さんは濡れねずみになって庭に戻り、母さんに言ったわ。『カンさんのところの奥さんが川の方に下りていくのを見たよ』『そうなの？　今にも赤ちゃんが産まれそうなお腹をしているのに……』。カンさんは母の遠縁で、大麻の売人をしていた。朝鮮人がロシアで育てた大麻を仕入れ、牛車に載せて国境の向こうの中国で売りさばくの。雷が鳴って、峠のポプラが真っ二つに裂けた。雨はさらに四日間降り続けてようやくやんだわ。姉さんたちと私が川辺に遊びに行くと、あの女がいたの。長い髪を下ろし、土手に立って増えた川の水を見下ろしていた。しばらくして、その女が子どもをバラバシ川に捨てたという噂が村じゅうに広まったの。村の女たちは脱穀場の前に集まってささやき合ったわ。『赤ん坊の顔が長芋《ながいも》みたいに真っ白だったのよ』『見たの？』『泣き声が聞こえたから扉を開けてみたの。へその緒を切っていた女が驚いて、羊水でびしょ濡れのチマで赤ん坊の顔を隠したのよ』『バラバシ川に捨てたらしいわ』。大麻を売りに行ったカンさんが帰ってきた日の夜、私はその女の悲鳴を聞いた。それからしばらくして、女が錯乱したという噂が流れたの……、一歳になった子が村からいなくなったのは、一年ほど経った頃だった。子どもの母親が二畝ある畑の草むしりをする間に、お乳を飲んでかごの中でぐっすり眠っていた赤ん坊がいなくなったそうなの。村の女たちは口々に言ったわ。『野良犬がくわえていったのかしら？』『かごから這い出して川に落ちたんじゃない？』と。その日、私は赤ん坊を抱いて川辺にある柳の木の下に座っているあの女を見たの。女は私を見ると、黄色い歯を見せて笑った。彼女のみずみずしい梨のような乳房がチョゴリの衽《おくみ》からはみ出していたわ。川面に伸びた枝をゆらゆらと揺らす柳の木にカラスが飛んできた……、その日から、女と赤ん坊の姿は村のどこにも見えなくなった……、あなた、あの女が私たちの赤ん坊を盗んでいったんだわ……」

27

ソドクが列車の中で座る時にずっと敷いていた毛布を両手でつかみながら苦しんでいたクムシルは、それに顔をうずめてすすり泣く。痙攣《けいれん》する目で車内を見回していたトゥルスクが立ち上がる。しびれた足をひきずりながらクムシルの背後に立つと、彼女の頭にゆるく巻かれている頭巾《ずきん》を取る。クムシルが驚いて顔を上げる。

「結った髪がすっかりほどけてるじゃないか……」

トゥルスクは、クムシルの髪についた干し草のくずを手で取り除く。

「あ、おばさん……」

列車に乗せられてから洗えなかったクムシルの髪には、虱《しらみ》の卵と虱がうようよしている。

「私の若い頃みたいに髪が多いんだねえ」

「すみません……」

トゥルスクがクムシルの後ろに座る。

「小さい頃は髪が多くて大変だったんだよ。森の中でヤマイチゴを採って食べるのを見た人は、毛むくじゃらの動物と間違えただろうね。貂《てん》の猟師だった父は、自分は弁髪《べんぱつ》にしていたくせに、あたしが髪を切るのは許さなかった。生まれてから一度も切らなかったから、十六歳になる頃には髪が膝まで伸びたよ。父は毎晩、木を削って作った櫛で髪を梳《と》かしてくれた。朝になると川から汲んできた冷たく澄んだ水であたしの顔を洗い、髪を結んでくれた……」

トゥルスクは、指でクムシルの髪を撫でる。

「おばさん……、私、心臓が破裂しそうです」

「お腹の赤ちゃんのことを考えなさい」

トゥルスクは、アナトリーが自分の髪を梳かしていた櫛でクムシルの髪を梳かし始める。

「髪の毛が黒檀《こくたん》*みたいだね……」

「おばさん、私、黒い髪の毛がいやだったんです……、自分で髪を切ってしまったこともありました。黒い色は悪いものだと思ったんです。赤いリンゴは腐れば黒くなるでしょう。花も枯れれば黒くなります。黒いカラスが鳴けば人が死ぬといいます。ロシアの女の人たちは、両親が死ぬと黒い服を着ます。死、陰、腐敗、腐った水たまり、腐った葉、カビ、影、燃えた木、燃えた家、新月の夜……」

「新月の夜があるから満月の夜があるんだよ。黒い色があるから白い色があるんだし。葉は腐れば肥料になるだろう」

「ロシアの女の人の明るい髪の色がうらやましかったんです。私は小さい頃から怖がりでした。よく泣いて、よく驚いて、よく……、母にとっては素直でおとなしい娘でした。自分でもそう思っていたんです。自分に恐ろしい部分があることに気づいたのは、十七歳になってからでした。鏡の中で、はさみで髪を切っている自分を見たんです。鏡の中の自分は、首がすっかり見えるほど髪を短く切っていました。はさみの音が、耳元でしつこい虫の羽音のように鳴り響きました。切られた髪の毛が私の足を覆いました。その日から、私はときどき自分が自分でないようで恐ろしくなることがあるんです」

「若い女の子たちはよく髪を切るじゃないか。あんたは長すぎるね。少し切った方がいい。髪があまり重いと大変だから」

「おばさん、でも私、髪を切れないんです」

「どうして?」

「夫が出稼ぎに行ってるんです」

「そうかい……、それで一緒に来られなかった?」

「夫は行商人なもので」

「やれやれ、さすらう男を夫にしたんだね」

「はい……、夫は渡り鳥みたいな人なんです。家を出て国境を越え、遠くの地に飛んでいっては戻ってきます。あの人が戻るまで、私は髪を切れません。不用意に髪を切って、よくないことでもあってはいけませんから。夫が商売に出たら、私は蟻や蜘蛛もむやみに殺しません。木の葉もちぎらず、腐った枝も折りません。悪いことは考えず、悪い心も持たないように気をつけています」

「用心するに越したことはないさ。ちょっと待って……、あたしの計算が正しければ、しあさってが新月だね。父が貂の猟師だったから、新月の夜に狩りに出ることが多くてね。日の出近くになってノロジカを背負って帰ってきたもんだよ」

「おばさん、夫と生き別れになりそうで怖いんです」

「ご主人は生きてるんだろう？」

「もちろん、あの人は生きてます」

「生きていれば会えるさ」

「生きていれば？」

「それがいつになるかはわからなくても、生きていればいつかは会えるようにできているんだよ」

「いつかは……？」クムシルは拳で胸を叩く。

「それがいつになるかはわからなくても、いつかは……」

　トゥルスクは顔を上げる。窓をふさいだトタン板の間から差す、梨の花の色をした月明かりを見つめながら、寂しげに笑う。

28

新月だ。

ファンじいさんがぱちりと目を開ける。

「知恵で大地を据えた……」


「大地は、悲しむ者を憐れに思うそうです」


「私たちのための土地があるはずです」

「土地があってこそ田植えができるんですから」

「田植えをしてこそご飯が食べられます」

「ご飯を食べてこそ恋もできます」

「お父さん、ろうそくを点けなきゃ。今夜もろうそくを点けなければ家が洞窟になってしまうわ。そうすれば煙突の中にコウモリが飛んでくるでしょう。お父さんに許しを請うために戻ってくるお兄ちゃんを、コウモリが追い出してしまうわ」

「アナトリー?」

「アナトリー、そこにいるのかい?」

「アナトリー?」

「あなた、また夢を見たわ。ロシア人の警官がやってきて、私をトラックに乗せたの。夢は死ぬまで終わらないでしょうね」

「あなた、何を探してるの?」

「ママ、ぼくはどこから来たの?」

「アナトリー?」

「自分の畑に種をまきながら白寿を迎えるのが願いだったんだ。連れ合いは狩りで捕まえたウサギを料理して、上の息子は豚小屋を手入れして、下の息子は川に鯉《こい》を釣りに行って……、わが家の屋根に鳥が飛んでくるのを見ながら……」

「お父さん、ろうそくを点けなきゃ」

「あなた……、私たちの赤ちゃんはどこに行ったのかしら? 神様はどうして赤ちゃんを私たちに授けたんでしょう。名前もつける前に連れていってしまったくせに……、あなた、私、嘘をついていたの……、後ろを振り返ったの、エゴマ畑を走る途中で後ろを向いたせいで、足をくじいて赤ちゃんを取り落とすところだったわ……、振り返らないようにしようとした……、でも、首が勝手に後ろを向いたの。私は塩柱《しおばしら》にならなかった……、『ああ、神様がよそ見をしたんだ』と思ったわ。私、あなたに訊きたかったんです。どうして振り返っちゃいけないのかって……、後ろに全部あるのに、私が愛したものが全部あるのに……、黒い犬も、リンゴの木も、スズメも、井戸も……、私は手を触れたすべてのものに愛を与えたわ。庭に転がる石にだって……」

「アナトリー?」

「息子よ、そこにいるのかい？」

「ああ、生きている間に福を！」

「糸、針、卵五個、砂糖百グラム、せっけん一個、割れてない皿……」

「あなた、何を探してるの？」

「ママ、ぼくたちは流浪の民になるの？」

「おじさん、歌を歌ってもらえませんか。お腹の赤ちゃんに聞こえるように、歌を歌ってくださ い」

「あなた、歌を歌って」

世界の万物は回りまわって、休みなく回り続けます。

これですべておしまいだと思ったけれど、まだまだですね。

回っても回っても、皆目終わりがありません。

万物の中の一人であるあなたにお尋ねします。あなたはどこに戻ろうとしているのですか。*

第三部

29

地面の上へと根が伸びるように、クムシルの体が持ち上げられる。彼女は静かに燃えさかるろうそくの炎を諦《あきら》めの目で見つめ、自分が住む穴ぐらの中を見回す。昨冬、彼女は穴を掘り、葦《よし》で編んだむしろをその上にかぶせて穴ぐらを作った。家が完成した時には、六本の指の爪がはがれていた。平坦にならした土の上に並ぶ器——錆びてへこんだブリキのやかん、ブリキの鍋、木のおたま、灯油が一滴も残っていないランプ、ブリキの箱、葦で編んだかご、刃が錆びて曲がった包丁。

彼女は真鍮の箸と匙《さじ》が入った食器をじっと見下ろす。空であることを知っていても、しきりに視線が向かう。ふちがゆがみ、あちこち傷があるブリキの食器は洗ったようにきれいだ。

野原から聞こえてくるジャッカルの鳴き声に、彼女の体はひとりでに縮こまる。この春、彼女は村の子どもがジャッカルに嚙まれたという話を聞いた。野原に吹く風の音は、麦を刈り取る鎌の音のようだ。葦で編んだ扉が揺れる。眠りから覚めた赤ん坊がむずかる。彼女は赤ん坊を胸に抱き、チョゴリの衽《おくみ》をほどく。お乳は干上がって一滴も出ない。お腹をすかせた赤ん坊は、乳房をまるごと吸い込むかのように強く乳首を吸う。彼女はヒキガエルほどの大きさの麦パン一つで三日間を耐えしのいだ。かさ増ししようと、小さくちぎって野原で摘んだ野草と一緒にお粥にして食べた。ネズミが食いちぎったようにギザギザして固い野草には、タンポポのように黄色い花がついていた。咲く前から強い日差しと乾いた砂風に痛めつけられた花は、若年寄のように疲れて悲しそうに見えた。彼女は花を取って根っこと葉っぱだけを洗い、お粥に入れた。薬草の多くがそうであるように、草には苦味があった。

クムシルは赤ん坊の額に口を寄せてささやく。「私の赤ちゃんが一生お腹いっぱい食べて暮らせますように……」

昨年の秋にピェルヴァヤ・レーチカ駅を出発した列車は、冬になって最終目的地に到着した。列車から降りたクムシルの目に入ったものは、あられに覆われた丘と枯れた葦だけだった。彼女は待っていた数十台のトラックが、列車から降りた朝鮮人たちを乗せて四方に散っていった。彼女は父父親とオルガには結局会えずじまいだった。彼女が混乱の中で乗り込んだトラックには、ファンじいさんの一家が乗っていた。トラックは太陽を背に、木の一本も見えない砂地を走っていった。砂風の中に人々を降ろすと、慌ただしく走り去った。何もかも準備されているという話は嘘だった。そこには家も、家畜も、農機具もなかった。「あたしたちを殺すために砂地に連れてきたのか！」トゥルスクは、へたり込んで痛哭《つうこく》した。自分が捨てられた土地が、飢饉と伝染病で数百人が死んだ場所だということ、コルホーズに反対していた農民たちが、自らが育てた家畜を無慈悲に屠《ほふ》った場所だということを、クムシルは翌年の春になって初めて知った。

現地の女性からもらった山羊のミルクとパンがなければ、彼女とお腹の赤ん坊は餓死していただろう。彼女が黄色く燃え上がる太陽の下で飢え死にしかけていた時、丘の上に一人の女が現れた。黒い布で顔を覆った女は、幼いロバを引いて彼女のそばに寄ってきた。体にも黒い布を巻きつけた女は、痩せこけて燃え尽きた木のようだった。女は蜂の針のような目つきで彼女を見下ろし、ロシア語で尋ねた。

「おまえはどんな罪を犯して砂漠に捨てられたんだ？」

舌がカタツムリの殻のように巻き込まれ、彼女は口を何度もぱくぱくさせた後でようやく声を出すことができた。

「ええ、罪を犯しました……」

クムシルは自分が朝鮮語とロシア語のどちらで話しているのかもわからないほど、意識が混濁していた。

「人でも殺したのか？」

「いいえ……」

「人の家の牛でも盗んだ？」

「いいえ……」

女は空を見上げた。鷹《たか》のように大きな鳥が、地面を見渡しながら悠々と飛んでいった。

「不正を働いたのか？」

彼女は首を横に振った。

「それなら、どんな罪を犯したんだろうね？」女はロバの頭を撫でながら、クムシルではなく自らに問うた。

「温かいうちに食べなさい」

女は山羊のミルクが入った器と、毛布にくるんだパンを彼女の前に置いて立ち去った。女がロバとともに丘の向こうに消えてから、クムシルはようやく自分が犯した罪が何であるかを悟った。ターニャの死んだ子どもが走る列車の外に放り投げられる時、彼女は自分のお腹の赤ん坊が生きていることに安堵したのだった。

山羊のミルクとパンを食べ、かろうじて気力を取り戻したクムシルは、葦原の中で出産した。べたべたとした酸っぱい羊水のにおいが葦原に広がる頃、空に夕焼けがにじんだ。


ヨセフ夫妻は、クムシルの穴ぐらの家から五里ほど離れたところに別の穴を掘って暮らしていた。クムシルは五日前に赤ん坊を背負って村に物乞いをしに行ったところ、偶然ヨセフに会った。縮れ毛が首を覆うほど伸び、山羊を連想させる彼は、ごみの山を注意深く漁っていた。卵の殻、腐った生ごみ、髪の毛のかたまり、ろうそくの燃え残り、割れたガラス瓶の破片などが混じったごみの山からジャガイモの皮を拾い上げ、生地がすり切れて毛羽立《けばだ》ったズボンのポケットの中に入れるのを、彼女はじっと見守った。彼は首をねじるように曲げて空を見上げた後、食肉処理場の方にのろのろと歩いていった。あまりに歩みがのろいので、柏の樹皮のようになった靴がぶら下がっている足で地面をまるごとひきずりながら歩いているようだった。食肉処理場の前で再会した彼に、彼女は朝鮮語で尋ねた。

「奥さんはお元気ですか?」

彼が首を傾げるので、彼女はロシア語で訊き直した。

「ターニャですよ。彼女はどうしていますか?」

「ターニャはまた身ごもりました」

彼はロシア語ではなく朝鮮語で答え、クムシルの背中に顔をうずめて眠っている赤ん坊を見つめた。

「ええ、彼女はまた身ごもったんです」。彼はロシア語でつぶやくと、家畜を屠る時に浴びた血でまだら模様になった木の柵に目をやった。庭に生えた雑草は家畜の血をかぶり、花を装っていた。黒い種をびっしりとつけたひまわりが、柵の端に茎を曲げて立っていた。

「聞きましたか? ファンじいさんが、ラクダの乳を飲んだ後にお腹を壊して亡くなったそうですよ」ヨセフはロシア語と朝鮮語を混ぜこぜで話した。

「地元の人にもらった馬の乳を飲んで亡くなった男の人もいました」

「人間がどうしてラクダの乳まで奪って飲まなくちゃならないんでしょう?」

「飢え死にしないようにですよ」

「三十人は亡くなったそうです」

捨てられた土地で最初の冬を過ごす間、人々は餓死したり凍死したりした。柱時計を背中にこぶのようにくくりつけていた男は、この春に毒蛇《どくじゃ》に嚙まれて死んだ。柱時計は、ひとり残された妻の背中にくくりつけられている。

「奥さんがまたお子さんを授かって本当によかったです……、神様が彼女に子どもを授けてくださったのは、ここが子どもたちを育てることができる土地だからでしょう……」

「不毛のこの地で、数千年にわたって代々生きてきた人たちがいますからね」ヨセフは苦笑いすると、彼女に背を向けた。

彼のズボンのポケットの外に飛び出したジャガイモの皮に視線を向けながら、彼女は考えた。

〝今夜はジャガイモの皮でスープを作って奥さんに飲ませてあげるのね〟

いらだちを募らせた赤ん坊が猛烈な勢いで乳首に嚙みつくが、お乳は一滴も出ない。クムシルは明日、赤ん坊を背負って村に物乞いに出るつもりだ。

葦で編んだ扉が開くと、黒く大きな影が入ってくる。ろうそくが不安げに揺れる。

「……あ、あなたなの？」

「僕を覚えてますか？」

あの男だ。彼女は葦原で最後に彼に会った。その時、彼女の胸には葦原で産んだ子どもが抱かれていた。

彼女は、赤ん坊に含ませていた乳房を出したままインソルを睨みつける。

「僕は独り身です。妻も、子どももいません」

彼女はようやく襟を合わせて胸を隠す。

「でも、私には夫がいます」

「鴨を持ってきました」

インソルは、手に持ったざるを地面に音を立てて下ろす。お乳を一滴も飲めなかった赤ん坊が、足をばたつかせてむずかる。

「村の男たちに追われる朝鮮人の男を見ました。逃げていた男は、種まきが終わったトウモロコシ畑で男たちに捕まり、血だらけになるまで殴られました。山羊を盗んだそうです。彼には子どもが四人もいました。その人がどれほど優しいか、私は誰よりもよく知っています。この家の葺の屋根も彼が編んでくれたものです」

「僕はその鴨を、正当な方法で手に入れました」

「空にお月様は出ていますか?」

インソルは首を振る。彼のコートから何かが落ち、彼女の足元まで転がってくる。牡牛《おうし》の目玉ほどもある金色のボタンだ。彼女は手を伸ばしてボタンを拾い上げる。

「コートを脱いでください。針と糸がありますから、取れたボタンをつけてあげましょう」

インソルはコートを脱ぐ。ためらった後、それを狩りで捕まえた獣でもあるかのようにクムシルの前にどさりと置いた。

註

第一部

013 **ピェルヴァヤ・レーチカ駅**……シベリア鉄道の終着ウラジオストク駅の手前にある、大きな貨物操車場を備えた駅。ウラジオストク市内にある。一九三七年、市内の新韓村《シンハンチョン》（☞016）に住んでいた朝鮮半島出身者（韓人）が強制移住を命じられて出発した駅。

015 **アムール湾**……ウラジオストクの街の西に位置する湾。日本海最大の湾であるピョートル大帝湾の中央にウラジオストクがあるムラヴィヨフ半島が突き出していて、その西側がアムール湾、東側がウスリー湾。

016 **新韓村《シンハンチョン》**……十九世紀後半から二十世紀前半にかけて、飢饉や貧困あるいは日本の植民地政策から逃れるため、朝鮮半島から多くの人々がロシア沿海州へと渡った。移住者は一九二七年時点で十七万人にのぼり、ウラジオストクをはじめ各地に新韓村と呼ぶ朝鮮人（韓人）集落を形成した。これら沿海州にルーツをもち、旧ソ連地域に居住する人々のことをさして、現在では「高麗人（コリョイン）」「高麗の人（コリョサラム）」と自称／他称されている。

016 **高麗《コリョ》師範大学**……一九三一年にウラジオストクに設立された韓人向けの大学。韓人に高等教育を提供するために基金を集めて設立された。

016 **スターリンクラブ**……韓人たちの集会場所。

017 **蚤《のみ》の歌**……ロシアの作曲家モデスト・ムソルグスキーが一八七九年に作曲した歌曲。詞は、ゲーテの『ファウスト』をアレクサンドル・ストルゴフシチコフがロシア語訳したもの。詞の日本語訳にあたっては堀内敬三訳ほかを参照した。

017 **チタ**……東シベリア南部の都市。旧チタ州の州都で、現在のザバイカリエ地方の首府。ロシア革命後、シベリアに出兵した日本軍が一九一八年九月にチタを占領したが、翌一九二〇年十月に再び赤軍が制圧し、極東共和国（☞080）に組み込まれた。

024 **ロト**……旧約聖書「創世記」の登場人物。ロトと家族は神に救われるが、ソドムから逃げる途中に振り返るなと神に言われたにもかかわらず、ロトの妻は振り返ったために塩柱《しおばしら》にされてしまう。

026 **苦木《にがき》**……ニガキ科の落葉小高木。強い苦味を持ち、幹から樹皮を取り除いて乾燥させたものは生薬として使われる。

028 **十月革命**……一九一七年十一月（ロシア暦十月）、レーニン、トロツキーらボリシェビキの指導で、ロシアの首都ペトログラード（後のレニングラード、現サンクトペテルブルク）で起きた労働者や兵士らによる武装蜂起を発端として始まった革命運動。同年の二月革命により帝政が崩壊した後、臨時政府とボリシェビキの抗争が続いていたが、十一月にボリシェビキは市内を鎮圧、占拠して臨時政府を打倒し、世界初の社会主義政権を樹立した。

033 **白軍**……ロシア革命期において、革命勢力の赤軍に対抗する勢力を反革命の白軍と総称した。

034 **千字文**《せんじもん》……中国・梁《りょう》に仕えた文官の周興嗣《しゅうこうし》（四七〇—五二一）の撰になる、四言古詩二百五十句一千字の韻文。文字習得のための教材として使われた。千の文字が一字たりとも重複していない。

034 **明心宝鑑**《めいしんほうかん》……中国・明代の十四世紀に編まれた箴言集。孔子・孟子・老子・荘子など、先賢の金言・名句を集めて編まれた。

036 **ジェピゴウ**……ウスリースク南西部に形成された韓人居住地域。

037 **ロシア内戦**……一九一七年の十月革命後にボリシェビキ政権が成立し、帝政ロシアは崩壊したが、その後も反ボリシェビキ運動が各地で活発化した。内戦の多くは一九二〇年までに終結したが、一九二二年に至るまで大規模な反乱や蜂起が散発。沿海州における白軍政権の崩壊をもって内戦は終結した。

037 **両班**《ヤンバン》……高麗および李氏朝鮮時代の特権的な官僚階級、身分。王族以外の身分階級の最上位に位置して官位、官職を独占世襲し、兵役や賦役免除などの特権をもち、封建的土地所有のもとで常民、奴婢を支配した。

039 **コムソモール**（共産主義青年同盟）……全ソ連邦レーニン共産主義青年同盟。ソ連における共産党の青年組織として十代から二十代の男女で構成され、加入にあたっては厳密な審査が行われた。

045 **「空と大地が冬の寒さに凍てつき…」**……李氏朝鮮の文人、鄭澈《チョンチョル》（一五三六—一五九三）の詩賦「思美人曲」を著者が脚色した上で引用した。

049 **間島**《カンド》……中朝国境の豆満江《トゥマンガン》（☞079）を挟んで朝鮮半島と接する、現在の中国吉林省東部地域を指して、朝鮮側の人々が名づけた呼称。現在の中国吉林省延辺《えんぺん》朝鮮族自治州にほぼ相当し、「北間島《プッカンド》」（☞051）とも称される。清朝は長年、この地を含む満州地域への他民族の出入りを禁止する「封禁」政策をとってきたため、無人地帯と化していたが、十九世紀後半より飢饉等をきっかけに豆満江を越えて間島へ移住し定住する朝鮮農民の数が急激に増えた。一九一〇年の日韓併合時点で間島居住の朝鮮人は十万人を超えていたが、併合後の朝鮮からの農業移民の数はさらに増加し、一九三〇年時点の在間島朝鮮人居住者数は四十万人近くに迫ったとみられる。東部はロシア沿海州に近く、朝鮮移民同士の交流や人の行き来があった。

051 **開拓里**《ケチョクリ》……一八七四年、ウラジオストク港周辺に定着した韓人らが初めて形成した集落。一九一一年に形成された新韓村と区別し、この初期の韓人村を旧開拓里、新韓村を新開拓里とも呼んだ。

051 **尺**……大韓帝国時代の一九〇二年、メートル法との対応で周尺一尺を二十センチメートルと定められたが、一九〇九年に日本式の度量衡法が導入され、一尺約三十・三センチになった。

051 **北間島**《プッカンド》……朝鮮半島からの移民が増えるにしたがい、彼らが呼称する「間島《カンド》」の範囲も広がっていき、広義においては、白頭山《ペクトゥサン》(長白山)を挟んで西側の鴨緑江《アムノッカン》上流北方地域を「西間島《ソカンド》」、豆満江《トゥマンガン》北方地域を「北間島」と呼ぶようになった。狭義の「間島」は「北間島」を指す。

051 **ツァーリ政府**……帝政ロシア政府。ツァーリは、ロシア皇帝の公式の称号。

052 **ラズドリナヤ川**(綏芬河[すいふんが])……中国黒龍江省東南部、吉林省東部を水源に東へ流れ、ロシアのウスリースク近辺で南下し、日本海のピョートル大帝湾のアムール湾側に注ぐ川。全長二百四十二キロメートルのうち百九十一キロがロシア側にある。

053 **ウスリースク**……ウラジオストクの百キロメートルほど北にある、沿海州南部の都市。

053 **プチローフカ**……ラズドリナヤ川下流域に形成された韓人村。朝鮮語では六城村。一八八二年の記録によると、韓人世帯数は二百七十四戸、居住人数は二八二七人。

053 **クロウノフカ**……一八六九年に形成された韓人村。一八八二年の韓人世帯数は二百二十九戸、居住人数は一五六七人。当時の韓人たちは黄溝と呼んでいた。

062 **ギムナージヤ**……ロシアの中等教育機関。ヨーロッパのギムナジウムに相当し、専門性の高い特別校。

063 **全州**《チョンジュ》**李**《イ》**氏**……朝鮮の氏族の一つ。本貫(祖先発祥の地)が現在の韓国・全羅北道《チョルラプクト》全州市である李氏。十四世紀に李氏朝鮮を建国した李成桂《イソンゲ》を輩出した。

064 **松田関**《ソルバッグアン》……一九二〇年に沿海州で結成された韓人らによる共産主義団体。傘下の「ウリ同務軍」は、韓人農村地帯を拠点に抗日地下運動や遊撃闘争を展開した。

066 **金角湾**……ウラジオストクの街中にある入り江。ムラヴィヨフ半島の先端に角状に細長く切れ込んでいる。波から守られた天然の良港で、十九世紀には軍港が造られ、ウラジオストク駅も金角湾に面した位置にある。

074 **ラズドリノエ**……ウスリースクの南に位置し、ラズドリナヤ川沿いにある村。

074 **羅津《ラジン》**……現在の北朝鮮北東部、羅先《ラソン》特別市。

074 **ポシェト**……ロシア沿海州南西部、現北朝鮮および中国国境に近いハサンスキー地区に位置するポシェト湾の港町。

075 **里**……朝鮮尺で一里は約四百メートル。大韓帝国時代に約四百二十メートルと定められたが、一九〇九年に日本の尺貫法に基づく新しい度量衡法が制定された際に、日本の一里を朝鮮の十里としたもの。

077 **呉江土城《オガントソン》**……長城里《チャンソンリ》土城とも呼ばれる。

079 **地新墟《チシンホ》**……ポシェト周辺に位置し、記録上ではロシア沿海州に最初に形成された韓人村。ロシア語地名はビノグラドノエ。ロシアの公式記録上、一八六三年に初めて同地に確認された韓人世帯十三戸を皮切りに、ロシアに移住する韓人が増加していった。

079 **高宗《コジョン》**(一八五二—一九一九)……李氏朝鮮の第二十六代国王(在位一八六三—一八九七年)。一八九七年に国号を大韓帝国と改め、初代皇帝となる。一九〇七年にオランダのハーグで開かれた第二回万国平和会議に三人の密使を送り、大日本帝国に奪われた外交権の回復を西欧社会に訴えようとしたハーグ密使事件を起こし、韓国統監の伊藤博文に退位させられ、結果、一九一〇年の日韓併合に至る。一九一九年一月の死去に際し、日本人による毒殺説が唱えられ、一か月後に三・一独立運動が起こる契機となった。

079 **豆満江《トゥマンガン》**……中朝国境の白頭山《ペクトゥサン》(長白山)に源を発し、国境地帯を東へ流れ日本海に注ぐ、全長およそ五百キロメートルの国際河川。中国では図們江《ともんこう》と表記される。同じく白頭山を源流とし、中朝国境を西方へ流れる鴨緑江《アムノッカン》は全長八百キロメートル近くに及び、黄海に注ぐ。

080 **日本軍のシベリア出兵と撤退**……一九一八年、日・米・英・仏がロシア革命に干渉するため、チェコスロバキア軍捕虜救援の名目でシベリアに出兵。米・英・仏が撤兵した後も日本軍は駐留を続けたが、一九二二年に撤兵した。

080 **極東共和国**……一九二〇年三月、ソ連が日本のシベリア出兵に対峙すべく建国し、一九二二年十一月まで存在した傀儡国家。

081 **コルホーズ**……ソビエト連邦の集団農場。協同組合形式によって生産手段を組合が所有して大農経営を行い、国営農場のソフホーズとともに社会主義農業経営の基本形態とされた。

091 元戸《ウォンホ》……十九世紀末、ロシア極東地域でロシアの臣民証を取得して暮らしていた韓人。

099 デシャチーナ……かつてロシア等で用いられていた面積の単位。一デシャチーナは一・〇九二五ヘクタール。

104 虚事歌……慶尚北道《キョンサンブクト》の青松《チョンソン》郡に伝わる、人生の虚しさについて歌った歌。

106 人頭税《じんとうぜい》……年齢や性別、納税能力を問わず、各個人に均等に課せられる税金。

109 韓人社会党……朝鮮独立運動、社会主義運動の指導者、李東輝《イドンフィ》（一八七二―一九三五）が一九一八年にハバロフスクで結成した社会主義団体。一九二一年に高麗共産党となった。

109 四月惨変……一九二〇年四月、米軍がウラジオストクから撤退した直後に日本軍は沿海州政府軍と革命軍に武装解除を命じ、多数のパルチザン将兵と民間人を逮捕した。この過程で日本軍は沿海州一帯の韓人集落も襲撃し、無差別に殺傷・破壊行為を行ったとされる。

110 アルダン金鉱……アルダンはシベリアの町で、鉱山開発に伴い一九二〇年代に誕生した。ソ連時代はヤクート自治共和国、現在はロシア連邦に属するサハ共和国の南部にある都市。金鉱を主産業とし、大規模な露天掘りが行われている。

110 スヴェトリー金鉱……スヴェトリーはバイカル湖の東に位置する村。旧チタ州、現ザバイカリエ地方。一九一〇年代から本格的な鉱山開発が始まり、多くの鉱山労働者が暮らした。

124 スーチャン……現パルチザンスク。ナホトカの北東に位置し、ウラジオストクから東へ百七十キロメートルのところにある沿海州の町。

126 「あなたがたの地の実りを…」……旧約聖書「レビ記」十九章。

150 「人生はリスが回し車を回すようなもの」……単調なことを繰り返すという意味の朝鮮のことわざ。

163 赤いネッカチーフを巻いた少年……旧ソ連と旧共産圏諸国におけるボーイスカウト組織「ピオネール」の少年少女のメンバーは、赤いネッカチーフを首に巻いていた。

164 ミソサザイ……スズメ目の小さな鳥で、成鳥で全長十センチメートル程度しかない。

164 「神は命じられる…」……旧約聖書「ヨブ記」三十七章。

164 「これは何者か」……旧約聖書「ヨブ記」三十八章。

164 「わたしが大地を据えたとき…」……旧約聖書「ヨブ記」三十八章。

168 歩……一歩は約一・八メートル。もともと朝鮮の一歩は約一・二メートルだったが、一九〇九年に日本の尺貫法に基づき改められた。

第二部

171 セミョノフスキー魚市場……ウラジオストクの豪商、セミョノフスキーの名前を冠したセミョノフスキー湾にあった大きな魚市場。韓人の船着場があった。

173 都承旨《トスンジ》……李氏朝鮮時代に王命の伝達と臣下の上奏の取り次ぎを行った官庁である承政院《スンジョンウォン》の首席官職。

173 東海《トンヘ》……日本海。

174 貂《てん》……イタチ科の哺乳類。

174 弁髪《べんぱつ》(辮髪)……北方アジア諸民族の間で行われた男子の髪形。民族や時代による違いはあるが、頭髪を剃り上げ、中央に残した髪を伸ばして三つ編みにし、後ろに垂らす。清朝は漢民族にこれを強制した。

175 ツカノボ……ハサンスキー地区にあった代表的な韓人村。燕雛《ヨンチュ》という地名で呼ばれた。

175 元戸《ウォンホ》……第一部で既出(☞091)。

176 韓人新報……一九一七年七月、ウラジオストクで創刊された韓人向け新聞。

196 グロデコヴォ……ウスリースクの北西百キロメートルに位置し、中国黒龍江省の綏芬河《すいふんが》市と国境を接する。韓人が稲作をして暮らしていた。

196 余戸《ヨホ》……十九世紀末、ロシア極東地域でロシアの臣民証を取得せずに暮らしていた韓人。これに対し、既出の「元戸《ウォンホ》」は臣民証を取得していた韓人。

197 「二人と犬一匹が通るのを見た…」……抗日運動家の李《イ》仁燮《インソプ》(一八八八―一九八二)の自叙伝『亡命者の手記』からの引用。

197 中東鉄路(東清鉄道)……ロシアが敷設権を得て中国の満州地域に建設した鉄道。ロシア国境の綏芬河《すいふんが》からハルビンを経て、再びロシア国境の満洲里へ東西を結ぶ本線と、ハルビンから南下して長春、大連、旅順へと至る支線からなる。十九世紀末から二十世紀初頭に建設されたが、日露戦争でロシアが敗北したことで、ポーツマス条約により支線の長春以南は日本に譲渡されて南満州鉄道となった。

198　三綱五倫《さんこうごりん》……儒教の道徳思想をなす、基本となる三つの規範と守るべき五つの道理。

201　身施《しんせ》……仏教の「無財の七施」のうちの一つ。自分の身体を用いて奉仕をすること。

205　バラバシェフカ川……ロシア沿海州南西部、中国および現北朝鮮に隣接するハサンスキー地区に流れる川。

212　「無併合、無賠償、民族自決権…」……十月革命成功翌日の一九一七年十一月八日、第二回全ロシア・ソビエト大会においてレーニンが演説し、採択された「平和に関する布告」。第一次世界大戦の全交戦国に即時講和を提案したもので、ボリシェビキ政権初の対外政策となった。ジョン・リード『世界をゆるがした十日間』に所収。

224　バラバシ……ウラジオストクの南西百六十二キロメートル、ハサンスキー地区に位置する韓人村。バラバシェフカ川中流域にある。

224　アディミ……一八七二年にハサンスキー地区のポシェト地域に移住した韓人が作った、アディミ川沿いにある韓人村。

241　猩紅熱《しょうこうねつ》……溶連菌感染症。

254　カミショヴァヤ川……中ロ国境の山岳地帯を源流とし、ハサンスキー地区の町カミショヴァヤを通る川。国境を越えた先は中国の現延辺朝鮮族自治州の琿春。旧名はパティイェ川で、韓人らが川辺にパティシという村を形成して暮らした。

260　「鳥の将に死なんとする…」……『論語』泰伯篇。

261　「永遠の眠りにつく場所は…」……李氏朝鮮の学者、李《イ》用休《ヨンヒュ》(一七〇八―一七八二)の祭文(亡くなった人を弔うことば)より。

268　黒檀《こくたん》……カキノキ科の常緑高木。黒色で堅く光沢があり、家具や仏壇などに珍重される。

275　「万物の中の一人であるあなた…」……李氏朝鮮の儒学者、徐慶徳《ソギョンドク》(一四八九―一五四六)の漢詩「有物吟」を著者が一部変更して引用した。

日本語版解説

旅人は「問いの書」を手に

姜信子

旅の空の下、足をとめて私がこうして語りはじめた今日は、二〇二二年四月二十四日です。

プーチンのロシア軍のウクライナ侵攻前後に、ロシアによって「難民保護」の名目でウクライナ東部二州の住民約九万五千人がシベリアやサハリンに強制移送されたらしい、というニュースを初めて耳にしたのは一か月ほども前のこと。まさか、ウクライナの人々も、一九三七年秋に沿海州から中央アジアに〝運搬〟された二十万人近い朝鮮人のように着の身着のまま、ほとんど光の差さない貨車にモノやケモノのように詰め込まれて載せられていったのでしょうか。そんな問いが震えとともに体の芯から滲み出てきます。少なくとも〝彼ら〟にとっては、人間はモノや数字でしかないはず。

旅する私は『さすらう地』と題された一冊の「旅の書」を手にしています。一九三七年秋の強制移送の貨車の中から生まれた書です。それは「問いの書」と言ってもいい。問いかける声が渦巻いている。たとえば、小さなミーチカのこんな問い。

「**ママ、ぼくも人間なの？**」（以下、太字は『さすらう地』からの声）

思わずこぼれでたこの問いに答える言葉を、おそらくこの世界はいまだに持っていない。

分別のある大人ならば、何かを恐れてけっして口にはしない素朴で根源的な問いを、小さなミーチカは恐れを知らずに口にします。

「**ママ、ぼくたち〝るろうのたみ〟になるの？**」

そうだよ、私たちは今も昔も、一番信じちゃいけない連中を繰り返し信じては、繰り返し〝流浪の民〟になるんだろうね。ミーチカに苦い声でそう答える私がいます。

もちろん、問いを突きつけてくるのは、小さなミーチカだけではない。

沿海州の朝鮮人たちが、命のほかはほとんどすべてをあとに残して、ごっそり積み込まれた貨車。命そのものがむき出しの状態の人間たちのあらゆる臭いが立ちこめている。そんな闇の世界から次から次へと問いがやってくるんです。

「**ここはどこです？**」(私もわかりません)

「**スターリンはいったい、われわれ朝鮮人にどうしてこんなにむごい仕打ちをするんでしょうか？**」(彼らはいったい、あらゆる命にどうしてこんなにむごい仕打ちをするんでしょうか？)

「**あなたはどうして腹を立てないんです？**」(……)

「**だから、そこはどこなんだ！**」(だから、わからないんですよ！)

さすらう地。さすらう闇。さすらう人々。そこから漏れ出る、その多くは誰が発したのかもわからない闇の中の問いに耳を澄ませるうちに、やがていやでも気がつきます。これは彼らだけの問いではない。生きがたいこの世に生きるわれらの問いでもある。この物語は、この世界を彷徨《さまよ》い生きるすべての者の物語なのだ、と。

そのことに気づいてしまうことは、とても恐ろしい。私たちは本当のことを見聞きすることにまったく慣れていませんから。むしろ感覚を麻痺させることに長けていますから。

「**自分がずっと泣いていることに、母だけが気づかなかったんです**」

(いいえ、あなたも私も、自分がずっと泣いていることにきっと気づいていない)

もう二十二年も前のことになります。

二〇〇〇年夏に私は初めて中央アジアの朝鮮人（高麗人（コリョイン／コリョサラム）と彼らは自称／他称する）を訪ねて、旅をしました。それからさらに極東へ、南ロシアへ、高麗人が中央アジアをあとにして流れていった地へと旅を重ねました。

ねえ、あなたの話を聞かせて。

私は、出会う人ごとにこんなお願いをしたものです。

「昔、遠東《ウォンドン》に住んでいた頃には、旅芸人がやってきては面白い物語を語って聞かせてくれたもんだよ」（高麗人は沿海州を遠東と呼ぶ）

「一九三七年十月、カザフスタンの荒野に放り出されたあの日、私たちは、真ん中に子どもと老人、そのまわりに女たち、そして最後に男たちが包み込むようにして覆いかぶさり、人間の山を作って、厳しい夜の寒さに耐えた。翌朝、カザフ人が荒野に突然現れた人間の山にひどく驚いていたけれど、彼らが私たちを助けてくれた」

「カザフスタンの荒野は塩をふいていた」

「あとから追放されてきたクルド人、チェチェン人を高麗人は受け入れて助けた。だから彼らは朝鮮の言葉を覚えたし、朝鮮の食べ物も食べるようになった。民族間の諍いもあったけれど」

「ウズベキスタンに追放されてきたリトアニアのユダヤ人が、ぼくらの音楽の先生になった」

「故郷？　見も知らぬ朝鮮が故郷のわけがないだろう。生まれたこの地が私の故郷だ」

「私の父は朝鮮の義賊洪吉童《ホンギルトン》の物語のように、みんなが幸せな夢の国をめざして朝鮮をあとにした」

「われら高麗人は一代ごとにくるくると生きる場所が変わるんだ」

そう語って聞かせてくれた彼らの声の中には、あのファンじいさんが朝鮮から沿海州に流れてきてからの暮らしを語る声も確かに溶け込んでいます。

「わしはたったひとつだけ祈った……飢えることのないようにしてくれと……」

「山にも慣れず、水も合わず、言葉も通じず、物乞いをするしかなかった」

じいさんの言葉に、高麗人が遠東でも中央アジアでも歌いつづけて、一九九七年には強制移住六十周年記念式典の主題曲にもなった「故国山川《コグクサンチョン》」の調べを私は思い起こします。旋律は日本の「美しき天然」（作曲：佐世保軍楽隊隊長 田中穂積、一九〇二年）、歌詞は朝鮮の言葉。日本生まれのこの調べは朝鮮に渡り、朝鮮を出てゆく者たちと共に旅をして、高麗人と同じように一代ごとに故郷を変えてきた。歌は歌う者が主だから、歌う者と共にさすらう。

故国山川をあとに　数千里の他郷
山にも慣れず、水も合わない他郷に、身を置いて
思うは故郷のことばかり、思い出されるのはただ懐かしい友のこと

高麗人を追って旧ソ連の地をゆく私は、高麗人と共に旧ソ連の大地に生きてきた者たちの声に耳を澄ませもしました。

「まさか、同じソ連市民だった私たちをロシア軍が殺しにやってくるとは思いもしませんでした」

カザフスタンで出会ったチェチェン人の声です。

「国家は飢えた人たちから手を引いてしまったのです」

ええ、これは一九三二〜三三年のウクライナの大飢饉の話です。ワシーリー・グロスマンの『万物は流転する』(齋藤紘一訳、みすず書房)から放たれた声です。膨大な数の「富農《クラーク》＝人民の敵」がシベリアに追放され、土地が取り上げられ、集団農場化された農民は、計画経済の数字合わせのために収穫物も種籾もすべて奪われて、四百万人が餓死したと言われるウクライナの話です。計画通りの収穫ができないとすれば、それは怠惰な「人民の敵」のせいなのだ、計画こそが数字こそが現実なのだとされた世界で、農民は村ごと飢えて死に絶えてゆく。生きのびようと死者を食べ、子を食べる者もいた。立ち上がる力もなく獣のように四つん這いになって、飢えた農民を外の世界と遮断するために置かれた検問を避けて野山を這いずり、キエフ(キーウ)にたどり着く者もいた。なのに、都市の民衆は足もとをノロノロと這っていく瀕死の人間に救いの手を差し伸べはしない、「人民の敵」を救ってはならない、収穫高が計画通りにならないのは「人民の敵」のせいであって、国家指導者の責任ではない。そうして一万人に一人の幸運で、生きて都市まで這いずっていった者もまた死んでゆく。恐ろしい話です。全住民が餓死したウクライナの農村地帯では、死体を片付けても、家の床を洗っても、壁を塗り替えても、死臭がずっと消えなかったんです。帝政時代ですら、こんなことは起きなかった。

「**ああ、レーニンは土地を知らないんだなあと……、土地を公平に分けるのは不可能だよ**」

(あのね、土地を知らぬ者は、命を育むということを知らない者なんですよ。スターリンもそうだった。この世の真ん中を占める者たちはたいていそうですね)

もっともらしい理念を掲げて、土地のことも農業のことも命のことも知らない者たちが立案した机上の計画と数字がもたらした災厄は、同じ時期にカザフスタンでも起きていました。カザフスタンでは百五十万人が飢餓と伝染病で死に、三十万人がソ連から逃げ出し、人口は半減した。

それから一九三七年までほんの数年です。本当に恐ろしい。

カザフスタンには、一九三七年の朝鮮人をはじめとして、チェチェン人、イングーシ人、クルド人、カラチャイ人、カルムイク人、ボルガ・ドイツ人、メスヘティア・トルコ人、クリミア・タタール人、バルカル人等々……、一九四四年までに十七の少数民族が追放されてきます。次から次へと、命をつなぐすべが何もない荒野に放り出される。

あらためて、いま考えています。なぜ、朝鮮人は中央アジア、カザフスタンに強制移住させられたのか。

たとえばウクライナやカザフスタンを襲った災厄から読みとるべきは、カザフスタンでは激減した労働人口を補う必要があったのだ、とりわけ朝鮮人の農業技術が必要とされたのだ、などという強制移住を納得するための合理的な理由ではなく、国家は「命」をどう扱うのか、という一点に尽きるのではないかと私は思っています。

国家というものは、その中心に権力がある限り、その権力を握るのが人間である限り、それはおのずと他者を信じないシステムなのであり、権力の源泉が「人民の敵」との闘いとなったとき、人間は底知れぬ闇へと飲み込まれてゆく。

「穴はその時に繕わないと大きくなるでしょう。取り返しがつかないほど大きくなったら、人生を飲み込んでしまうんです」

ええ、もちろん私も知っています。日中戦争勃発直後のきなくさい極東に日本のスパイになる恐れのある朝鮮人を置いておくわけにはいかない、ということが強制移住の最大の理由とされてきたことを。一見、とても分かりやすい説明ではあります。

いや、でも、本当にそうなのか？

私の出会った高麗人たちが呟《つぶや》くのです、当時の資料を調べるほどに、それだけではどうしても説明がつかない不気味な何かが蠢《うごめ》いていると。

「おまえはどんな罪を犯して砂漠に捨てられたんだ？」

少数民族ばかりを狙いすまして、次々強制移住させる。真ん中から遠いほど、多数者の想像力から遠く離れるほど、人間は容易にモノになり、数字になり、敵となる。敵が多くなるほど、真ん中に立つ者たちがどんどん強大になってゆく。

この世のほんの一パーセントの者が占める真ん中から噴き出して、世界を覆う得体の知れぬ闇。ほんとは、そんなことはみんな分かっているんです。けれど、人間には分別というものがあるから、そう簡単には本当のことは口にしない。心底恐ろしいことは、絶対に口にしない。

「いつかロシア人もここから追い出されるはずだよ。スターリンはロシア人にも容赦しないから」（ロシア人アレクサンドラ）

「あなたたちまで追い出されたら、ここには誰が残るの？」（朝鮮人クムシル）

「家畜と軍人だけが残るだろうね」（アレクサンドラ）

残るのは従順な奴隷とその支配者だけ。そう言い換えてもいいかもしれませんね。思うにそれは主義とか体制とか時代とかを超越したこの世界の真理ですね。

ちょっとだけ、沿海州の朝鮮人の歴史を振り返ります。

まず一八六三年。これはロシアの公文書にはじめて朝鮮人が登場した年。生きがたい朝鮮の地をあとに、主なき荒野のようだった沿海州へとやってきた朝鮮人たちは、沿海州を黄金の稲穂の実る大地に変え、朝鮮にいた頃とは見違えるように豊かになってゆく。それは、沿海州という辺境のロシア化がまだそれほど進んでいなかった頃のことです。

だから、一八八四年以前にシベリアに定住していたならば、朝鮮人もロシア帝国臣民としての権利を認められてもいる。沿海州という辺境開拓の功労者、朝鮮人。（それは同時に、沿海州のロシア化のための労働でもある）

一八九七年、沿海州を旅した稀有なる旅人イザベラ・バードは、こう報告しています。

「朝鮮にいたとき、私は朝鮮人というのはくずのような民族でその状態は望みなしと考えていた。ところが沿海州でその考えを大いに修正しなければならなくなった」

国という重い軛《くびき》から、つかのま解き放たれていた朝鮮の民の姿が、おそらくそこにはあります。

沿海州に行けば生きていける。そんな噂を聞いた者たちが流れる川のように朝鮮の村を出てゆきました。十九世紀末、朝鮮の国境地帯の茂山《ムサン》では五千七百戸中二千四百戸が、義州《ウィジュ》では二万戸のうち一万六千戸が消えたと言います。みな、生きるために朝鮮を出た。くっきりと国境線が引かれて人々を閉じ込めるまで、まだゆるやかだった境をどんどん越えていった。その一方で、シベリア鉄道が網のように建設されてゆき、ロシア人入植者もまた沿海州へと怒濤のように流れ込み、沿海州のすみずみまでロシア化が進んでいけば、朝鮮人はここでもまた国家という軛に次第にきつく呪縛されていく。

一九一〇年　日韓併合。朝鮮はますます生き難くなり、

一九一七〜二二年　ロシアでは革命、内戦、ソ連成立。

「父は戻ってこられませんでした。その年、一九二六年に国境ができたからです」

異邦人として排斥されたり、手ごろな労働力として使い捨てされたり、革命が起きれば朝鮮人もまた富める者と貧しき者とに分かれて対立したり、革命支持のパルチザンとなって闘ったり、反革命の日本軍に虐殺されたり、そしてソビエト成立後には共産党を支持して沿海州最大の少数民族として熱心に活動したり、警戒されたり、疎まれたり……。

「ロシアに来て悟ったのは、平等な世界なんてどこにもないということです」

それでも、ウラジオストクには、朝鮮人の劇場も学校も新聞社もあった。朝鮮語雑誌もあった。劇場の人気演目は朝鮮のパンソリを原作とする「春香伝《チュニャンジョン》」「沈清伝《シムチョンジョン》」、そして日本の「金色夜叉」を原作とする「長恨夢歌《チャンハンモンガ》」。いずれも朝鮮から沿海州へと人々と共に旅してきた演目です。歌は歌う者が主。語りは語る者が主、聞く者も主。歌も語りも主と共に旅をする。

大同江《テドンガン》のほとり、浮碧楼《プピョクル》を散歩する
イ・スイルとシム・スネの二人連れ
手を取り語り合うのも　今日かぎり
ともに歩んで散歩するのも　今日かぎり

日本の「金色夜叉」の唄の旋律、朝鮮の言葉で歌われるこの歌を、私は二〇〇四年にカザフスタンの旧都アルマトイで、高麗人のおばあさんから聴いています。おばあさんもまた、一九三七年に貨車に乗せられて、遠東からカザフスタンのクズロルダへとやってきた。そこは、あまりの風の強さに草も生えない土地でした。

「**どうして私たちが生き残らなくてはいけないんです？**」

「**生きているからよ**」

強制移住から一年後の一九三八年末には、ウズベキスタンには四十八の高麗人コルホーズが、カザフスタンには五十七の高麗人コルホーズが生まれています。高麗人コルホーズでは遠東から携えてきた歌、中央アジアの荒野を生き抜く歌、たくさんの歌が歌われた。

楽しい心に春が来る　種まく頃だとやってくる
トラクター　トゥルルン　畑をたがやせ
大きな小屋　小さな小屋　早く建てよう

エイヘイヘイ　まけ　まけ
種を　どんどん　まけ
大地の乳をぐいぐい飲んで
すくすく育て

「種をどんどんまけ」。もっとも盛んに歌われた歌です。一九三三年に遠東で作られました。当時の高麗人の活気がしのばれる。強制移住後も高麗人はこの歌を歌って生き抜いた。

「あなた、歌を歌ってください」

あの貨車の闇の中、耳の聞こえない〝歌うたい〟ウジェに人々が何度もそう言いましたね。耳が聞こえないからこそ、千里も万里も先の声を聞くことができる、そんな〝歌うたい〟の声は、千里、万里を越えて響きわたる。恐怖に口を閉ざした人々の震える心も、愛する者を想う心も、奪われた故郷を懐かしむ心も、生きようと奮い立つ心も、歌が運ぶ。私が中央アジアを旅したのも、ウジェのような〝歌うたい〟がいたからこそ歌いつがれてきた「故国山川」を日本で耳にしたからなのです。

だから私も、あの貨車の中の人々のように、闇を生きる者のように、

「歌を歌ってください」

高麗人に会うたびに、そう言いました。

たくさんの歌を聴きました。たくさんのひそかな呟きも耳にしました。『さすらう地』に溢れる無数の問い、無数の声のような呟きを。

「**何を書いているのですか?**」(クムシル)

「**始まりから終わりまでです**」(インソル)

ふと思いました。

この『さすらう地』は、ウジェの歌とインソルの手帳にひそかに書き留められた声で織りあげら

れているにちがいない。無数のウジェと無数のインソルの、目も耳も口も塞いで声と命を奪い取ってゆく者たちへの、絶えることのないひそかな闘い。

「世界の万物は回りまわって、休みなく回り続けます」

そうです、そのとおりです。始まれば終わり、終われば始まる。めぐる命の環をつないでいこうとするなら、つながりを断つ〝彼ら〟との闘いもつづく。困ったことに、何もせずにいても回るんですよ。回されるままに回っていく。ほんとに不思議です、たとえ同じ土地に暮らしつづけていても、国境線が引きなおされて、地図も現実も描きかえられて、行き交う言葉も別の言葉になって、大地がぐるぐる回って、運命がぐるぐる回ってゆくんです、そんな恐ろしい経験を南ロシアで出会ったサハリン韓人から聞いたこともあります。そう、この世界こそが、さすらう地そのもの。

だからこそ、手放してはならない問いがある。

「万物の中の一人であるあなたにお尋ねします。あなたはどこに戻ろうとしているのですか」

ひそかな歌と声を追いかけて旅する私が、旅の中で学んだことはシンプルです。

歌を聴け、声を聞け、命を想え、答えはその先にある。

そして、ファンじいさんの忘れがたいこの言葉。深く胸に刻んでおこうと思います。

「彼らの主人になろうとするな……、彼らのしもべになってもいけない……」

それではみなさん、ぐるぐる、よき旅を!

訳者あとがき

本作『さすらう地（떠도는 땅）』は、韓国の文芸誌「Axt《アクスト》」で二〇一七年一・二月号から十一・十二月号まで一年間にわたり連載されたキム・スム（김숨）の長編小説である。二年半に及ぶ改稿期間を経て二〇二〇年四月に銀杏の木《ウネンナム》より出版され、「二十世紀の韓国人の過酷な受難に粘り強く迫った」と評価されて第五十一回「東仁《トンイン》文学賞」、第三十七回「楽山金廷漢《ヨサンキムジョンハン》文学賞」を受賞した。

著者のキム・スムは一九七四年、韓国南東部の蔚山《ウルサン》広域市に生まれた。一九九七年に地方紙「大《テ》田《ジョン》日報」の「新春文芸」に作品が掲載されたのに続き、翌一九九八年に「文学トンネ新人賞」を受賞して以来、短編・長編を問わず多数の作品を発表。「李箱《イサン》文学賞」「現代文学賞」「大山《テサン》文学賞」などの主要文学賞を軒並み受賞し、名実ともに韓国現代文学を代表する作家のひとりとして活躍している。

朝鮮半島での困窮した生活に耐えかね、新天地を求めてロシア沿海州に渡った人々とその子孫たちである「高麗人《コリョサラム》」約十七万人が、家畜などを運ぶ貨車に乗せられて中央アジアに強制移住させられた一九三七年の史実に基づくこの作品は、上下左右と前後の六面が閉ざされた貨車という閉鎖空間に乗り合わせた夫婦や家族、子ども、老人などの声を通じてディアスポラ的運命を物語へと拡張させる。そして、荒野を肥沃な大地へと生まれ変わらせ、その地に根を下ろすという願いを突然奪われた後も〝定着〟を切望しながら見知らぬ土地で生き抜いてきた高麗人の歴史を繊細かつ立体的に描き出している。

また、本作は貨車の中で人々が交わす会話が大部分を占める対話体小説に近い体裁をとっており、各々が語る身の上話や登場人物同士の会話によって、時代背景や高麗人が当時置かれていた状況が重層的に浮かび上がる構造になっている。著者はインタビューでこう話す。

「見えない苦痛、言えない苦痛……、言葉にできない、言葉を我慢する人々に、より視線が向かうような気がします。『痛い』と言える人もいますが、言えない人もいます。どちらの痛みがより大きいでしょうか？　それを知るすべはありませんが、痛くてもそれを声に出して言えない人の方へ、発話できない苦痛の方へと心が動きます」（「Ａｘｔ」二〇二〇年九・十月号）。

キム・スムはこれまでも、一貫して「可視化されなかった苦痛、語りえなかった苦痛」をフィクションやノンフィクションとして詳細に記録することで、忘れられゆく記憶を甦らせてきた。本書に先立ち邦訳が出版された『Ｌの運動靴』（中野宣子訳、アストラハウス）では、一九八七年の「六月民主抗争」で警察が発射した催涙弾を頭に受けて命を奪われた大学生、Ｌの遺品である運動靴を託された美術修復家の視線を通じ、語る声を失ったＬの痛みを可視化させた。

なかでも「声に出して言えない人」の痛みを物語という形で紡ぐ、著者のライフワークともいえるのが小説『ひとり』（拙訳、三一書房）、『流れる手紙』、『聞き取りの時間』、証言集『崇高さは私を覗き見るものだ』、『軍人が天使になるのを願ったことがあるか』といった元日本軍「慰安婦」の被害者を主人公とする一連の作品だ。

『ひとり』をめぐって行われた作家の小林エリカ氏との対談で、キム・スムは「戦争はいつでも起こりうるし、同じことがどこかで起こって被害者が生まれている、現在進行形の話だと伝えたかったのです」と語っている（「美術手帖」二〇一九年十二月号）。

慰安婦たちが耐えがたい苦難を強いられた第二次世界大戦下の東アジア、高麗人を沿海州から中央アジアへと追いやったスターリン体制下のソ連、そして現在、ロシア軍の侵攻により人々が故国を離れて「さすらう」ことを余儀なくされているウクライナ。争いはいつでも起こり、見えない苦痛、言えない苦痛を抱える人は常にどこかで生まれている。

物語の終盤、闇に閉ざされた貨車に揺られてたどり着いた地で、人々は再び生活の基盤を築き、新たな生命を産み育て、大地を照らす光を求めて一歩を踏み出そうとする。著者が最後に提示した一筋の希望には、人間の尊厳はどのような状況に置かれ、どのような迫害を受けようとも決して失われはしないという強い確信が込められているように感じられる。この作品を手にした読者のみなさんも、物語の中から聞こえてくる無数の〝声〟にどうか耳を澄ませてみてほしい。本書がこの世界という「さすらう地」に立つすべての人々の道しるべになることを願ってやまない。

＊

最後に、翻訳・出版を支援してくださった韓国文学翻訳院の担当者のみなさん、作品への敬意が感じられるきめ細かい心配りで編集にあたってくださった新泉社の安喜健人さん、そして深く心に響く素晴らしい解説を寄せてくださった姜信子さんに厚く御礼申し上げる。

二〇二二年五月

岡　裕美

〔著者〕

キム・スム（김숨／KIM Soom）

一九七四年、韓国蔚山《ウルサン》広域市生まれ。一九九七年、作家デビュー。

長編小説『鉄』『女たちと進化する敵』『ツバメの心臓』をはじめ、多数の長編と短編集を発表。日本軍「慰安婦」の人生にスポットを当てた『ひとり』（岡裕美訳、三一書房）や『流れる手紙』、民主化運動で命を奪われた青年の遺品を題材にした『Lの運動靴』（中野宣子訳、アストラハウス）などを通じ、疎外された弱き人、ルーツを失った人を見つめ、人間の尊厳の歴史を文学という形で甦らせてきた。李箱《イサン》文学賞、現代文学賞、大山《テサン》文学賞などの主要文学賞を受賞。二〇二〇年発表の本作で東仁《トンイン》文学賞、楽山金廷漢《ヨサンキムジョンハン》文学賞を受賞。

〔訳者〕

岡 裕美（おかひろみ／OKA Hiromi）

同志社大学文学部、延世《ヨンセ》大学校国語国文学科修士課程卒業。第十一回韓国文学翻訳新人賞受賞。

訳書に、キム・スム『ひとり』（三一書房）、イ・ジン『ギター・ブギー・シャッフル』（新泉社）。

共訳書に、『韓国文学の源流 短編選2 １９３２―１９３８ オリオンと林檎』（李孝石「オリオンと林檎」、李箕永「鼠火」、書肆侃侃房）、『韓国文学の源流 短編選3 １９３９―１９４５ 失花』（李箱「失花」、金南天「経営」、書肆侃侃房）、『韓国・朝鮮の美を読む』（野間秀樹・白永瑞編、クオン）など。

〔解説〕

姜信子（きょうのぶこ／KANG Shinja）

一九六一年、神奈川県生まれ。作家。

著書に、『生きとし生ける空白の物語』（港の人）、『平成山椒太夫』（せりか書房）、『現代説経集』（ぷねうま舎）、『はじまれ、ふたたび』（新泉社）、『忘却の野に春を想う』（山内明美と共著、白水社）など多数。訳書に、ピョン・ヘヨン『モンスーン』（白水社）、ホ・ヨンソン『海女たち』（趙倫子と共訳、新泉社）など。

韓国文学セレクション
さすらう地

2022年6月30日　初版第1刷発行©

著　者＝キム・スム
訳　者＝岡 裕美
発行所＝株式会社 新 泉 社
〒113-0034 東京都文京区湯島1-2-5　聖堂前ビル
TEL 03 (5296) 9620　FAX 03 (5296) 9621

印刷・製本　萩原印刷
ISBN978-4-7877-2221-8 C0097 Printed in Japan

韓国文学セレクション　**夜は歌う**

キム・ヨンス著　橋本智保訳　四六判／三二〇頁／定価二三〇〇円＋税／ISBN978-4-7877-2021-4

詩人尹東柱《ユンドンジュ》の生地としても知られる満州東部の「北間島《プッカンド》」（現中国延辺朝鮮族自治州）。現代韓国を代表する作家キム・ヨンスが、満州国が建国された一九三〇年代の北間島を舞台に、愛と革命に引き裂かれ、国家・民族・イデオロギーに翻弄された若者たちの不条理な生と死を描いた長篇作。

韓国文学セレクション　**きみは知らない**

チョン・イヒョン著　橋本智保訳　四六判／四四八頁／定価二三〇〇円＋税／ISBN978-4-7877-2121-1

韓国生まれ韓国育ちの華僑二世をはじめ、登場人物それぞれのアイデンティティの揺らぎや個々に抱えた複雑な事情、そしてその内面を深く掘り下げ、社会の隅で孤独を抱えながら生きる多様な人びとの姿をあぶり出していく。現代社会と家族の問題を鋭い視線で、延辺朝鮮族自治州など地勢的にも幅広く描いた作品。

韓国文学セレクション　**ギター・ブギー・シャッフル**

イ・ジン著　岡　裕美訳　四六判／二五六頁／定価二〇〇〇円＋税／ISBN978-4-7877-2022-1

新世代の実力派作家が、韓国にロックとジャズが根付き始めた一九六〇年代のソウルを舞台に、龍山《ヨンサン》の米軍基地内のクラブステージで活躍する若きミュージシャンたちの姿を描いた音楽青春小説。朝鮮戦争など歴史上の事件を絡めながら、K－POPのルーツといえる六〇年代当時の音楽シーンの混沌と熱気を軽快な文体と巧みな心理描写でリアルに描ききった、爽やかな読後感を残す作品。